그 문장이

내
게
로

왔
다

그 문장이 내게로 왔다

발행일	2023년 6월 16일

지은이   김미예, 김지안, 김혜련, 김홍선, 김한송, 김희진, 박현근, 서영식, 석승희, 이선희,
          이영숙(Grace), 이현경, 이혜진, 윤희진, 정선묵
펴낸이   손형국
펴낸곳   (주)북랩
편집인   선일영   편집   정두철, 배진용, 윤용민, 김부경, 김다빈
디자인   이현수, 김민하, 김영주, 안유경, 최성경   제작   박기성, 황동현, 구성우, 배상진
마케팅   김회란, 박진관
출판등록 2004. 12. 1(제2012-000051호)
주소   서울특별시 금천구 가산디지털 1로 168, 우림라이온스밸리 B동 B113~114호, C동 B101호
홈페이지 www.book.co.kr
전화번호 (02)2026-5777   팩스   (02)3159-9637

ISBN   979-11-6836-949-8 03810 (종이책)   979-11-6836-950-4 05810 (전자책)

(주)북랩 성공출판의 파트너

북랩 홈페이지와 패밀리 사이트에서 다양한 출판 솔루션을 만나 보세요!

홈페이지 book.co.kr   •   **블로그** blog.naver.com/essaybook   •   **출판문의** book@book.co.kr

작가 연락처 문의 ▶ ask.book.co.kr

작가 연락처는 개인정보이프로 북랩에서 알려드릴 수 없습니다.

나는 일상에서 쓰는 힘을 얻는다

그 문장이 내게로 왔다

김미예
김지안
김혜련
김홍선
김한송
김희진
박현근
서영식
석승희
이선희
이영숙
이현경
이혜진
윤희진
정선묵
지 음

북랩

문장에서 인생을 배우다

집필 마감 날짜가 임박했다. 기존의 공저 프로젝트와는 다르다. 이번 라이팅 코치 공저는 초고 집필, 퇴고까지 오롯이 나와의 싸움이다. 일사천리로 끝내야 한다. 여유 부릴 시간 없다. 주어진 시간은 단 3주. 열다섯 명의 라이팅 코치가 모여 각자 자신의 경험을 나누기로 했다. 독자에게 전하는 핵심 메시지와 내가 쓰는 글이 독자에게 어떤 도움을 줄 수 있는지, 전하고자 하는 메시지가 쉽고 명확하고 간결한지에 초점을 두었다. 자신에게 질문하고 수정, 보완해야 한다. 한편으론 프로답게 마무리할 수 있을지 걱정이 앞선다. 까짓것! 해 보는 거지 뭐! 또 하나의 벽을 넘을 수 있는 기회다.

아이들 학교에 보내놓고 다시 한번 원고를 본다. 밑줄 그었던 문장 하나를 쓰고 나의 경험을 비추어 본다. 매번 글감 찾는 일이 보통 일은 아니다. 부담스러웠다. 나를 드러내어 세상에 내놓는다는 것이 마땅찮았다. 그러나 책을 출간하여 작가라는 명성을 얻고 돈도 벌고 싶었다.

평범한 사람의 하루가 뭐 그리 대단하고 궁금할까, 그들의 삶이 다른 사람들에게도 감동을 줄 수 있을지, 뭔가 그럴듯한 엄청난 메시지를 뽑아내야 한다고 여겼다. 억지로 쥐어짜려니 어색했다. 결국 누구나 쓸 수 있는 공자님 말씀이 되어버렸다. 책은 아무나 쓰나, 쓰는 사람이 따로 있지. 쓰기에 대한 부담도 컸다. 나와 같은 생각을 하는 사람들이 많을 것이다. 쓰고는 싶지만 무엇을 써야 할지, 독자가 원하는 글은 어떻게 쓰는 건지, 내가 쓰고 싶은 글을 쓰는 것이 맞을지 감을 잡을 수 없다며 펜을 놓는 이가 많다. 안타깝다.

블로그 포스팅을 할 때는 그나마 부담이 덜하다. 나의 이야기를 그냥 자유롭게 쓸 수 있기 때문이다. 그러나 '책'이 되어 상품으로 나온다는 것은 그와는 다르기에 조심스러운 게 사실이다. 고민한다고 해결될 건 아니었다. 써 봐야 알 수 있다. 그래서 일상의 사소한 일들에 맞닥뜨려 경험하는 우리의 이야기를 쓰기로 했다.

'나 오늘도 이렇게 살고 있어요. 힘내요. 우리'라고.

이왕이면 서로에게 힘이 되는 존재로서 응원해 주면 좋지 않을까. 일상의 모든 순간, 사건, 상황, 에피소드를 인생과 연결하기로 하니 쓸 것 천지였다. 하루 평균 70여 명의 광고주와 상담한 내용도 쓰고, 좌충우돌하는 둘째 셋째 이야기도 쓰고, 책상 앞에 있는 타이머, 모니터, 가습기, 인터넷 전화기 등에 대해서도 쓴다. "엄만 왜 맨날 모니터만 봐? 모니터가 그렇게 좋아? 나 삐졌어. 홍!" 막둥이 지

효의 투정도 그대로 옮겨 본다. 매일 쓸 거리를 찾아 촉을 세운다. 단 하루도 놓치고 싶지 않다. 쓰고 싶어서 마음이 조급해진다.

내가 쓴 글이 나를 바로 서게 한다. 3년간 자이언트 북 컨설팅이라는 거대한 성 안에서 글공부를 했다. 강의를 듣고, 읽고 쓰는 과정에서 배우고 익혔다. 사람으로서 가져야 할 태도도 배웠다. 바로 꾸준함이었다. 멈추지 않는 반복의 힘은 작가가 지녀야 할 기본자세다. 글을 잘 쓰고 싶어서 멘토를 따라 했다. 지금은 '어떻게 쓰지?' 대신 '어떻게 살아야 잘 사는 것인가'라는 질문을 하기 시작했다. 매 순간 공부하고 반복해서 연습하는 것을 잊지 않았다.

글감은 어디에나 널려 있다. 라이팅 코치들의 경험을 통해 한 편의 글로 완성했다. 독자들도 읽고 쓰는 삶을 누리길 바라는 마음이다. 책을 읽으며 건진 문장 하나. 영화, 드라마, 노래 가사에서 와닿는 명대사 하나. 거기에 인생을 연결하여 잘 살고 싶은 마음으로 이 책을 썼다.

자기 인생에 물음표 던지지 마. 그냥 느낌표만 딱 던져. 물음표랑 섞어서 던지는 건 더 나쁘고. 난 될 거다! 난 될 거다! 이번엔 꼭 될 거다! 느낌표. 알았어?

- '질투의 화신' 중 조정석의 명대사

지금 이 순간 망설이고 있는 독자가 있다면 괜찮다. 나도 그랬고, 라이팅 코치들도 시작할 때 다 물음표를 던졌다. 시간이 지난 지금 느낌표로 나아간다. 살아가는 이야기를 편안하게 쓸 수 있다는 것은 행운이다. 처음이라는 것이 두려운 것이다. 해 보지 않은 일이지 않은가. 두려움보다는 할 수 있다는 긍정의 마음으로 시작해 보면 어떨까.

1장에서는 책에서 뽑은 문장 하나가 어떻게 최고의 선물이 되는가를 다뤘다. 2장에서는 영화, 드라마, 노래 가사에서 뽑은 명대사가 지금을 살아가는 사람들에게 어떤 희망의 메시지를 전해주는가를 코치들의 경험을 통해 담았다. 3장은 누군가 내게 남긴, 잊지 못할 말 한마디가 내 인생을 좌우하며 사는 동안 그 말을 가슴에 새기며 살아간다는 내용이다.

'쓰는 인생이라 다행입니다'라는 글쓰기 선생님의 말이 실감 나는 요즘이다. 매일 한 편의 글을 쓴다. 피곤해서 쓰기 싫은 날도 쓰고, 치통으로 아파서 밤을 지새우면서도 썼으며, 꾀가 나는 날에도 어찌 되었든 한 줄 소감으로 기록을 남겼다. 다리가 저려 책상에 앉아 있기 불편한 날이면 인스타그램에 피드만 올린 적도 있다. 쓰는 행위를 멈추지 않았다. 그러다 보니 제법 썼다며 이웃들로부터 칭찬을 받은 날도 있고, 횡설수설하는 날도 있었다. 오늘 한 편의 글을 썼다는 자체가 기쁘고 행복했다. 글을 쓰는 기쁨을

그 문장이 내게로 왔다

알아간다는 게 내 일상을 활력 있게 만들어 준다. 이은대 대표의
음성이 들리는 듯하다.

"잘 사는 방법을 문장에서 배웠습니다."

2023년 6월
작가 김미예

차례

제3장 내 가슴에 새긴 그의 한마디

제1장

책이 주는 최고의 선물

내 삶을 바꾼 문장 하나

김미예

책을 읽다 보면 어떻게 이런 표현이 가능할까 싶을 정도로 근사하게 느껴지고 감동을 주는 문장이 있다. 그럴 때 그 문장에 밑줄을 긋는다. 작가의 생각에 푹 빠져든다. 읽을수록 욕심이 난다. 계속해서 읽게 된다. 나도 사람들의 마음을 움직이는 문장을 쓰고 싶다. 그 욕구는 끄적끄적 메모로 이어진다. 때론 내가 쓴 글이 맞나 싶을 정도로 제법 괜찮은 문장을 발견한다. 대견스럽고 뿌듯하다.

지독한 콤플렉스에 시달렸었다. 대학을 나오지 않았기 때문이다. 대학보다 돈을 선택했다. 부자가 되면 다 묻힐 거라 생각했다. 직장 생활을 하고, 결혼해서 아이를 낳아 키우다 보니 엄마 아빠의 학력란에 '고졸'이라 쓰는 것이 신경 쓰일 때가 있다. 대학은 나와야지 하는 우리 사회의 인식 때문이었다. 누구 하나 내 스펙에 대해 이러쿵저러쿵 말하지 않았으나 남들 다 나온 대학을 근처에도 가 보지 못했다는 내 생각이 발목을 잡았다. 평소에는 괜찮다.

그 문장이 내게로 왔다

사람들과 전공에 관련 이야기를 나눌 때 나는 슬그머니 뒤로 빠진다. 초라해진 내 모습을 보이고 싶지 않았다. 실력이 있으나 승진에서 누락되는 것도 대학을 나오지 않아서 그런 것만 같았다. 승진에 대한 욕구와 돈을 많이 벌고 싶다는 오기가 생겼다. 대책이 필요했다.

성공한 사람들의 책을 읽어 보았다. 공통점이 있었다. 1퍼센트의 가능성만 보여도 도전하고 부딪혀 행동으로 옮겼다. 실패해도 다시 앞으로 나아갔다.

닥치는 대로 읽기 시작했다. 그만큼 절실했다. 처음에는 두께가 얇은 책부터 읽었다. 다 읽었다는 성취감을 맛보고 싶었기 때문이다. 일주일에 한 번 서점에 갔다. 손에 잡히는 책을 모조리 사서 읽기도 했다. 그땐 죽기 살기로 읽었다. 책 속 문장에 형광펜으로 밑줄을 잔뜩 그어가며 읽었다. 밑줄을 긋고 또 그어서 구멍이 생긴 책도 있다. 대학을 나오지 않았지만 책을 읽고 '안다'라는 것이 큰 위로가 되었다. 특히 자기 계발서를 통해 자극을 받았다. 밤새 책만 읽을 때도 있었고, 문장이 마음에 들어 한참을 반복해서 읽기도 했다. 노트 한쪽에 마음에 드는 문장을 옮겨 적기도 했다. 그렇게 20대, 30대를 보냈다.

오십. 다시 책을 펼쳤다. 20대, 30대 때 치열하게 책을 읽었던 나로 돌아가고 싶었기 때문이다. 의욕은 넘쳤으나 마음먹은 대로 되지 않았다. 책을 펼치면 한 페이지를 넘기지 못하고 잠이 들었다. 아침에 일어나면 한숨을 쉬며 읽지 않은 것에 대해 후회했다. SNS 에는 하루에도 수십만 개의 책 이야기가 올라온다. 보고 있으면 나만 뒤처지는 건 아닌지 걱정스러워 또 책을 펼친다. 사람들은 그 많은 책을 어떻게 읽고 완독했다 할까. 난 완독은 고사하고 한 페이지를 넘기기가 어려웠고, 읽은 내용이 이해되지 않아 읽고 또 읽기를 반복할 때도 많았다. 읽으면서 집중하기보다 다른 생각에 빠져 있을 때도 허다했다. 그러다 보니 재미도 없었다. 누군가 들려준 말에 솔깃해져 칼럼을 찾아 읽은 적도 있다. 세상 돌아가는 이치도 알 수 있고, 문장 구조도 이해하기 쉽게 되어 있다고 했다. 그런데 읽고 또 읽어도 이해력 부족인지 도통 내 문장으로 만들기는 커녕 내 삶에 적용하지도 못했다. 조급해졌다. 특별한 비법은 없는지 찾았다. 남들이 알고 있는 거 말고, 독창적이고 빠른 시간 내에 효과를 볼 수 있는 요령과 기술을 터득하고 싶었다. 족집게처럼 딱딱 집어 주는 공부 방법이 있으면 얼마나 좋을까. 책을 읽으면 성공한다고 했는데 아닌 것 같았다. 머릿속이 복잡해졌다. 제자리걸음만 하고 있는 것 같아 답답했다. 불평불만을 쏟아내기에 바빴다. 남을 탓하는 버릇 또한 여전했다.

심지어 내가 무엇을 알고 무엇을 모르는지 나조차도 알지 못했다. '안다'라는 것은 다른 사람에게 정확하게 그 뜻을 전달할 수 있어야 한다. 그러나 막상 설명하려면 말이 되어 나오지 않았다. 분명 안다고 생각했는데 머릿속이 하얘지면서 혼잣말로 중얼거릴

그 문장이 내게로 왔다

뿐, 얼음장이 되어 버리곤 했다. 읽기 위한 독서 말고 내 삶에 적용하면서 하나하나 실천할 수 있는 노력이 필요했다.

> 그저 훈련이 필요할 뿐이다. 내가 아는 것과 모르는 것을 파고드는 습관을 들이는 것이다. 궁리하는 것을 반복하여 궁구하는 단계에 들어서야 한다. 평범한 사람이 경지에 오르는 법은 이를 반복하는 길 말고는 없다.
>
> — 손힘찬(오가타 마리토), 『평범이 곧 무기다』 중

책 읽기에 흥미를 잃어갈 때쯤 문장 하나를 만났다. 뉴미디어 콘텐츠 디렉터 1호인 손힘찬의 문장이다. 이미 인스타그램으로 자신의 가치를 증명한 그다. 평범한 사람이 성공할 수 있는 방법은 오직 '그 일을 반복'하는 것밖에 없다고 강조한다. 그동안 수도 없이 들어온 말이다. 실천을 해 보지 않은 것도 아니다. 작심삼일이 문제였다. 결과물에 의존하다 보니 쉽게 포기했다.

2021년 9월부터 블로그에 끄적끄적 기록하기 시작했으나 매일 하지는 않았다. 책 쓰기 수업을 꾸준하게 들으면서 딱 1년만 매일 쌓아 보기로 했다. 일상, 강의 후기, 책 읽고 내 생각 쓰기 등 과정을 중요하게 생각하기로 했다. 조급함을 내려놓고 편안하게 내 하루를 기록하기로 말이다. 매일매일 나 자신과 싸워야 했다. 나는 할 수 없을 거라며 핑계와 변명을 찾기 바빴다. 이유는 두렵기도

하고 멋쩍기도 해서였다. 블로그 글을 발행하더라도 누가 내 글을 읽기나 할까. 이상한 댓글을 남기지는 않을까. 일어나지도 않을 일을 걱정하느라 머릿속 원숭이가 괴롭혔다. 책 읽는 것도 마찬가지였다. 하루이틀 읽는다고 해서 변하는 건 아니었다. 매일 하기 위해 내가 한 행동은 세 가지였다. 첫째, 내겐 블로그가 습관을 들이는 데 좋은 도구였다. 매일 밤 12시가 되기 전까지 한 줄이라도 쓰자. 나와의 약속이었다. 둘째, 책을 읽으면서 정확히 알지 못하는 문장이나 단어에 대해서는 네이버나 구글의 도움을 받아 나만의 사전을 만들었다. 어렴풋이 아는 단어 역시 내 입에서 자유롭게 나올 수 있을 때까지 무조건 적고 읽었다. 아는 단어가 많아지니 찾는 재미를 느낄 수 있었다. 셋째, 책이나 글쓰기 선생님의 매거진을 읽고 마음에 와닿는 문장을 쓰고 그 밑에 내 생각을 한 줄 이상 쓴다. 내 삶에 적용하기 위해서다. 기록물이 쌓일 때마다 나의 역사도 성장하겠지 생각하니 뿌듯했다.

포기가 빠른 사람이었다. 3년간 책 쓰기 수업을 듣고 있다. 2년간 블로그에 자유롭게 글을 써 왔다. 그사이 자이언트 공저 프로젝트에 참여하여 두 권의 공저 『더 파이브』와 『나는 일상에 무너지지 않는다』를 출간했다. 내가 쓴 책을 통해서도, 유명인의 문장을 통해서도 읽고 쓰는 삶은 나를 바꿔 놓았다. 책임감도 느낀다. 매일 한 페이지 이상 읽고 내 생각을 기록하고 블로그에 공유하다 보니 나를 똑바로 직시할 수 있었다. 내 생각을 다른 사람에게 전달

그 문장이 내게로 왔다

하는 것도 훨씬 자유로워졌다.

누구나 알고 있지만 꾸준하게 반복하는 사람은 드물다. 남이 하지 않을 때 내가 실천만 하면 성장할 수 있다. 그것이 책이 주는 최고의 선물이다.

✏️ 앵그리 버드 게임 판매를 종료합니다

김지안

2021년 4월부터 글쓰기를 시작했다.

웨인 다이어의 『인생의 태도』 책은 서평 쓰는 독서 모임 '천무'에서 선정 도서로 만난 인생 책이다.

> 나는 내 생각을 통제할 수 있다. - 대전제
> 감정은 생각에서 온다. - 소전제
> 그러므로 나는 내 감정을 통제할 수 있다. - 결론
>
> - 웨인 다이어, 『인생의 태도』 중

『인생의 태도』를 읽고 나서, 지금껏 살면서 생각하지 못했던 태도를 배웠다. 배운 내용을 내 일상의 일들에 적용하려고 애썼다. 일상에서 화가 나는 감정이 올라올 때마다 일기를 썼다.

나는 갑자기 화를 내는 '버럭 병'이 있었다. 게임 캐릭터 중의 앵그리 버드 같았다. 참고 참다가 결국엔 치밀어 오르는 화를 참지

못하고 활화산처럼 폭발했다. 분출한 화산재는 사방팔방으로 튀어서 화산재에 덴 사람은 다시는 나와 대화하려 하지 않았다. 한번 감정에 불이 붙으면 통제할 수 없었다.

화가 났던 경우를 열거해 보자면 이렇다. 누군가와 의견이 다른데 상대를 설득할 수 없을 때, 상대가 나의 의견을 무시하는 태도를 보일 때, 애써 준비한 일을 하찮게 여길 때, 내가 틀렸다고 결정해 버릴 때, 호의를 권리로 여기고 자기 이익을 주장할 때, 계획했던 대로 일이 진행되지 않을 때마다 속에서 부글부글 화가 끓어올랐다.

"김 과장! 그래서 못 하겠다는 거야?" 나는 소리쳤다.

새하얀 피부색 얼굴에 작고 동그란 두 눈동자를 아래에서 위로 치켜뜨며 김진아 과장은 작은 입술을 실룩거렸다. 동그란 은색 안경테 너머 눈동자는 나를 빤히 쳐다볼 뿐 아무 말이 없었다. 나는 성난 얼굴로 김 과장을 응시했다. 잠시 뒤 감정 없어 보이던 김 과장 두 눈에서는 눈물이 주르륵 흘러내렸다.

2016년 11월 중국 상해의 남성복 기획팀장으로 부서 이동했을 때 일이다. 중국 상해 법인에서 여성복 기획팀장으로 3년간 근무하고 난 뒤, 중국 법인 내에서 남성복 기획팀장으로 이동 발령이 났다. 기존에 근무하던 여성복 브랜드에서는 중국어 통역을 해 줄 조선족 직원이나 한국인 기획팀원이 여러 명 있었다. 이동한 남성복 브랜드 기획팀에는 한국인이라고는 김진아 과장 달랑 한 명뿐이었다. 중국인 직원으로 조선족 한 명, 나머지는 모두 한족이었다. 한 명뿐인 한국인 김진아 과장에게 나는 통역을 부탁하는 일이 많았다. 중국어로 소통해야만 하는 근무 상황은 나뿐 아니라 팀원들도 힘들게 했다.

환경이 달라졌는데도 나는 여성복 브랜드에 있을 때처럼 많은 자료를 요구했다. 시장 분석 자료는 손발 맞춰 두 시즌, 일 년을 함께 일해도 제대로 해내기 어려운 자료이다.

당시 나는 회사에 성과를 보여 주고 싶었다. 나에게 주어진 시간은 6개월쯤이었다. 나는 김진아 과장에게 기존 팀원들에게 요구했던 자료 강도를 그대로 요구했다. 그러다 보니 그녀는 나의 업무 스타일을 힘들어했다. 그때까지만 해도 나는 하면 된다는 생각의 정신승리자였다.

김진아 과장은 나의 업무 지시를 따르지 못하겠다고 거절했다. 회사 내에서는 몇 년째 실적 부진인 남성복 브랜드를 접으려고 한다는 소문이 무성했다. 조직은 이미 패배 의식으로 뒤덮여 있었다. 그런 브랜드에 에너지를 쏟는 내 모습이 시간 낭비로 보였을 수 있다. 동기부여가 되지 않는 상황에서 일방적으로 윗사람이 시키는 일이라고 다 해야 한다는 법도 없으니 말이다. 내 뜻을 따르지 않겠다는 김 과장이 수용할 수 있도록 설득했어야 했지만 설득하는 방법을 몰랐다. 감정의 골은 깊어졌다. 나는 김 과장에게 중국어 통역조차 부탁하기가 어려워졌다. 살아남기 위해 나는 중국어 공부를 해야만 했다.

흡사 생텍쥐페리의 『어린 왕자』에 등장하는, 어느 행성에서 혼자 명령하고 혼자 답하던 왕이 나였다.

남성복 팀에서 일하기 전까지 나는 소설 속 왕의 행동을 이해할 수 없었다. 듣는 사람도 없는데 명령하는 꼴이라니 한심스럽기 짝이 없었다. 내 뜻을 따라주는 사람 하나 없는 행성에 덩그러니 떨어진 느낌이랄까.

감정 통제를 못 해서 힘들어진 상황은 이뿐만이 아니다. 그때마다 결말은 비슷했다. 상대와 불편해진 감정을 해결하지 못하고 관계를 끝내 버려야만 했다. 덕분에 일은 더 많아져서 나 혼자 해야 하는 일은 많아졌다. 야근과 철야는 감정 폭발의 대가였다. 사십을 훌쩍 넘은 나이에도 여전히 나는 감정을 통제하지 못했다. 화를 참지 못하고 폭발하는 이유를 알고 싶었다.

나의 분노 조절 장애를 극복할 수 있게 한 인생의 태도 일곱 가지를 소개한다.

첫 번째, 자기암시 문장을 만들어 반복해서 되뇌었다. '분명 나의 뇌는 내 것이고 내 생각을 통제할 수 있다. 감정은 생각에서 온다. 그러므로 나는 내 감정을 통제할 수 있다.'

두 번째, 나의 감정을 제대로 인식하고 받아들이는 연습을 했다.

왜 화가 나는지에 대해서 즉시 대응하지 않고 긴 호흡으로 이유를 생각했다. 상대의 상황과 감정이 어떨지에 대해서 다방면으로 생각하고 노트에 썼다.

세 번째, 나는 역할극에서 친절한 역할을 맡았다고 상상했다. 상대의 감정을 살피고 그가 원하는 방향이 무엇인지 파악하려고 애썼다.

네 번째, 상대의 말을 들을 때 여유를 갖고 들었다. 상대의 말이 끝나면 내가 할 말을 준비하던 습관을 의식적으로 멈췄다. 그러다 보니 상대의 이야기에 집중하게 되었다. 신기하게도 어느 정도 시간이 지나자 노력하지 않아도 다른 사람 말에 집중할 수 있었다.

다섯 번째, 상대가 나와 다른 의견을 말하면 부정적으로 일관하던 태도를 바꿨다. '그럴 수도 있지!'라고 타인의 말을 일단 긍정하고 들었다.

여섯 번째, 나를 기차역 플랫폼이라고 생각했다. 화나는, 귀찮은, 외로운, 슬픈, 행복한, 즐거운 등 다양한 감정들은 플랫폼을 지나는 감정 열차다. 감정 열차는 플랫폼에 잠시 정차한 뒤 이내 출발하기 때문에 플랫폼에 머물지 않는다. 어떤 감정이든 정차 시간은 잠시일 뿐이다. 이내 지나간다.

일곱 번째, 꾸준히 걷기 운동을 실행했다. 몸을 움직이다 보면 감정의 찌꺼기가 어느새 사라지고 상쾌한 기분을 유지할 수 있었다.

아무리 직장에서 일을 잘한다 해도 회사에서는 조직의 리더를

고를 때 감정을 통제하지 못하는 사람을 리더로 세우지 않는다. 여러 사람이 섞여 일하는 회사에서 대인관계는 중요하다. 직장에서 업무 성과는 기본이고 리더로 성장하기 위해서 원만한 대인관계는 필수이다. 더 나은 대인관계를 만드는 사람이 리더로 성장할 가능성이 크다. 나는 회사에 이익을 만들어 내면 승진하고 인정받는 줄 알았다.

감정 통제는 대인관계에서 충동적으로 분노를 표현하는 것을 피하게 하고 적극적으로 대처할 수 있게 한다. 문제 상황에 감정을 제어하면서 효율적으로 문제를 해결할 수 있다. 감정이 과도하게 작용하지 않으므로 상황을 분석하고 문제를 해결하는 것이 수월해진다. 나는 일곱 가지 감정 통제법을 실행하고 기록하면서 분노조절 장애를 극복하고 있다.

나는 나의 감정 앱스토어에서 앵그리 버드 게임 판매를 종료했다.

어른이어야 한다

김혜련

딸이 맞벌이를 시작하였다. 4살, 5살 손주들과 우리 집에서 함께 지내기로 했다. 어느 날 외손자는 유난스럽게 엄마와 떨어지기 싫어하였다. 떼를 쓰는 아이를 닦달하여 길을 나섰다. 등원 시간에 쫓기며 어린이집으로 향했다. 운전 중 아이들의 이야기 소리가 들려왔다.

"아구, 우리 하준이 엄마 따라가고 싶어?" "응, 훌쩍."
"하준이 슬퍼?" "응."
"그래, 누나도 엄마 따라가고 싶은데 참고 있어. 하준이도 참을 수 있지?" "응."
"어린이집 갔다 오면 언니, 오빠 공부 가르치고 엄마가 집에 있을 거야. 그때 만나자?" "응."
"하준이 착하네. 누나가 안아줄까?"

뒷거울로 살짝 보니 둘이 얼싸안고 있다. 임영주 작가의 『부모와 아이 중 한 사람은 어른이어야 한다』에서 자신은 나이만 먹었을 뿐 스스로 어리다고 느끼는 중년의 레옹 이야기가 생각났다. 어른의 미성숙함은 아이와의 감정 싸움이나, 기 싸움에서 민낯을 드러낸다. 그날 아침, 나는 레옹이었다.

맞벌이 생활로 내 아이 둘은 시어머니께서 키웠다. 그 당시 하지 못한 육아를 내 자식의 아이들에게 하고 있다. 늘그막에 남편과 호젓하던 시간이 분주해졌다. 돌아서면 빨래, 장난감 정리, 떼쓰는 아이 달래기, 옷 갈아입히기, 식사 챙기기, 어린이집 데려다주기, 데리고 오기, 놀아 주기. 숨 쉴 틈 없는 가사 노동이었다. 연년생 외손주와 생활하는 것은 힘겨웠다. 그런데도 애정이 갔다. 손주 사랑에 중독되었다. 남편도 외출하고 오면 아이들부터 찾는다. 외손주들은 달랐다. 매일 엄마가 언제 오느냐고 묻는다. 일주일 내내 아빠를 기다린다.

"이제 세 밤만 자면 돼요? 내일은 어린이집 안 가요?"
"왜, 어린이집 가기 싫어?"
"아니요. 아빠가 오잖아요."

매주 금요일 밤이면 아이들과 아내를 만나러 사위가 서울에서 온다. 주말마다 잔치하는 기분이다. 거실이 소란스럽다. 목마를 타고, 업어 주고, 괴물 놀이와 숨바꼭질까지, 몸으로 놀아 준다. 아빠표 놀이에 외손주들은 까르르 넘어간다. 행복한 시간이다. 가족은 함께 살아야 하는 것을 체험하고 있다. 주중 텅 빈 집에 홀로 있을 사위 생각은 그동안 하지 못했다. 알뜰살뜰 아빠를 생각하는 아이들 마음에서 나이만 먹은 레옹 같은 나를 또 찾았다. 사위는 월요일마다 새벽 기차를 탄다. 따뜻한 영지버섯 차를 준비해 둔다. 새벽 찬 공기를 가르며 나설 때마다 고생하는 것 같아 마음이 짠하다. 딸은 딸대로 직장 생활한다고 수척해졌다. 손주들은 주말을 기다리며 아빠 없는 생활에 적응하느라 애쓰고 있다. 각자의 자리에서 열심히 살아내려고 노력하고 있다.

홀벌이로 집 장만하기, 아이들 교육비, 집안 대소사 챙기기, 오르는 물가까지 감당하기 힘들다. 맞벌이하려면 누군가의 도움이 필요하다. 아이가 아프기라도 하면 더욱 그러하다. 육아를 도와주는 나는 대한민국의 큰 일꾼이다. 인구 절벽 시대를 맞이했다. 자원도 부족한 나라에서 도와줄 수 있을 때, 기꺼이 곁을 내어 주었다. 하지만 이 또한 한때일 것이다. 아이들이 크고 나면 하고 싶어도 못할 일이다.

육아와 함께 나의 일상도 지키고 싶었다. 없는 시간 쪼개어 책을 읽고 글을 썼다. 손주들이 곤히 잠든 새벽에 일어났다. 줌(zoom)으로 하는 새벽 기상 독서 모임에 참석했다. 그동안 올빼미형 인간이었다. 새벽 기상은 꿈도 꾸지 못했다. 이제 습관으로 자리 잡았다. 어떤 일이라도 꾸준하게 실천하는 어른이고 싶었다. 가꾸어진 인생 안에서 양육자의 역할을 잘 해내고 싶었다. 아이들을 돌보면서 어쩌면 내가 나를 돌보았다.

딸과 외손주들은 1년 6개월 후 다시 서울로 갔다. 아빠와의 분리 불안 증세를 보이는 외손녀의 껌딱지 사랑 때문이다. 함께 지내는 동안 이미 준 것은 잊어버리고 못다 준 것만 기억난다.

『부모와 아이 중 한 사람은 어른이어야 한다』에서는 "만약 아이들에게 부모를 선택할 기회가 있었다면, 과연 우리를 부모로 선택했을까요?"라는 질문이 있다. 아이를 출산하는 것은 내 선택이지만 아이는 부모를 선택할 수 없다. 아이를 '낳은 부모'가 아닌 '더 나은 부모'가 되기 위해 노력하여야 한다. 아이는 환승역처럼 나를 거쳐 갈 뿐 부모와 다른 종착역을 찾아갈 것이다. 종착역에 도착할 때까지 아이 스스로 해결하고 버텨내야 하는 것이 인생이다. 양육의 최종 목적은 미성숙한 아이를 제대로 된 어른으로 성장시켜 독립시키는 것이라고 한다. 이 책이 주는 최고의 선물은 먼저 나부터 '제대로 된 어른이 되어야 한다'이다. 나이를 먹었다고 다 어른이 아니다. 어른이라면 최소한 아이 앞에서 순화시켜야 할 감정을 구분할 줄 알아야 한다. 구분할 줄 아는 어른이 된다면 더 좋은 것을 선택할 힘이 분명히 있다고 믿는다. 책을 읽고 글을 쓰면서 조금씩 큰 그릇의 어른이 되려고 노력하고 있다. 글을 쓰는 가장 큰 이유는 나 자신을 변화시키기 위해서다. 글을 쓰면 어제보

다 조금 나은 내가 되는 것 같아서다. '다음 생에도 저의 어머니가
되어 주십시오'라는 선택, 받을 수 있을까?

하늘이 나에게 어떤 복을 주시려나

김홍선

그날도 벚꽃이 휘날리던 밤이었다. 서강대교 위, 길을 건너면 국회의사당길 벚꽃이 만개해 있다. 시선은 강물을 향하고 있다. 현실은 아래가 편하다고 밀고 있다. 그때 이 한 문장이 아래로 향하는 몸을 끌어당겼다.

"하늘이 사람에게 복을 내릴 때는 반드시 먼저 작은 화를 내려 경계하게 한다. 따라서 화가 닥쳐왔을 때는 근심만 할 것이 아니라 다른 것도 함께 보고 헤쳐 나가야 한다." 한용운의 『채근담』에 나오는 한 문장이다. 처음 보았을 때 좋아서 밑줄을 그었을 뿐인데 이 순간에 왜 떠올랐는지 모르겠다.

적성에 맞지 않는 이과를 선택했다. 그리고 화학과로 대학을 진학했다. 고2 때 돌아가신 아버지를 대신해 외아들인 내가 가장이라고 생각했다. 취직이 잘된다는 한마디에 시작한, 적성에 맞지 않는 삶을 오랜 시간 살았다. 마침내 내 삶을 스스로 선택한 것이 인터넷 여성의류 쇼핑몰. 원하는 삶을 살 수 있다는 희열에 사로잡혀 아무 경험이 없다는 것은 문제가 되지 않았다. 그래도 현실은 녹록지 않았다. 가방 하나 들고 도매시장을 밤새 돌아도 마음에 드는 신상을 못 사고 빈 가방으로 돌아오는 경우도 숱했다. 처음 시작하는 설움이다. 도매시장 거래 업체 사장이 동업을 제의했다. 내가 온라인을 하고 자신이 오프라인 매장을 같이 하면 시너지가 날 것이라고 했다. 여성의류 경험이 전혀 없기에 선뜻 손을 잡았다. 결국 1년 만에 이용만 당하고 수천만 원의 빚을 지고 끝냈다. '그래, 경험은 남았잖아!' 수없는 실수와 실패를 겪으며 키워 갔다. 인건비가 없어 쌍둥이를 임신한 아내가 만삭으로 출산 일주일 전까지 밤새 도매시장을 다녔다. 업체 사장들의 안쓰러운 눈빛이 아직도 선명하다. 천신만고 끝에 자리를 잡았다. 자식 같은 쇼핑몰이었다.

"키릭, 키릭." 오후 4시, 배송장이 한참 나온다. 세상에서 가장 듣기 좋은 소리다. 직원 30여 명, 한 달 매출은 수억 원. 3년간 갖은 고생 끝에 일군 성과다. 모처럼 여유 있는 오후를 즐기고 있다. 배송 나갈 박스가 쌓인다. 보기만 해도 배가 부르다.

"사장님이 누구세요?"

배송 준비가 한창일 때 뒤에서 낯선 목소리가 들린다. 뒤돌아보니 10여 명이 넘는 사람들이 일사불란하게 사무실 컴퓨터와 서류를 쓸어 담고 있다. 30여 명의 직원들이 손을 놓고 입을 쩍 벌리고 있다.

"국세청에서 세금 탈루가 의심되어서 나왔습니다."

목에 가시 같았던 일이 터졌다. 당시 동대문 도매시장은 세금계산서를 잘 주지 않았다. 항상 불안해 담당 세무사에게 물어보면 돌아오는 대답은 같았다. '다들 그렇게 하는데 뭐 별일 있겠냐.' 그 말만 믿고 지냈다. 나중에 알았다. 소위 장끼라는 영수증을 기장하면 인정해 준다는 것을. 무지가 나를 삼키는 순간이었다. 자료가 없으니 3년간의 매출이 모두 이익이 되었다. 단 보름 만에 3년 동안 쌓은 피땀 어린 공든 탑이 철저히 무너졌다. 세금 탈루한 숨은 재산이 있는지 샅샅이 조사했다. 있을 리가 없었다. 세무공무원의 표정이 일그러졌다. 마지막 세금을 부과받으러 세무서로 갔던 날이 생생하다. 들어가니 나를 바라보는 공무원의 동공이 흔들린다. 담당 팀장이 내 손을 꼭 잡고 위로를 한다.

"젊으니 다시 시작하면 돼요. 쇼핑몰은 빨리 정리해야 될 겁니다."

마치 자신의 잘못으로 이렇게 된 것 같은 표정이다. 20억 원. 일주일 후 날아온 세금이다. 내 손을 잡고 눈물짓던 팀장의 표정과 고지서가 극명하게 대조를 이룬다. 쇼핑몰을 닫았고 나는 신용불량자가 되었다.

벚꽃이 휘날리던 날 서강대교 위로 올랐다. 현실을 받아들이는 것이 너무 힘들어 턱이 빠졌고, 피오줌이 나왔다. '나도 이제 좀 편해지자.' 그때 아래로 향하던 발걸음을 잡은 것이 이 한 문장이었다. '도대체 하늘은 나에게 얼마나 큰 복을 내려 주시려고 이런 시련을 주나?' '그래, 어디 이 말이 맞는지 한번 지켜보자.' 벼랑 끝에서 나를 잡아 주었다. 이후 수많은 난관을 마주할 때 주문처럼 외웠다. '하늘이 나에게 얼마나 큰 복을 내려 주시려고 이런 시련을 주시나?' 그냥 긍정도 아닌, 생존을 위한 긍정을 시작했다.

이 글귀를 중얼거리며 절실히 긍정을 하니 두려움이라는 괴물은 천천히 바람이 빠진다. 사방이 깜깜한 벽. 치열하게 감사할 것을 찾았다. 없었다. 그래서 상상했다. '우리가 교통사고를 당해서 중환자실에 누워 있는 것보다는 감사할 일이잖아!' 그래도 힘들면 '내가 암에 걸려서 죽어 가는 것보다 세금 얻어맞는 것은 감사할 일이야!' 하다 하다 할 것이 없는데 차창 밖 교회에 이런 문구가 보인다. '숨 쉬고 기도만 할 수 있어도 감사하다.' 책 속 한 문장으로 시작된 생존 긍정으로 치열하게 감사할 것을 찾았다. 긍정하지 않으면 숨을 쉴 수가 없었기 때문이다. 여러 날 이어지며 한 줄기 빛이 들어온다. 마음의 여유다. 얼어붙었던 머리는 해결을 위해 움직인다. 쇼핑몰을 정리하고 살길을 찾았다.

답답한 마음에 은행에 다니는 친구와 만났다. 소주잔을 기울이며 속에 있던 답답한 덩어리들을 쏟아냈다.

"홍선아, 다음에 무얼 할지 계획이 서면 연락해라. 나도 알아볼게."

친구가 위로의 말을 건넨다. 그리고 얼마 후 우연히 지인의 손에 이끌려 인천에 있는 어린이집을 보러 갔다. 110명 규모로 한눈에 마음에 들었다. 같이 하면 어떻겠냐고 제의를 한다. 전혀 생각지도

그 문장이 내게로 왔다

못한 일이었다. 3억 원가량 돈이 있으면 동업할 수 있었다. 수중에 한 푼도 없을 때였으니 터무니없는 금액이었다. 쓴웃음이 얼굴에 가득 번졌다. 그런데 이상하다. 예전 같았으면 뒤도 돌아보지 않았을 텐데, 머릿속에서는 방법을 찾고 있고 입에서는 이런 말을 하고 있었다. '하늘이 어떤 복을 내려 주시려고 하나? 감사합니다. 감사합니다. 어린이집을 내려 주셔서.' 나는 이미 복을 받은 미래로 가 있었다. 얼마 전 만난 친구가 생각났다. 연락을 하고 필요한 어린이집 서류를 넘겨주었다.

일주일 후, "홍선아, 3억 원 대출 승인 났어." 전화기를 잡은 손이 떨린다. 심장이 요동치고 다리의 힘이 풀려 주저앉았다. '휴우! 살았다.' 떨리는 손으로 볼을 꼬집었다. 주문같이 외운 한 문장의 위력이었다. 책 속 한 구절 덕분에 바닥을 차고 올라갈 수 있었다. 글이 삶이 되는 순간이었다.

이 한 문장으로 절실한 생존 긍정을 할 수 있었다. 그 덕분에 실패와 시련을 바라보는 시선이 바뀌었다. 고난과 시련을 마주하면 그것에서 또 다른 길을 찾는다. 그 덕분에 삶은 더 단단해진다. 지금도 숨이 턱에 차는 시련을 마주하면 주문처럼 외운다. '하늘이 얼마나 큰 복을 내려 주시려고 이런 시련을 먼저 주시나? 감사합니다.' 시련 너머 마주할 축복을 생각하며 먼저 감사한다. 입이 아니라 근육이 기억하는 경험이 말하고 있다.

나의 인생, 나의 문장

김한송

언제부터인지 사람들은 '인생'이라는 두 글자를 다른 낱말과 붙여 쓰기 시작했다. 드라마, 영화, 사진, 음악, 맛집 등 인생을 붙이면 뭔가 자기만의 고유성으로 인식할 수 있는 분위기다. 심지어는 잘 어울리는 의상까지도 인생 옷이라고 표현한다. 그에 반해 나는 활동적이지도 않고 소유욕도 없는 편이라 인생이라는 글자를 붙일 만큼 대단한 실체가 없었다. 그런데 그런 나에게도 드디어 찾아왔다. 망설임 없이 '인생' 두 글자를 붙였다.

본격적으로 글쓰기를 시작하면서부터 다양한 책을 접했다. 인문학, 철학, 심리학, 자기 계발서 등 세상에 읽어야 할 책들이 이렇게나 많다니, 진작에 열심히 읽지 않은 것이 후회되었다. 유아교육을 전공하고 25년 교육자로 사는 동안 읽었던 책은 그리 많지 않았다. 부모교육 관련 도서나 서점에서 스포트라이트를 받아 당당하게 세워진 베스트셀러 위주의 책 몇 권이 다였다. 중요한 부분만 접어 놓고 한참이 지나고 나서야 다시 펴곤 했다. 좋은 책의 기준이 뭔지도 잘 몰랐고 누군가 추천해 주면 사서 읽는 시늉만 냈을 뿐이었

　　　　　그 문장이 내게로 왔다

다. 그러다가 와닿는 문장을 만나면 밑줄 긋고 고개를 끄덕거렸다. 하지만 그때뿐, 돌아서서는 잊어버렸다. 책을 읽어야 한다는 생각은 있었지만 바쁘다는 핑계로 좋은 글귀 몇 줄을 읽는 게 끝이었다. 그래도 관심 있는 책 위주로 독서의 끈을 붙잡아야겠다는 생각은 하고 있었다. 그런 내게 근사하고 멋진 책이 와 주었다. 내가 좋아하는 부류의 자기 계발과 인문학의 새로운 관점으로 접근한 책이었다. 그리고 거기에서 가슴 뛰는 '인생 문장' 하나를 만났다.

"자기 자신의 목적지에 먼저 가까워지지 않고서는 다른 사람들을 그들이 원하는 목적지로 데려갈 수 없다." 케빈 홀의 책 『겐샤이』에 나온 문장이다. 바로 '코치'의 어원이다.

'가슴 뛰는 삶을 위한 단어 수업'이라는 부제처럼 책 안의 내용 하나하나가 나를 뜨겁게 만들었다. 책에서 제시한 열한 개의 단어 중 '코치'라는 단어에 더 관심이 갔다. 가르치는 사람으로 살았고, 교육 현장에서 보람과 의미를 찾아 왔기에 더 와닿았다. 평소에 '코치' 하면 운동 선수의 멘토나 스승의 역할을 하는 사람이라고만 알고 있었다. '중요한 사람을 목적지로 데려다준다'라는 말은 내 가슴을 두드리기에 충분했다. 단어 하나가 이렇게까지 심장을 요동치게 만들다니! 새삼 글이 주는 무게감과 위력을 느낄 수 있었다.

25년 유아교육자, 그동안 내가 걸어왔던 길을 수식해 주는 말이다. 교사를 거쳐 원장이 되었다. 기관장으로서 아이와 교사, 학부모를 책임진다는 각오로 살았다. 그 긴 시간이 나를 성장과 변화로 이끌었다. 리더로서 살아간다는 것은 생각보다 많은 부분을 내려놓아야 가능하다는 현실을 직시하기도 했다. 여러 사람과 부딪히면서 인간관계에 대해 느끼고 깨닫는 시간이었다. 리더의 자리에 올랐다고 해서 좋은 일만 바라진 않았다. 내가 짊어져야 할 무게가 많을 거라고는 짐작했다. 하지만 적어도 내가 열심히 하면 모두가 나의 뜻을 따라 줄 것을 기대했다. 착각이었다. 의욕만 앞섰다. 혼자 발을 동동 굴렀다. 문제가 닥쳤을 때 내 맘처럼 주인의식을 갖는 사람은 없었다. 고민을 나눌 사람도 없었다. 리더의 길은 외로웠다. 그랬다. 나는 어느새 한 단계 높이 올라서 있었다. 나도 모르는 사이에 리더로서 생각과 가치관이 갖춰지고 있었다. 자리가 사람을 만든다는 말이 있지 않은가. 함께 가는 이들에게 등대가 되어 준다는 거창한 말은 감히 쓸 수 없었다. 하지만 모두를 한 방향으로 어우르는 지혜를 키워 나갔다. 무슨 일이든 내가 솔선수범하는 자세로 임했다. 밤을 새워 고민하고 어떤 방법이 최선인지 초심을 잃지 않으려 노력했다. 진짜 리더십이 무엇인지 알아가는 과정이었다. 그런 노력에도 불구하고 교육 현장에서 만난 여러 사람 때문에 많은 상처를 받았다. 나와 뜻이 맞지 않는 사람, 내 마음을 전혀 몰라주는 사람, 나를 더 깎아내리려 하는 사람들 천지였다. 하지만, 그들 덕분에 인생을 배웠고 리더로서 걸어가는 길을 진지하게 받아들일 수 있었다.

올해 2월, 경남 의령에 있는 초등학교에서 부모교육 특강을 했다. 아이들을 향한 교장 선생님의 관심과 교육철학이 있었기에 가능했다. 전교생 25명, 저출산으로 인해 아이들이 점점 줄어가고 있다는 안타까움을 느낄 수 있었다. 절반 이상의 부모님이 교육에 참여했다. 준비한 강의 자료와 영상으로 부모의 마음가짐에 대한 소통을 이어갔다.

나의 인생 문장을 화면에 띄웠다. "우리에게 중요한 사람이 누구일까요? 네, 맞습니다. 우리 자녀들은 잠시 맡겨진 귀한 사람입니다. 소유하지 않고 자녀들이 행복한 삶을 살 수 있도록 목적지까지 안전하게 데려다주는 부모는 모두 코치입니다." 엄마들은 집중해서 들으며 고개를 끄덕였다. 부모와 교사가 협력하여 멋진 인생을 살아갈 아이들을 잘 이끌어 가자는 메시지를 전했다. 보람된 시간이었다.

흔히 가르치는 사람을 보고 등대지기라는 표현을 한다. 누군가의 길을 비추어 준다는 의미에서다. 훤하게 앞을 밝혀 줄 수 있는 사람, 더 멀리 더 높게 볼 수 있도록 길을 만들어 주는 사람, 앞이 보이지 않는 캄캄한 길을 가야 할 때도 기꺼이 먼저 한발 내딛는 사람이 바로 코치의 역할이다. 가보지 않은 길을 성큼성큼 안내하는 일은 결코 쉽지 않은 일이다. 그럼에도 불구하고 본보기가 되려고 노력했던 교육자의 삶이 더 큰 꿈으로 나를 안내했다. 선한 영향력을 펼치고 싶은 열망이 내 안에 자리 잡았다.

이은대 대표가 운영하는 자이언트에서 글쓰기 수업을 3년째 듣고 있다. 오랫동안 꾸준히 수업을 들을 수 있는 비결이 있다. 첫째는 평생 재수강이 가능한 강좌라서 언제든 들을 수 있다는 점이다. 그리고 무엇보다 정해진 시간에 글을 쓰는 루틴을 장착시켜 작가로서 매일 글을 쓸 수 있게 되었다. 물론 작가 스스로 매일 쓰는 기쁨을 누리고 싶을 때 가능한 일이다. 글을 쓰는 과정은 정신노동이기 전에 육체노동이다. 좋은 글을 쓰기 위해서는 엉덩이 꾹 누르고 자판을 두드리는 행위가 반복되어야 하기 때문이다.

나는 매일 글을 쓰는 작가가 되었다. 지금까지 개인 저서 두 권과 공저 한 권, 그리고 전자책 한 권까지 출간의 기쁨을 맛보았다. 쌓여 가는 글은 내 삶의 의미와 가치를 대변해 주었다. 글을 쓰면서 내가 어떤 사람인지 구체적으로 알게 되었다. 나를 찾아 가는 시간은 어떻게 살고 싶은지에 대한 질문으로 이어졌다. 그리고 글을 쓰는 행위가 나의 영향력을 가치 있게 전파할 수 있음을 확신했다.

며칠 전 자이언트 북 컨설팅에서 주관하는 라이팅 코치 양성 과정을 수료했다. 인증패를 받고 내 이름 세 글자가 새겨진 '라이팅 코치'라는 명찰을 가슴에 단 내 모습, 자랑스럽고 예뻤다. 중요한 사람을 목적지로 데려다주는 사람, 코치가 된 것이다. 작가가 되고 싶은 사람들에게 출간의 기쁨을 맛보게 해 주고 싶다. 더 나아가 글 쓰는 삶을 전하는 소명을 마음에 새겼다. 한 단계 높은 차원의 코치가 되기 위한 날개를 달았다. 이제 날갯짓으로 힘찬 동력을 모으는 일만 남았다.

배움을 멈추면 가르치는 일 또한 멈춰야 한다는 철학으로 살아 왔다. 더 공부하고 연구하며 세상의 길을 밝게 비추어 줄 나는 글 쓰기와 책 쓰기 전문가, 라이팅 코치다!

새로운 일을 시작하려는 나에게

김희진

책을 읽으면 작가와 마주 앉아 대화를 나누는 기분이 든다. 다 읽고 나면 글을 쓴 작가에 대해 알고 싶어진다. 다른 저서가 있는지 검색해 본다. 살아온 환경은 어땠는지, 지금은 어떻게 살고 있는지. SNS를 하고 있다면 반갑다. 소식을 들을 수 있을 테니까. 읽었던 모든 책이 머릿속에 남아 있지는 않다. 그래서 다행이기도 하다. 모두 기억하고 있다면 머릿속이 엉망일 것 같다. 남기고 싶은 문장이 있다면 손으로 적는다. 독서 노트를 쓰며 좋은 점. 그때의 나를 볼 수 있다. '아, 이런 문장이 마음에 들어왔구나.'

좋은 습관의 노예가 되리라.

- 『위대한 상인의 비밀』 중

육아서만 읽었다. 요즘은 도서관에 가면 평소 읽지 않던 문학 서적이나 자기 계발서를 둘러본다. 사고 싶은 책은 일단 장바구니에 넣는다. 온라인 서점 '알라딘' 플래티넘 회원이라 할인 쿠폰도 있어 좋다. 읽지 않은 채 탑처럼 쌓여 갔다. 도서관에서 빌린 책은 목차만 훑어보고 반납하기 일쑤다. 대책이 필요했다. 독서 모임을 하기 위해 이 주에 한 권 겨우 읽었다. 2022년 4월 읽어야 할 책은 『위대한 상인의 비밀』이었다. 오미크론 감염으로 일주일간 자가격리다. 시간이 넉넉했다. 책을 펼치자마자 마법에 걸린 듯 쑥 빨려 들어갔다. 마지막 장을 덮으며 한 달 동안 독서하기로 마음을 먹었다. 하루 한 권. 한 달만 해 보자. 하루 중 가장 중요한 일은 무조건 책 읽고 기록으로 남기기. 좋은 습관의 노예가 되어 보자. 주로 기록에 관련된 책을 찾아 읽었다. 자연스럽게 다음 읽을거리가 꼬리에 꼬리를 물고 딸려 나왔다. 메모하는 법을 알려주는 책부터 요약하는 기술에 관한 책. 무작정 읽었다. 한 달이 지나자 성취감과 함께 자신감이 붙었다. 하루 한 권쯤은 읽을 수 있지. 좋은 습관은 성장하게 한다. 완벽한 나를 만들려 애쓰지 않고 완성해 나가기로 했다.

> 사람들은 늘 내게 늦었다고 말했어요. 하지만 지금이야말로 가장 고마워해야 할 시간이에요. 진정으로 무언가를 추구하는 사람에게는 바로 지금이 가장 좋은 때입니다. 시작하기 좋은 때죠.
> ‒ 『인생에서 너무 늦은 때란 없습니다』 중 모지스 할머니 이야기

취업 준비생이던 시절, 경력도 없는 이십 대 중반 어정쩡한 나이였다. 산업 디자인 전공자였지만 의상 디자인 공부를 하기 위해 이

년이라는 시간을 보냈다. 취업하려니 막내 디자이너 하기에는 나이가 많다는 피드백을 받았다. 문을 계속 두드리니 들어갈 회사는 나타났다. 돈을 모았다. 서른이 되기 전 어학연수 가기 위해. 일본 도쿄에 일 년 있는 동안 아무 걱정 없었다. 무작정 놀았다. 일 년 후 서울로 돌아오니 그동안 논 대가를 치러야 했다. 다시 취직하기가 보통 일이 아니다. 어디로 가야 할지, 무슨 일을 다시 해야 할지 갈피를 잡지 못하고 일 년을 보냈다. 더 이상 버틸 수 없었다. 서른이 넘은 나이에 엄마에게 용돈을 받을 수도 없었다. 어찌 되었든 돈을 벌어야만 했다. 2008년 인천공항 탑승동 면세점이 문을 열었다. 덕분에 일자리를 찾았다. 새로운 일을 시작할 때는 낯설고 무섭다. 설렘과 불안한 마음이 교차되었다. 그래도 서른은 다시 시작하기 좋은 때다.

결혼하고 아이가 생기지 않아 일을 그만뒀다. 나로서는 큰 결단을 내린 거였다. 덕분에 딸을 낳았다. 한동안 온 신경이 육아에 쏠려 있었다. 아이가 어린이집에 다니기 시작하니 비로소 내 시간이 생겼다. 아무도 없는 조용한 집, 얼마 만인가. 좋을 줄 알았다. 예상과 달리 심심하다. 이런 시간을 얼마나 바랐는데. 공허한 마음을 달래려 무언가를 배우러 찾아다녔다. 다시 일하고 싶은 마음이 한구석에서 스멀스멀 올라온다. 어린이집 보내고 운동도 다녔다. 집 앞에 있는 체육센터. 저렴한 비용으로 원하는 수업을 들으니 좋다. 요가와 필라테스. 첫날은 계단 몇 개도 내려가지 못할 만큼 근육통이 있었다. 몸을 쓴 만큼 개운하고 몸과 마음에 활기가 느껴졌다. 오전에는 필라테스, 오후에는 하원한 아이를 데리고 모자 수영을 다닐 정도로 에너지가 생겼다. 필라테스 수업이 끝나고 화장실에서 강사님과 마주쳤다. "일하는 거 있나요? 없으면 필라테스 배워서 강사 해 봐요. 잘할 것 같은데." 당시에는 손사래를 쳤다. 절대 아니라고. 언제부터인가 필라테스 지도자 양성 과정을 검색해 보고 있었다. 과연 내가 할 수 있는 일인가. 삼십 대였다면 바로 결정했을 텐데. 마흔이 넘으니 선뜻 나서지지 않는다. 비용뿐만 아니라 시간 투자도 상당했다. 어린이집에 다니는 딸 얼굴이 먼저 떠올랐다. 수업이 늦게 끝난다. 혼자 있을 아이 생각을 하니 걱정이다. 서울 사는 친정엄마에게 도움을 청했다. 엄마 덕분에 걱정 없이 육 개월 동안 수업을 들을 수 있었다. 2019년 12월, 실기 시험을 앞두고 코로나19가 심상치 않았다. 모든 게 멈췄다. 강사로서 시작도 하지 못하고 꿈을 접었다.

오히려 다행인지도 모르겠다. 모든 게 온라인으로 대체되었다. 좋은 강의를 무료로 들을 기회다. 도서관에서 하는 강의가 많았다. 그중 글쓰기 강의를 8주간 들었다. 버킷리스트 중 하나, 책 출간. 언젠가는 써야지. 막연하게만 느껴지던 글쓰기의 세계에 한발 들였다. 한 줄, 두 줄. 두서없이 그냥 글을 썼다. 내가 작가가 될 수 있을까? 에이, 그건 아니지. 자체 검열의 목소리가 커졌다. 이 나이에 무슨. 한 번 써 보지도 않았잖아. 글은 똑똑한 사람들이 쓰는 거 아닌가? 쓰지 못할 이유를 대자면 한 트럭이다.

'늦었다고 생각할 때가 가장 빠른 때, 좋은 때다.' 사십 대는 해당하지 않는다고 자체 결론을 내렸다. 그러던 중 도서관에서 발견한 책, 『인생에서 너무 늦은 때란 없습니다』 중 모지스 할머니 이야기. '그러네! 75세에 그림을 그리기 시작한 할머니가 있지. 나는 늦은 게 아니지.'

사십 대가 되니 생각이 많아진다. 글을 쓰려니 용기가 필요했다. 내 이야기를 세상에 내놓기 부끄럽다. 대단치 않은 인생인데 뭘 어쩌게? 마흔 중반, 어정쩡하다. 아이를 다 키운 것도 아니고 인생을 말할 나이도 아니다. 멈칫하는 순간 모지스 할머니로부터 메시지가 전해 온다. 삶이 넉넉하지 않아도, 화려하지 않아도 괜찮다. 모두 늦었다고 말할 때 인생을 다시 시작해도 된다. 백 세 시대. 나는 아직 반도 살지 않았으니 얼마나 다행인가. 마음이 가벼워진다.

의지가 약한지라 누군가 응원해 주길 바랐다. 말이 통하는 사람, 그저 들어 주는 사람이 필요하다. 일흔이 넘은 나이에 그림을 그리기 시작한 할머니의 이야기는 위안이 되어 줬다. 책 덕분이다. 살아온 곳, 시대도 다르다. 101세까지 살아낸 인생이 바다 건너 나에게까지 전해졌다.

집에서 노트북 한 대로 안 되는 게 없다. 온라인으로 뭐든 배울 수 있는 세상이다. 그래서 만나게 된 자이언트 글쓰기 수업. 꾸준히 들으니 글쓰기 코치로 연결된다. 왜 쓰는지, 글을 쓰면 뭐가 좋은지 전해 주고 싶다. 많은 사람이 글 쓰며 살면 좋은 세상이 될

그 문장이 내게로 왔다

것 같다. 쓰다 보면 내가 보인다. 처음에는 푸념, 후회, 연민이었던 글이 점차 바뀌었다. 긍정과 희망의 메시지가 마음에 피어났다. 나를 인정하고 보듬어 주니 남도 보인다. 글쓰기가 삶에 어떤 도움이 되는지 알려 주고 싶다. 그런데 내가 할 수 있는 일인가? 말 잘하는 사람이 아닌데. 나는 이목을 끄는 능력도 없는데. 새로운 일을 하기에는 나이가 많지 않아? 문학 지식도 없고 경험도 없는데 힘들지 않겠어? 안 되는 이유를 쏟아냈다. 그러자 긍정도 나온다. 지금 하지 않으면 후회할지도 몰라. 이보다 가치 있는 일은 없어. 초보가 왕초보를 알려준다고 생각하면 어때? 무엇보다 지금이 가장 빠른 때야.

다시 한번 모지스 할머니가 생각났다. 75세에 그림을 그리기 시작했던 평범한 할머니가 국민 화가가 된 실제 이야기. 오십도 되지 않은 나는 무언가 시작하기에 딱 좋다. 1860년에 태어난 할머니. 얼굴도 보지 못한 사이지만 존재 자체로 응원이 된다.

'당신의 삶을 세상에 알려줘서 고마워요. 할머니 덕분에 용기를 얻어요.'

나도 희망의 본보기가 되고 싶다. 나처럼 용기가 필요한 이들에게.

생생하게 꿈꾸면 이루어진다

박현근

19살, 고등학교를 자퇴했다. 10년 동안 배달을 하며 살았다. 1년만 일을 해서 돈을 모아 대학에 가려는 계획은 물거품이 되었다. 10년 동안 배달부로 살았다. 29살 때, 배달이 늦게 왔다는 이유로 뺨을 맞고 자살을 결심했다. 우연히 만난 한 권의 책으로 자살을 '살자'로 바꾸었다. 『꿈꾸는 다락방』 책이 내 생명의 은인이다. 나는 꿈도 목표도 없이 살았다. 돈을 많이 벌어 부자가 되고 싶었다. 아르바이트를 하루에 4개씩 했다. 잠도 자지 않고, 한 푼이라도 더 벌기 위해 살았다. 빨리 부자가 되고 싶었다.

작은 키, 왜소한 몸, 까만 얼굴, 고교 중퇴생. 사람들은 나를 무시했다. 손님들은 툭하면 반말을 했다. 사장은 월급을 주지 않았다. 그럴수록 나는 성공에 대한 열망이 더욱 커져만 갔다. 하지만, 어떻게 해야 성공할 수 있는지는 알 수 없었다. 그 누구도 나에게 성공 공식에 대해서 알려 주지 않았다.

그 문장이 내게로 왔다

『꿈꾸는 다락방』 책에서 '생생하게 꿈꾸면 이루어진다'라는 문장을 읽었다. R=VD. 꿈도 목표도 없던 나에게 한 줄기 빛이 생겼다. 저자는 종이 위에 꿈을 적으라고 했다. 사진을 붙이고 시각화하는 것을 강조했다. 나는 단순하다. 책에서 시키는 그대로 따라 했다. 종이 위에 꿈을 적기 시작했다. 갖고 싶은 것, 하고 싶은 것, 배우고 싶은 것, 가고 싶은 곳, 나누고 싶은 것, 하나씩 꿈을 적어 나갔다. 종이에 기록만 했는데 마치 꿈이 이루어진 것처럼 가슴이 뛰었다. 책 속에 나온 추천 도서를 모두 사서 읽기 시작했다. 책을 읽고, 강의를 찾아다녔다. '전국을 다니는 강사'라는 꿈이 생겼다.

어릴 때 꿈은 수학 선생님이었다. 내가 알고 있는 지식을 가르치는 것을 좋아했다. 종이 위에 '전국을 다니는 강사'라고 꿈을 적고, 강의장 사진을 벽에 붙였다. 꿈을 이룬 모습을 매일 상상했다. '나는 전국을 다니는 강사다'라고 크게 외쳤다. 꿈을 위해 노력했다. 한강 다리 위에 올라가 큰 소리로 강의 연습을 했다. 책을 읽고, 강의 프레젠테이션 자료를 한 장씩 만들었다. 노래방 마이크를 사서 마이크 잡는 연습을 했다. 화이트보드를 사서 판서 연습을 했다. 전신 거울을 보며 강의 자세를 연습했다. 스마트폰으로 연습하는 모습을 촬영해서 스스로 피드백을 했다. 말의 빠르기, 높낮이, 표정을 고쳐 나갔다. 스피치 학원을 다니고, 연기 학원을 다녔다. 컴퓨터 학원을 다니면서 PPT 만드는 법을 배웠다.

국비 지원으로 CS 강사 학원에 등록했다. 강사 자격증만 있으면 강의를 하게 될 줄 알았다. 하지만, 현실은 혹독했다. 아무도 나를 강사라고 인정해 주지도, 불러 주지도 않았다. 명함을 만들었다. SNS 마케팅을 배우면서 나 스스로를 세상에 알리기 시작했다. 네이버 블로그에 내가 배우고 있는 내용들, 읽고 있는 책들을 정리해서 올렸다. 현실은 고교 중퇴 배달원이지만, 강사의 꿈을 키워 나가고 있는 내용을 블로그에 매일 작성했다. 결과가 아닌 과정을 공유했다. 사람들이 응원의 댓글을 달아 주기 시작했다. 지방에서 나를 만나고 싶어 서울로 오겠다는 사람도 생겼다.

어려운 환경은 나를 더 간절하게 만들었다. 돈 만 원이 없어서 밥을 못 먹고, 병원을 못 간 적이 많았다. 하지만, 천 원짜리 중고책을 사서 읽고 또 읽었다. 책을 읽으며 강사의 꿈을 키워 나갔다. 아무도 나를 믿어 주지 않았다. 오직 나 자신을 믿으며 한 걸음씩 꿈에 다가섰다. 씨를 뿌리면 열매를 맺는다. 나는 강사가 되기 위해서 꿈의 씨앗을 매일 심었다. 3년 정도의 시간이 지나자 나를 찾아 주는 사람들이 하나둘 생겨나기 시작했다.

컴퓨터 학원은 많은데, 왜 스마트폰 학원은 없지? 스마트폰이 보급되면서 스마트폰 이용자들이 많이 생겨났다. 나는 나의 직업을 스스로 만들었다. 스마트폰 활용법 전문 강사. 나는 스마트폰을 잘 다룬다. '아들보다 친절하게 알려드립니다. 고객이 계신 곳으로 찾아가서 알려드립니다라는 콘셉트로 스마트폰 기초 강의를 했다. 메모 앱(에버노트) 사용법에 대해 1:1 교육을 했다. 처음에는 카페에서 3시간을 교육했다. 1만 원을 받았다. 돈을 받는데 손이 떨렸다. 돈을 받을 정도로 가치 있는 일을 하고 있나 하는 의심이 들기도 했다. 커피를 사 드렸다. 그렇게 아주 작게 시작했다.

처음에는 1만 원, 3만 원, 5만 원, 10만 원, 30만 원으로 점점 가격을 인상해 나갔다. 가격을 인상했음에도 1:1 강의 문의는 늘었다. 소그룹 강의를 열었다. 10인실 강의장을 대관했는데 한 명이 온 적도 있었고 아무도 오지 않은 날도 있었다. 그래도 매주 강남의 스터디룸을 빌려서 강의를 진행했다. 설 명절에도, 추석 연휴에도 강의를 열었다. 나는 강의를 할 때 가장 행복했다. 나를 만나기 위해서 찾아오는 사람이 단 한 사람이라도 있으면 평생 강의를 멈추지 않겠다고 다짐했다.

서울에는 자기 계발 강의가 많은데 지방에서 오는 분들의 불편을 해결해드리고자 2016년부터 지방을 다니며 강의를 했다. 대구, 부산, 울산, 창원, 제주도, 대전, 광주. 전국을 다니면서 강의를 했다. 하나라도 더 알려드리기 위해서 수업 시간이 훌쩍 지나가기도 했다. 감사하게도 한번 수강한 분들의 입소문으로 인원은 점점 많아지게 되었다. 나는 시간과 장소에 자유로운 메신저가 되고 싶었다. 이제는 그 꿈을 이루었다. 전국으로 강연 여행을 다닌다.

꿈은 이루어진다. 단지, 시간이 걸릴 뿐이다. 씨를 뿌리면 열매를 맺는다. 꿈이 열매를 맺기까지는 시간이 필요하다. 자신의 꿈을 매일 종이 위에 쓰고, 크게 외쳐라. 그리고 그 꿈을 이루기 위해서 매일 피나는 노력을 해 보자. 어느 순간 그것은 꿈이 아닌 현실이 될 것이다. 생생하게 꿈꾸면 이루어진다. 나는 오늘도 꿈을 이루기 위해 꿈의 씨앗을 심는다.

열정은 미래를 잡을 수 있는 희망

서영식

나이는 숫자에 불과하다. 세월은 피부를 주름지게 하지만, 열정을 잃으면 영혼이 시든다. 사람은 신념과 함께 젊어지고, 회의와 함께 늙어 간다. 사람은 자신감과 함께 젊어지고, 두려움과 함께 늙어 가며, 희망과 함께 젊어지고, 실망과 함께 늙어 간다.

1970년대에 태어난 중국계 미국인인 쑤린(세계적인 기업의 고위층 임원을 비롯한 6만 명이 넘는 기업인에게 강의하고 하버드 관리학 전문 강사로 활동하는 강연가)이 쓴 책 『하버드대 인생학 명강의 — 어떻게 인생을 살 것인가』에 나오는 문장이다. 저자는 하버드대 출신 사람들의 성공 이야기를 썼다. 하버드대 출신이라고 해서 반드시 '정답'은 아니라는 점을 기억하고 자신만의 가치를 실현하라고 한다. 사회 초년생부터 중장년층까지 삶의 변화를 꿈꾸는 사람들에게 도움이 될 만한 책이다.

칠십 세가 넘은 노인이 있었다. 남들처럼 조용하게 하루를 보낸다. 아는 노인들과 지나온 추억을 이야기하는 게 유일한 낙이다. 때론 멍하게 아무것도 하지 않고 시간을 보내기도 한다. 어느 날, 아무것도 하지 않고 가만히 있는 모습을 지켜보던 한 자원봉사자가 말했다.

"그냥 가만히 계시지 마시고 그림 한번 배워 보실래요?"
"이 나이에 무슨 그림을 배워? 내 나이가 일흔이 넘었는데. 너무 늦었지."
"그림 배우는 데 할아버지 연세가 문제가 될까요? 할 수 없다고 생각하는 마음이 문제가 아닐까요?"

노인은 평생 처음 그림을 그리기 시작했다. 손은 떨리고 집중하기 힘들었다. 하지만, 그림 그리는 일은 재미있었다. 열정을 가지고 하루도 빠지지 않고 그림을 그렸다. 인생 경험이 많았기에 다양하게 표현할 수 있었다. 81세에 시작해서 101세에 22회 개인 전시회를 열기까지 했다. 노인은 바로 '미국의 샤갈'이라 불린 화가 '해리 리버맨(Harry Lieberman)'이다. 103세에 생을 마감한 그는 말했다. "얼마나 더 오래 살 수 있을지 생각하지 말고, 어떤 일을 더 할수 있을지 생각하세요."

올해 4월에 건강검진을 받았다. 검진 결과를 확인해 보니 기대수명이 85세라고 한다. 나이가 든다는 것은 살아갈 날보다 살아온 날이 더 많아지는 것이 아닐까. 보낸 시간이 많을수록 경험도 많이 쌓인다. 모든 인생은 각자 경험으로 가득 차 있다. 이미 지나간 시간보다 앞으로 살 미래에 대해 고민도 많이 한다. 무엇을 하며 보낼 것인가? 누구나 해야 할 일, 하고 싶은 일, 할 수 있는 일이 있다. 해야 할 일은 매일 정해져 있다. 하고 싶은 일이 뭔지 생각해본다. 주위에 하고 싶은 일을 물어보면 바로 답하는 사람들이 많진 않다. 하고 싶은 일은 열정이 함께 한다. 재미가 있다. 미국의 화가도 본인이 하고 싶은 일을 해서, 백 세가 넘어 성과를 낼 수 있었다. 하고 싶은 일을 찾으려면 내가 무엇을 좋아하는지, 어디에 관심이 있는지 잘 관찰해야 한다. 스스로 돌아볼 수 있는 시간이 필요하다. 글쓰기는 나를 돌아볼 수 있는 좋은 방법이다.

살면서 꼭 하고 싶은 일이 있었다. 15년 전에 쓴 버킷리스트에도 있다. 글을 써서 책을 출간하는 일이다. 책 쓰기에 관심이 많았다. 책을 쓰는 방법에 대한 특강을 많이 들었다. 책을 출간하고 싶었지만 내가 할 수 있을까 하는 생각만 했다. 자이언트 책 쓰기 무료 특강을 들었다. 전에 들었던 특강과는 달랐다. 진정성이 느껴졌다. "여러분들이 제 수업을 듣지 않아도 좋습니다. 글을 쓰는 삶을 살았으면 합니다. 언제든지 무료 특강이라도 계속 듣고 글을 쓰세요." 진심으로 수강생을 위하는 마음이 느껴졌다. 그날 수업이 끝나고 바로 등록했다. 2021년 8월, 드디어 수업을 시작했다. 처음 수업을 들을 땐 글을 써야겠다는 마음이 불타올랐다. 나도 빨리 글을 써서 책을 내야지. 현실은 쉽지 않았다. 뭘 써야 할지, 어떻게 쓸지, 내가 쓴 글이 책이 될 만할지. 여러 가지 걱정, 고민만 했다. 글을 많이 쓰지 않았다. 열심히 일 년이 넘게 수업만 들었다. 마음속엔 글을 써야만 한다는 부담감만 있었다. 무언가에 끌리듯이 공저를 신청했다. 공저 6기를 함께하면서 내 생애 첫 번째 책을 출간했다. 초보 작가들의 고군분투기 『글쓰기를 시작합니다』가 세상에 나왔다. 원하는 꿈을 이루었고 삶의 또 다른 재미를 찾았다. 나를 아는 사람들이 '작가님'이라고 불러 준다. 새로운 경험이다. 나도 드디어 부캐(부 캐릭터 줄임말, 평소와 다른 역할)가 생겼다.

책 쓰기 수업을 온라인으로 매주 빠지지 않고 꾸준히 듣는다. 한 달에 두 번 독서 모임에도 함께한다. 매월 잠실 교보문고에서 하는 자이언트 작가 저자 사인회에도 참석한다. 처음엔 낯설고 어색했다. 이젠 계속 참여하니까 편안하고 즐겁다. 온라인에선 이미 익숙한 얼굴들이다. 처음 만난 작가인데도 화면에서 자주 봐서 예전부터 알고 지낸 듯 친숙하다. 공통 관심사인 글쓰기, 책 쓰기 이야기를 하다 보면 시간 가는 줄을 모른다. 내가 그동안 몰랐던 또 다른 세상을 만난다. 함께하는 작가들은 "고마워요, 멋져요. 잘했어요. 좋아요. 최고예요. 아름다워요. 신나요"라며 긍정의 기운이 넘친다. 오프라인 모임에 참석하고 집으로 돌아오는 길이 신난다. 내가 몰랐던 장점을 말해 준다. 나도 다른 작가의 좋은 점을 찾아서 얘기한다. 새로운 사람들을 만나고 다양한 얘기를 나눈다. 생각의 폭이 넓어진다. 이야기를 마음껏 할 수 있다. 관심사가 같고 책을 좋아하는 사람들을 만난다. 글쓰기를 통해 얻은 또 다른 기쁨을 사람들에게도 알려 주고 싶다. 책 쓰기 강사로 활동할 수 있는 자이언트 라이팅 코치 과정을 수료했다. 배운 것을 나누고 함께 성장하고 싶다.

점점 시간이 빨리 간다고 느낀다. 새해 인사를 한 게 엊그제 같은데 벌써 5월이다. 세상도 빠르게 움직인다. 항상 새로운 것을 배우고 변화하는 세상을 쫓아가기 위해 노력해야 한다. 익숙한 환경에만 있으면 불확실한 미래에서 도태될 수도 있다. 빨리 변하고, 예측하기 힘든 세상이다. 무조건 열심히 한다고 해도 성공하기는 어렵다. 목표를 정하고 꾸준히 해야 한다. 꾸준함과 배움, 훈련이 필요하다. 뭔가 배우는 것을 좋아하는 편이다. 나이가 들수록 배우기가 어렵다고 생각할 수도 있다. 오히려 경험을 통해 더 잘 배울 수 있는 것도 많다. 나이 들어 가는 것을 받아들인다. 내 인생의 가치를 더 의미가 있게 만들 방법을 찾으려 한다. 실패를 극복하고 성공한 사람의 대명사, 『해리포터』를 쓴 조앤 롤링은 "실패가 두려워 아무것도 하지 않는 것이 가장 큰 패배다"라고 했다. 안 해 보고 후회하지 않기 위해 일단 해 보려고 한다.

희망은 미래라고 하는 냄비에 붙어 있는 손잡이와도 같다. 그것을 놓쳐서는 안 된다.

마빈 토게이거가 쓴 『영원히 살 것처럼 배우고 내일 죽을 것처럼 살아라』라는 책에 나오는 문장이다. 살면서 미래에 대한 희망을 품을 때도 있고, 절망할 때도 있다. 현재 삶이 고달프고 힘들 때는 미래를 생각할 여유가 없다. 하루를 어떻게 보낼까 하는 생각만으로 버텨내기도 한다. 기억하기 싫은 과거가 현재의 나를 붙잡을 때도 있다. 그래도 어려운 시기를 이겨낸 경험은 살아가는 힘이 된다. 이미 지나간 과거는 바뀌지 않는다. 현재는 내가 만들어 갈 수 있다. 하지 못한 일에 대한 후회보다는 지금 하는 일을 통해 나의 미래를 만들어 가려고 한다. 열정의 사전적 의미는 '어떤 일에 열렬한 애정을 가지고 열중하는 마음'이다. 반대말은 냉정이 아니라 어중간한 상태인 미지근함이다. 한 번뿐인 내 인생! 뜨거운 열정으로 목표를 향해 앞으로 나아가는 미래를 꿈꾼다. 막연히 꿈만 꾸는 것으로 결과를 낼 순 없다. 구체적인 계획과 실행하는 방법을 계속 배우고 노력해야 한다. 꾸준한 반복과 실천만이 내가 원하는 모습의 미래, 희망이 있는 미래를 만들 수 있다.

책에서 찾은 인생 단어

석승희

인생의 모토로 삼은 말이 있다. 바로 상선약수. 노자의 도덕경 8장에 나오는 말이다. 구글에서 찾아보면 상선약수란 '최상의 선은 물과 같다'라는 뜻이다. '가장 좋은 것은 물과 같다. 물은 만물을 이롭게 하고도 그 공을 다투지 않고, 모든 사람이 싫어하는 곳에 있다'라고 나와 있다. 수년 전에 이 말에 마음을 빼앗겨 그날부터 카카오톡의 대문 사진 아래 자리 잡은 사자성어다. 흐르는 물처럼 순리대로 살고 싶다.

작년 늦가을 여성 헤어웨어 기업인 '시크릿 우먼' 김영휴 대표님의 여자 사장 수업으로 인연이 된 분들과 함께 80일간 도덕경 필사를 했다. 도덕경 필사를 하면서 상선약수의 내용을 보면서 얼마나 반가웠는지 모른다. 보통 기억해야 할 것이 있으면 내 카카오톡에 저장해 두곤 하는데, 자주 보면 더 정든다고 하지 않나. 보면 볼수록 이 말이 참 좋다. 이렇게 살아야지 하고 다시 한번 다짐한다. 필사를 완주한 것은 도덕경 필사를 이끌어 주는 리더님의 역할이 컸다. 어려운 도덕경의 내용을 우리가 적용을 시킬 수 있도록 주기적으로 다른 방향에서 나눠 주셨다. 도덕경으로 많은 분에게 선한 영향력을 나눠 주고 있는 분인데, 멋진 리더님을 만난 덕분에 즐겁게 필사할 수 있었다. 그래서 끝까지 완주한 사람들이 많았다. 필사를 마친 사람들에게 선물 나눔도 있어서 원두커피와 클렌징 젤과 비누를 받았다. 필사도 완주하고 선물도 받고 도덕경의 어려운 글귀들도 만난 유익한 시간이었다. 김영휴 대표님의 인생에 터닝포인트가 되었다는 도덕경은, 들여다보면 거기에 삶의 모든 지혜가 담겨 있다. 한 권의 고전을 옆에 두어야 한다면 망설임 없이 도덕경이라고 말하고 싶다.

정말 좋은 책들이 많다. 좋은 책들이 이미 많이 나와 있지만 계속해서 마음을 빼앗는 책들이 쏟아져 나온다. 읽어야 할 책도 많은데 읽고 싶은 책도 많다. 행복한 고민에 즐겁다. 책을 읽고 알아가는 재미가 있다. 아, 그런 것이구나 하는 깨달음을 얻을 때는 기분이 좋아서 책을 껴안기도 한다. 그 안에 있는 지혜를 머릿속에 마구 주워 담고 싶은 마음에 흥분된다.

책을 읽을 때면 책 속에 푹 빠졌다. 재미있는 책을 만날 때면 다음 날 걱정은 접어 두고 밤새워 다 읽곤 했다. 나도 모르게 어느 순간 내가 책 속의 등장인물이 되어 대사를 하고 있는 것을 느끼고 웃음이 났다. 연기를 잘하는 것은 아니지만 등장인물의 감정에 이입되어 책을 읽고 있다. 그래서 책이 더욱 재미있었다. 만약 내가 가진 것 중 한 가지만 들고 떠날 수 있다면 무엇을 들고 떠날 것인가 하는 질문에 책이라고 답한 적도 있을 정도로 책을 좋아했다. 속도감 있는 전개 때문에 주로 역사 소설과 의학 소설을 좋아했다. 중학교 때는 이광수의 「흙」을 좋아했다. 의학 소설은 로빈 쿡 작가의 저서들을 모두 읽었다. 『코마』, 『돌연변이』, 『바이러스』, 『바이탈 사인』 등이 떠오른다. 조정래의 『태백산맥』은 다니던 직장에 배달되던 신문에 연재될 때 매일매일 챙겨서 보았다. 책으로 출간되었을 때 얼마나 반가웠는지 모른다. 일정 분량 신문 칼럼처럼 만날 때가 더 정겨웠던 느낌이다. 로맨스 소설에도 빠졌었는데 다락방 시리즈가 생각난다. 문화적 충격을 받았던 소설이었지만 붙들면 다 읽기 전에 덮지 않았다. 스토리에 푹 빠지게 되는 책은 몇 번 못 만났던 것 같다.

책을 읽다 보면 문장들이 와닿아서 감탄할 때가 많다. 모두 기억에 남기고 싶어진다. 좋은 느낌의 문장들만 따로 적어 두는 노트를 만들어야겠다. 진작부터 했어야 할 것을 왜 아직 안 하고 있었는지 모르겠다. 필요할 때 찾아보기도 편하고 오랜 시간이 흐르면 나에게 주는 선물이 될 수 있을 것도 같다. 이제는 책을 바라보는 시선이 달라졌음을 확실히 느낀다. 어느 단락을 읽으면 이 부분은 강의로 풀어 봐도 괜찮겠다 하는 생각까지도 한다. 예전에는 전혀 생각하지 못했던 것이어서 나 스스로 이런 생각을 하는 것이 신기하기만 하다. 책을 보면서 아이디어도 많이 얻는다. 책 속에서 아이디어를 얻었다고 말했던 여러 멘토들의 말을 직접 경험하고 있는 중이다. 특별히 무슨 훈련을 한 것도 아닌데, 책을 많이 읽다 보니 나도 모르게 바뀐 부분이다. 변화를 느끼고 나니 더 많이 읽고 싶은 마음이 든다. 빠르게 많이 읽고 싶은 마음에 속독 방법을 배우기도 했다. 속독은 꾸준한 훈련이 필요하다. 초집중해서 독서하면 속독의 효과가 발휘된다. 단, 자기 계발서에만 해당한다. 책을 통해 사람들과 지혜를 나누고 싶다. 책은 세상을 바라보는 넓은 시야를 가지게 하고, 실행할 수 있는 동기부여도 된다. 최근에 읽었던 존 크럼볼츠와 라이언 바비노 작가의 『빠르게 실패하기』라는 책은 꽤 두꺼운 책이었는데, 지루함도 없이 빠른 속도로 읽었다. 책에 인덱스로 도배할 만큼 울림을 주는 문장들이 많았다. 그 문장들에 감명을 받고 벅차오르는 감정에 혼자 좋아한다. 작은 것부터 시도하고 행동하고 실패하더라도 다시 도전하는 과정에서 성장한다는 메시지를 담고 있다. 실제 20년간 진행된 스탠퍼드대학교의 인생 성장 프로젝트 연구에 참여하여 얻은 특별한 결과를 담았다고 한다. 읽는 사람들 누구라도 빨리 실행해 보고 싶다는 마음이 저절로 들게 하는 책이다. 어떤 일을 하는 데 망설이고 있는 사람이 있다면 권해 주고 싶은 책이다.

인생 단어를 찾을 수 있는 책은 분명 선물이다. 어떤 책도 도움이 안 되는 책은 없다고 생각한다. 선물과도 같은 책과 오래도록 친하게 지내고 싶다. 지혜를 얻고 성장할 수 있게 도와주는 책. 좋은 문장을 찾아가는 여행, 책 읽기를 살아가는 동안 지속하고 싶다. 책 읽기를 좋아하는 분들이 많아졌으면 좋겠다. 같은 책을 읽어도 각자의 시선에 따른 다른 의견을 주고받는다. 이런 재미를 느껴보면 책이 좋아질 수밖에 없을 거라 확신한다. 다양한 사람들과 만나볼 수 있는 도구가 책이었으면 하는 바람을 가져본다.

매일 아침 써 봤니?

이선희

　매일 아침 블로그에 글을 올리고 있다. 이렇게 꾸준히 쓰게 될 줄 몰랐다. 한 인간의 생에는 여러 가지 삶이 녹아 있다. 마흔 살에 공부 시작해서 스피치, 코칭 강사가 될 줄도 몰랐다. 64세에 라이팅 글쓰기 코치가 될 줄은 전혀 예상치 못한 일이다. 새로운 일에 도전하는 일보다 짜릿한 게 또 있을까? 매 순간 기적 같은 일이 일어나고 있다. 이 나이에 또다시 하고 싶은 일이 생길 줄은 꿈에도 생각하지 못했다. 좋아하는 일, 할 수 있는 일을 늦게까지 하고 싶은 사람이 나였다. 나이 먹었다고 포기하지 않고 나다운 나로 성장하고 싶었다.

　아침이다. 일어난다. 부스스한 눈을 뜨고 비틀거리며 세면실로 향한다. 일단 씻는다. 얼굴을 닦으며 거울을 본다. 혼자 보기 아까운 60대의 얼굴이지만 열의가 있다. 바로 노트북을 켠다. 아침에 나를 기쁘게 맞이해 준 친한 친구는 노트북이다. 일단 켜고 블로그 해냄 코칭을 연다. 매일 마침 글을 올리면 정성스럽게 댓글 달아 주는 분들이 많다. 고맙다. 실제로 블로그에 들어오는 사람이 몇 명인지는 중요하지 않다. 누군가 읽어 주는 자체가 기쁨이다. 댓글에 답글 달 때 즐겁고 행복하다. 정성스럽게 읽어 주며 댓글 주는 사람들이 고마워서 답글 먼저 달고 있다. 내가 『문학이란 무엇인가』 김대행 작가의 책을 읽고 그중에서 이상의 시와 생애를 올렸다. "국문학과 다니던 시절, 좋아했던 시인입니다. 천재 작가이지만 생활 속에서의 이상은 어리숙하고 엉뚱한 면이 많았습니다"라는 글을 블로그에 올리면 독자는 이런 댓글을 적어 준다.

> 이상의 삶이 가슴에 아련하게 남네요. 무능한 시인이자 남편이고, 사랑하는 여인을 우정의 친구에게 양보하고 결혼식의 사회까지 봐 주는 얽히고설킨 비극적 스토리, 여운이 남는 글입니다. 감사합니다.

이렇게 댓글을 달아 주면 나는 바로 "맞아요. 천재이면서도 어리숙한 이상 시인이 좋은 이유는, 자신의 두 번째 여인 권순옥을 사랑하면서 친구 정인택이 권순옥을 짝사랑해 자살 기도까지 하는 것을 보고 양보하여 결혼식 사회까지 봐 주네요"라는 댓글을 적는다. 서로 얼굴을 마주 대하지 않아도 독자와 소통할 수 있는 공간이기에 나는 매일 아침 블로그 쓰는 일이 새롭고 신기하다.

블로그를 배우게 된 일화가 있다. 맨 처음 '해냄'이란 이름, 1인 기업의 브랜드 네이밍을 '고마워 컴퍼니' 최덕분 대표에게 받았다. 그 이름으로 블로그를 만들고 싶었다. 직접 찾아가 배울 수 있는 곳이 생각났다. 현재 충북대학교에서 박사과정 논문 쓰고 있는 나윤선이다. 떠오르면 무조건 실행하는 일이 내 특기다. 바로 전화하니 받는다. '샘, 블로그 배우고 싶은데 마땅한 사람 추천해 주면 어떤지요.' 이렇게 말하니 자신이 바로 블로그 지원 사업 아르바이트를 하고 있다고 말한다. 바로 집으로 초대해서 네 번 정도 배웠다. 금방 쓸 수 있었다. 부족한 것은 쓰면서 배운다. 가끔 자이언트 인증 글쓰기 코치 이경숙 작가를 괴롭힌다. 오늘 아침도 블로그 쓰다가 얼굴 모자이크 하는 방법 몰라서 전화로 묻고 배운다. 이렇게 배우며 읽고 쓰는 삶을 살고 있다.

2021년 10월 24일 할머니 엄마라는 글로 블로그를 시작했다. 처음에는 매일 올리지 못했다. 가끔 올렸다. 댓글은 거의 없었다. 공감만 한두 명으로 시작했다. 일주일에 두세 번 정도 올렸다. 올리는 방법도 몰랐다. 초보가 블로그 꾸준히 쓰는 일 쉽지 않았다. 2022년 9월에 읽고 쓰는 삶의 달인, 이은대 작가님을 만나게 되었다. 수업 시간에 이런 말을 했다. 나중에 책 나오고 홍보하지 말고 지금부터 꾸준히 올리면 그 자체가 브랜드가 된다. 다른 사람들과 저절로 관계 맺는 일이다. 한 명의 독자만 있어도, 탓하지 말고 계속 올려라. 작가는 꾸준하게 올린 글이 쌓여서 강연도 하게 되고, 그것이 재산이 된다. 작가는 글로 다른 사람을 돕는 것이다. 이렇게 강의 시간에 블로그 쓰기에 대해 동기부여를 받게 되었다. 바로 시작했다. 그 이후 꾸준히 지금까지 새벽 6시면 댓글을 달고 쓰기 시작한다. 오늘은 무엇을 쓸지 고민할 때가 많다. 때로는 나의 일상을 적기도 하고 한편으로는 책 읽고 독서 모임 하는 내용도 올린다. 특히 자이언트 글쓰기 독서 모임 '천무'에서 읽은 책의 내용은 나에게 다가오는 문장이 많다. '천무'에서 토론한 책의 내용을 독서노트에 옮기는, 문장 독서 부분도 자주 올린다.

좋은 책을 읽고 쓰는 삶을 시작한 것도 이미 오래전 일이다. 구체적으로 실행하지 못했지만 나는 문학을 좋아해서 국문과에 늦깎이로 입학했다. 이 길을 오기 위해 많은 길을 돌아왔다. 국문과 출신이면서도 글쓰기가 어렵다는 생각을 했다. 특별한 사람만 쓰는 행위라고 자신을 위안했다. 그리고 미루고 남기고 또 여지를 없애기 위해 스피치 코칭, 강의하는 사람으로 성장했다. 이미 가 본 길인데도 다시 그 길을 어렵게 굽이 돌아 찾아왔다. 구원의 셀프 코칭으로 나의 내면에다 묻는다. '너는, 지금 매일 읽고 쓰는 삶이 즐겁니?' 삶은 탄생에서 죽음까지 미래를 알지 못한다. 무엇을 다시 시작할지, 또 그만둘지 모른다. 일화 형식의 일상을, 자기 자신에게 이야기하기 위해 치열하게 읽고 쓰기를 반복한다. 처음으로 돌아가 다시 만난 글쓰기다. 매일 블로그를 쓰고 일기를 적는다. 그리고 나의 이야기를 적어 나간다. 희망이 보인다. 새로운 삶에 눈뜨는 것은 다시 태어나는 기분이다. 오늘은 무엇을 쓸까? 고민하는 순간 촉각이 곤두선다. 사물들이 말을 건다.

그 시절에 읽고 쓰는 삶에 대한 애절한 꿈이 있었기에 충북대 평생교육원에서 독서 글쓰기를 배웠다. 최승자 시집, 안도현 시집, 신영복 작가의 『감옥으로부터의 사색』을 읽고 내 생각, 느낌을 적고 발표했던 기억이 난다. 글이 주는 힘은 막강하다. 때로는 삶을 통째로 휘젓는다. 글이 노래가 되고 영화가 되고 드라마가 된다. 하나의 문장에 꽂혀 밤을 하얗게 지새우기도 한다. 그 문장이 내게 다가왔다. '매일 아침 써 봤니?' 이 문장 덕분에 매일 읽고 쓰는 일을 반복한다. 나뿐이 아닌, 타인에게도 이로움을 주는 읽고 쓰는 삶은 이제 내 남은 생애의 의미이며 가치이다. 한 인간은 마지막까지 자신의 운명을 바꿀 수 있다고 생각한다. 괴테는 "늙는다는 것은 서서히 보이지 않게 물러난다는 것"이라고 말했다. 아직은 물러날 생각이 없다. 조금 더 좋아하는 일을 하면서 남은 생을 찬찬히 돌아보고 싶다. 책 속의 문장들이 나를 부른다.

먼 길 돌아왔다. 그리고 읽고 쓰는 삶을 살고 있다. 내가 온 것 같지만 운명에 이끌린 것 같다. 배우고 깨닫는 일을 좋아하는 나는 오늘도 무엇으로 한 걸음 나아가고 있는가? 아직도 읽고 쓸 수 있는 가능성이 있어서 감사하다. 한자리에 머물지 않고 앞으로 나아간다. 다른 사람의 생을 배우고 알아차리고 성찰하는 삶은 계속된다. 책을 통해 배운 지혜와 일상을 글로 알리는 블로그 쓰기. 오늘도 나는 쓴다. 삶이 허락하는 그 순간까지!

비난하지 않는 삶의 태도

이영숙_Grace

데일 카네기의 『인간관계론』은 내가 만난 책 중에서 나를 가장 크게 변화시킨 책 중의 하나이다.

쉽게 쓰인 책이다. 그러나 페이지마다 마음을 움직이는 내용이 가득하다. 적용해 볼 수 있는 방법들도 있어서, 책에서 말하는 내용을 직접 체험해 볼 수도 있다. 저자가 권하는 대로 나는 한동안 이 책을 '한 달에 한 번씩' 읽었다. 읽을수록 마음에 새기고 싶은 문장들이 많이 발견된다. 그 안에 내가 언제나 기억하고 실천하려 애쓰는 문장도 있다.

> 그때부터 그는 어떤 일에 대해서도 다른 사람들을 절대로 비난하지 않으려 했다.

비난에 능숙했던 사람. 남의 단점을 드러내어 알리기를 즐겨 했던 사람이 링컨이었다고 한다. 이 책을 읽기 전, 내가 알고 있던 링컨은 그저 미국의 위대한 대통령에만 그치지 않았다. 전 세계인의 마음속에서 훌륭한 대통령의 표상이 될 정도로 인품이 좋은 사람으로 여겨졌다. 얼굴은 못생겼지만, 한없이 착하게 보이는 인상이었다. 그런데 그 온순한 성격은 어떤 계기로 인해 다시 빚어진 인품이었다고 한다. 링컨의 젊은 시절, 평소에 남을 비판하기 좋아하는 그의 나쁜 습성으로 인해 결투를 신청받게 된다. 간신히 목숨을 건진 링컨은 새사람이 되었다. 그는 결투하기 전과 똑같은 사람이었지만, '남을 비난하는 습관'을 버리고 새로운 삶을 살기 시작했다. 그날 이후로 그는 죽는 날까지 다른 사람을 비난하지 않았다. 그리고 자신에 대한 남의 비판에도 초연하였다. 그 결과, 그는 미국뿐만 아니라 전 세계에서 존경받는 정치인이 되었다.

"도대체 IQ가 몇이세요?" 23살 직원인 내가 40살 정도로 보이는 총무과장에게 목청을 높였다. 넓은 사무실 안의 사람들이 일제히 큰 소리가 나는 이쪽을 바라보고 있었다. "이렇게 융통성이 없으면서 어떻게 직장 생활을 하시는지 모르겠네요." 나는 한마디를 더하고 당당하게 돌아서서 나왔다. 다음 날 총무부 여직원이 나에게 와서 말했다. "우리 과장님 어제 퇴근하고 IQ 검사하러 갔었대." '진짜 모자라는군!' 나는 속으로 멸시했다.

일의 원인은 점심 식권을 한 장 더 받는 문제였다. 우리 부서에서 필요해서 부탁했는데, 총무부 직원 말이 과장님이 안 된다고 했단다. 나는 과장에게 직접 가서 사정을 말했다. 도저히 말이 먹히

그 문장이 내게로 왔다

지 않자, 한참 어린 내가 많은 사람 앞에서 먼저 큰 소리를 질렀던 거다. 그 일은 곧바로 회사 전체에 소문이 났다. 일은 점점 커져서 나를 추천해 주신 분이 자기 자리에서 물러나는 일까지 생겼다. 그때까지 직장에서 잘나가던 한 가정의 가장이었다. 다행히 더 좋은 직장으로 옮기는 계기가 되긴 했다. 이제는 고인이 되셨지만, 그때 일을 생각하면 지금도 미안하다. 어린 내가 뭐라고 작은 일을 바로잡겠다고 나대면서 윗사람에게 망신을 주었을까. 사실 나는 지금도 비판하는 일이라면 누구에게도 뒤지지 않을 자신은 있다. 사람의 단점을 잘 보고, 잘 말하기 때문이다.

매일 독서를 실천하기 시작한 2019년에 나는 『인간관계론』을 만났다. 술술 읽히는 책장을 넘기는 동안, 그동안 내가 했던 많은 행동이 객관적으로 보이기 시작했다. 남을 비난하는 일에 관한 한, 나는 이 책을 읽기 전과 후의 나를 비교할 수 있을 정도다. 완벽한 미인으로 변신하게 된다는 성형외과 광고처럼 내 인격이 아름다워진 것은 아니다. 그러나 앞으로도 계속 나아질 것만은 확신할 수 있다. 이제는 만나는 누구에게도 상처 주지 않고 살고 싶다. 그래도 사소한 일로 울컥 화가 치밀어 올라올 때가 생기긴 한다. 작은 서운함이 자주 올라오는 것도 사실이다. 그럴 땐 링컨을 떠올려 본다. 일단 하고 싶은 말을 참고 있다 보면 저절로 내 속에서 오해가 풀어지는 때가 온다. 오히려 내가 작은 화라도 냈다면 얼마나 민망했을까 하는 생각이 드는 경우가 대부분이다. 나의 서운함의 근원이 대접받고 싶은 나의 마음에서 시작되었음을 알아채기도 한다. 그러니 사소한 일로 함부로 화부터 낼 일이 아니다.

　사람은 마치 그릇 같다. 그릇을 빚는 일에는 시간과 노력이 많이 들지만, 깨뜨리는 일은 순식간에 할 수 있다. 비난은 그릇을 깨는 행위와 같다. 관계도 그렇다. 일평생 걸려 이룬 좋은 관계라도 단번에 깰 수 있는 무서운 무기가 비난이다. 이제 나는 화가 날 때 일단 말을 참고, 코끝에 집중하여 숨을 초로 세며 시간을 번다. 그다음 내가 상대방이라 여기고 잠깐 생각해 본다. 그러면 결론은 매번 같게 나온다. '이런 일로 감정을 쏟고 다투기에는 지금까지의 인연이 너무 소중하다'라는 결론이다. 다른 지혜로운 해결 방법을 탐색하기 시작한다.

　이 책에서는 '사람들은 자기 자신을 가장 소중히 여긴다'라고 말한다. '소중히 여기는 자에게 가해지는 비판은 오히려 반사되어 더 크게 돌아오게 된다'라고 한다. 하나님이 계심을 믿는 나는, 사람은 누구나 하나님의 사랑을 가득 받는 존재라고 생각한다. 다른 사람을 나와 똑같이 하나님의 사랑을 받는 귀한 존재로 여기는 사람이 되고 싶다. 나도 남에게 함부로 비판의 화살을 받는다고 생각하면 끔찍해지기 때문이다. 나는 흠이 많은 사람임을 내가 잘 안다. 나의 단점마다 사람들이 비판의 화살을 쏘아 댄다고 상상해 본다. 아마 나는 너무 많은 화살을 맞아 순간적으로 죽어 버릴 것이다. 절대로 보고 싶지 않은 모습이다. 나의 입에서 쉽게 나오는 말 한마디도 그렇게 남을 죽이는 화살이 될 수 있다. 내 마음과 생각과 입에서 비난이 아예 사라지길 간절히 바란다.

이 글을 쓰기 위해 한동안 책꽂이에 꽂혀 있던 『인간관계론』을 다시 열어 보았다. 역시 성경 다음으로 많이 팔린 책이라는 명성을 얻을 만하다. 공자는 '배우고 다시 익히는 것이 즐거운 일'이라고 했다(학이시습지불역열호: 学而時習之不亦說乎). 오랜만에 익숙한 책을 다시 읽으니, 페이지마다 그어진 밑줄들도 반갑다. 다 중요한 내용이지만, 평소에는 잊어버리고 잘 실천하지 못하고 있다는 것도 인정한다. 그래서 다시 읽는다. 밑줄 친 문장들이 자연스러운 내 행동과 일상이 되기를 바라는 마음으로. 그중에서도 '절대로 남을 비판하지 말라'는 문장을 한 번 더 마음에 새긴다.

소중한 사람을 보는 건 기적이다

이현경

"어린이날이니 아이들 데리고 밥 먹으러 올래?"

특별한 계획도 없었지만, 며칠 뒤에 가겠다고 무심히 전화를 끊었습니다. 케이크를 먹고 싶다던 여덟 살 아이의 요청도 어버이날에 먹자며 미루었습니다. 아이는 며칠 전부터 케이크를 사 달라고 했었어요. 오레오 과자와 생크림이 어우러진 케이크였습니다. 어린이날에 케이크를 사면 우리만 먹으니까 사흘 후 할아버지, 할머니와 함께 먹자고 설득했습니다. 다음 날 밤 동생의 전화를 받았습니다. 이 시간에 전화가 올 리가 없는데 이상하다고 생각했습니다. 아버지가 위급하다고 전하는 말이었습니다. 동생은 119 구급차가 오고 있다는 말과 함께 전화를 끊었습니다. 응급대원이 심폐 소생을 했지만, 아버지를 다시 만날 수는 없었습니다.

아버지는 어린이날에 손주들에게 용돈을 주고 싶으셨던 겁니다. 어린이날이든 어버이날이든 가족이 모이기만 하면 되는데, 왜 가지 않았나 모르겠습니다. 이날 갔더라면 아버지의 위급한 상태를 눈치채서 응급실에 모시고 갔을 수도 있습니다. 그게 아니더라도 최

그 문장이 내게로 왔다

후의 순간을 뵈었을 수도 있습니다. 그때가 마지막일 줄 알았더라면 그렇게 하지 않았을 거라는 후회가 깊이 남았습니다.

아버지는 노년에 지하철 택배 일을 하였습니다. 지하철 택배는 노인들이 주로 하는 일자리입니다. 일반 택배는 하루나 이틀이 걸리지만, 지하철 택배는 당일에 전달해야 할 서류나 물건이 있을 때 유용합니다. 아침 7시면 집에서 나섰습니다. 일찍 출근해야 일감을 얻을 수 있다 하였습니다. 그래 봐야 하루에 몇 건이지만, 한 건의 일을 하기 위해서 지하철로 이동하고, 많이 걸어야 했을 겁니다. 아버지는 천 원 한 장, 만 원 한 장도 아껴가며 손주들에게 줄 용돈을 모았을 겁니다. 잘 움직여지지 않는 다리로 힘겹게 지하철을 타고 이동하여 다른 사람의 물건을 건네주고 받은 몇천 원이 모여서 만 원 한 장이 된 것입니다. 출퇴근 시간에 지하철을 이용하였습니다. 출근하는 직장인들 사이에서 머리가 허연 아버지가 배낭을 메고 다녔습니다. 아버지가 가는 곳은 시청, 남대문, 부천과 인천 사이에 사람들이 많이 다니는 곳이라 복잡합니다.

"이런 사진은 처음 보네요. 폐가 하얗게 되었잖아요. 폐 기능이 얼마 남지 않았다고 할 수 있습니다."

3년 전 아버지가 쓰러졌을 때 담당 의사는 사진을 보면서 말했습니다. 기도삽관을 하고, 중환자실에서 한 달도 넘게 있다가 겨우 의식을 되찾았습니다. 병원에서 요양해야 하는데, 아버지는 병원에 입원하지 않겠다 했습니다. 절대 안정을 취해야 하는데도 재활 치료 후 바로 지하철 택배 일을 시작하였습니다. 가족들이 말려도 말을 듣지 않고 고집을 부렸습니다. 아버지가 왜 일을 다시 시작했는지 정확히는 모르겠지만, 자식들과 손주들에게 용돈이라도 주고 싶은 마음 때문이지 않았을까 짐작해 봅니다.

공무원을 지냈던 아버지는 공직을 그만두고 사업을 하였습니다. 자본 없이 시작한 일이지만 시작하고 몇 년은 사업이 번창하였습니다. 그러다 사업이 잘 안되자 여러 가지 일을 하였습니다. 아버지는 평생 건강검진을 받지 않았습니다. 병원에 간 일도 손에 꼽습니다. 그렇게 하나씩 병을 몸속에 쌓아 두었지요. 병원에 가서 당신의 몸을 살피는 일은 안 해도 되는 일이라고 생각하였던 걸까요. 아버지는 심장과 폐가 기능을 못 하는 순간에도 가족에게 부담을 주고 싶지 않았나 봅니다.

아버지를 찾아뵙지 못한 걸 오랫동안 후회했습니다. 이제 미루는 일은 하지 않으려 합니다. 미루고 난 다음에는 불안과 후회가 뒤따르기 때문입니다. 미루고 후회할 때마다 떠오르는 문장이 있습니다. 헬렌 켈러의 『사흘만 볼 수 있다면』에 나오는 문장입니다.

만약 내가 사흘만 볼 수 있고 말할 수 있다면, 내가 가장 보고 싶어 하는 것을 그려내 보여 주면서 최고로 잘 설명할 수 있을 것입니다. 내가 상상하는 동안 여러분들도 이 사흘 동안 그 눈을 어떻게 쓸지 생각해 보세요. 사흘째 되는 날 밤, 어둠이 다가오고 저 태양이 다시는 떠오르

그 문장이 내게로 왔다

지 않을 거라면 여러분은 그 소중한 사흘 동안의 시간을 어떻게 보낼 건가요? 자신의 눈길을 어디에 먼저 머물게 하고 싶은가요?

- 헬렌 켈러, 『사흘만 볼 수 있다면』 중

사흘만이라도 세상을 보고 싶다던 헬렌의 말처럼 진심을 담아 살고 있는지 질문해 보았습니다. 다시는 소중한 사람의 만남을 미루고 후회하는 시간을 갖고 싶지 않습니다. 마음처럼 되지는 않겠지요. 또 후회하는 일들이 생길 수도 있습니다. 그래도 현재에 충실하게 살겠다는 목표를 세웠습니다. 헬렌은 시력이 온전한 사람들이 주위를 관찰하지 않는다는 점을 지적하였습니다. 저도 많은 것을 무심히 넘기는 편이었습니다. 가족에게 미안해하며 후회하는 삶을 살았습니다. 하루가 소중하다는 걸 모르고 지냈습니다. 오늘 할 일을 미루고, 다음이 있다고 막연히 생각했습니다. 불안했기 때문일 수 있습니다. 불안한 마음으로 살아가는 게 아니라 지금 충실하게 할 수 있는 일을 하고 싶습니다. 그 답을 헬렌의 문장에서 찾았습니다. 뭐든 미루지 말고, 하루에 최선을 다하라는 말입니다. 그날 그곳에 갔더라면, 그것을 했더라면 어땠을지 후회하는 삶을 살지 않으려 합니다. 소중한 감각들을 허투루 쓰지 않고, 주위 사람들을 더 많이 보고, 만나고, 저의 마음을 표현하려 합니다. 헬렌의 말처럼 내일은 볼 수 없을 것처럼 내 앞에 보이는 것들을 담으려 합니다.

책을 읽는다는 건 문장 속의 의미를 내 삶으로 연결하는 겁니다. 불안했습니다. 불안을 잠재우기 위해 책을 읽었습니다. 죽음은 예견할 수 없지만 죽기 전에 어떤 책을 읽고 어떤 글을 쓸지는 정할 수 있습니다. 하루를 관찰할 수 있습니다. 주위 사람들이 어떤 표정을 지었는지, 창문 밖 풍경이 어떠한지 관찰하고 기록할 수 있겠지요. 앞으로 책을 읽고 글을 쓰며 살고 싶습니다. 살면서 경험했던 일들에 책 속의 문장을 담는다면 불안의 영역이 희망으로 채워지리라 기대합니다.

아버지는 어버이날을 기다리지 못했습니다. 어린이날 용돈은 손주들에게 전달되지 못한 채 그대로 남았습니다. 미루었던 순간을 후회하며 오랜 시간을 보냈습니다. 앞으로는 후회하는 일을 줄이고 싶습니다. 소중한 사람들과 함께 지내며 일상을 관찰하고 기억하는 건 기적 같은 일이 될 겁니다. 순간이 기적이라는 걸 잊지 않으려 합니다. 무엇을 보았고 무엇을 느꼈는지, 순간을 기록하기 위해 오늘도 글을 씁니다.

묵묵히 하는 세 가지 쓰기

이혜진

올해는 또 어떤 목표를 세웠는가? 작년 연말에 계획한 다이어트, 운동, 독서, 재테크 등은 지금도 계속하고 있는가? 꾸준히, 끈기 있게 지속하라는 말은 수도 없이 들었다. 작심삼일을 백 번 넘게 하면 일 년이 된다는 말에 이렇게도 계획을 세우지만 이마저도 쉽지 않다. 명확한 목표가 없으니 동기부여도 되지 않는다. 십 킬로그램 감량보다는 '매일 아침 일곱 시에 한 시간 동안 한강 달리기'와 같은 구체적인 계획이 목표 달성에 더 도움이 된다. 이렇게 하면 피드백하기도 쉽다. 세부 실천 사항도 정했고 행동만 하면 되는데 또 유혹이 남았다. 아침 일곱 시 전에 일어나야 한다. 옷 갈아입고 신발 신고 나가야 하는데 몸이 무겁기도 하고 귀찮기도 하다. 아침부터 달리려면 전날 술도 많이 마시면 안 된다. 명확한 목표의 부재, 현실적으로 실현 가능한지 여부 또는 의지의 문제로 한결같이 유지하는 게 쉽지 않다.

2021년 1월 글쓰기를 처음 해 봤다. 일 년에 몇 번 일기를 쓰기

는 했지만 그건 오롯이 훗날에 기억을 떠올리기 위해 남기는 정도
였다. 그해 연말에 글쓰기 수업을 등록해 들었는데 분량을 정해
매일 글을 쓰고 하루 한 페이지라도 책을 읽어야 한다고 했다. 매
일 하는 루틴에 추가했다. 못 하는 날도 안 하는 날도 있었다. 우
선순위를 조정했고 양을 줄이기도 하며 나름대로 할 방법을 찾는
다. 피곤해서, 아이들과 함께 있어서, 주말이고 휴일이니까 등 핑계
를 대며 빠지는 날도 있었다.

　책장에 꽂힌 책 중 한 권을 꺼냈다. SNS에서 인생 책 추천으로
검색하고 선택한 한동일 저자의 『라틴어 수업』이다. 이 책에서 '남
다른 비결이나 왕도가 없다는 사실은 우리를 힘들게 하지만 그렇
기에 묵묵히 해 나가는 수밖에 없습니다'라는 문장을 보았다. 다
른 책에서도 이런 문장은 흔하게 볼 수 있다. 유독 와 닿았던 이유
는, '힘든 거 알아. 그렇지만 다른 방법이 없어. 그냥 하는 수밖에.
그러니까 우리, 하자!'라며 토닥이는 느낌을 받았기 때문이다. 문장
바로 옆에 적어 보았다. 저자의 말처럼 이유 없이, 힘들어도 매일
해야 하는 일은 무엇인지 점검해 봤다. 세 가지가 있었다.
　하나는 다이어리 쓰기다. 나만의 방법으로 작성한 이후로는 매
일 쓰고 있다. 다만 하루에 서너 번으로 나눠 쓰지 않고 몰아서
하루를 기록하는 날도 있었다. 이런 날은 쓰는 내용이 빈약했다.
오늘 안 쓰면, 다이어리를 쓰고 있다고 말하지 못할 것 같아 간단
하게 기록만 남기는 수준이었다.

또 하나는 책 읽기다. 시간이 없을 때는 한 쪽이라도 읽는다. 다이어리와 마찬가지였다. 매번 그렇다고 말할 수는 없지만 읽었다고 말하기 위해서 눈으로만 읽고 있었다.

마지막은 글쓰기다. 마음이 내키면, 쓸 글감이 있으면 노트에 썼다. 시간 여유가 있거나 고민해서 쓴 글이 마음에 들 때는 SNS에 발행했다.

이왕 하는 일, 제대로 해 보고 싶었다. 쉽게 대충 하고 넘어가는 게 아니라 과정에서 어려움을 느끼고 나에게도 남는 점이 있어야 그 시간이 보람차다.

다이어리는 주말 기록의 문제점을 찾고, 양식을 점검했다. 평일에는 수시로 작성하고 있다. 주로 외출했을 때와 가족과 함께 집에 있을 때 한꺼번에 적는 일이 많았다. 카카오톡에서 나에게 보내는 메시지를 활용해 한 번에 적더라도 기록하기 쉽게 만들었다. 양식은 크게 두 가지를 기록하는 것으로 변경했다. 계획과 실천, 그리고 피드백이다. 하루를 어떻게 보낼지 시간대별로 계획하고 보낸 하루를 적는다. 여기서 차이가 발생하면 원인을 파악한다. 오늘 못한 일은 주중에 보완하는 시간을 가진다. 제대로 된 피드백을 위해서라도 24시간을 꼼꼼하게 기록하고 있다. 주말이라고 대충 적고 끝내지 않는다.

독서는 눈으로 읽고 끝내지 않고 그때그때 떠오르는 경험과 아이디어를 적기로 했다. 처음에는 책 여백에 단어 몇 개만 적었는데 한곳에 모아 두면 좋겠다는 생각에 노트 한 권을 준비했다. 책을 읽다가 마음에 드는 문장을 옮겨 적는다. 문장을 보며 떠오르는 생각을 적어 내려간다. 단어로 짧게 적었을 때보다 더 다양하고 깊게 생각하게 된다. 저자만큼은 아니더라도 책의 목차 수만큼 내 생각을 만들어 간다. 특정 양식 없이 써 내려갔는데 최근에는 문장의 의미, 밑줄 그은 이유, 나의 의견, 과거 경험, 실천할 점 순으로 적어가고 있다. 책 한 권을 읽고 하나만 실천해도 삶이 더 나아진다고 한다. 노트에 있는 실천할 점 중 나에게 필요한 하나만 고른다. 눈으로 읽기만 했을 때는 책 내용이 기억나지 않는다. 노트에 적어감으로써 가치관을 만들어 갈 수 있었고 행동의 변화도 가능했다.

글을 쓰기로 한 이후에 매일 하는 고민이 있다. 주제 선정이다. 글쓰기 수업에서 일기 쓰기를 추천했다. 하루 전체를 시간순으로 써도 괜찮고, 한 부분만 집중적으로 써 봐도 좋겠다는 생각이 들었다. 쓰다 보면 나만의 방법이 생긴다며 바로 실행했다. 소재는 많다. 경험의 여부, 구성, 메시지에 따라 한 편의 글이 될 수도 있고 메모로 끝나기도 했다. 나의 일기에서 끝나지 않게 마지막 한 문장을 고민한다. 그 시간이 있어 다음 날 또 스케치하고 글을 쓴다. 이제, 쓰기 좋은 날이라는 이유로 일기를 쓰지 않는다. 그냥 매일 쓴다.

다이어리 쓰기는 기상부터 취침까지 기록하고 있어 먼저 끝내고 다른 일을 한다는 개념은 아니다. 독서와 글쓰기는 최우선 순위에 두고 있다. 일어나면 하는 일이라고 생각하니 매일 하기에도 수월하다. 습관이 잡혔다 싶어 다른 일을 먼저 했다. 충분히 할 수 있다고 자신했으나 예상은 완전히 빗나갔다. 독서와 달리 글쓰기는 틈틈이 할 수 있는 게 아니었다. 시간 확보가 절대적이었다. 다시 책을 읽고 글을 쓰는 시간대를 변경했다.

공부, 배우는 행위에만 적용되는 것일까. 세계적으로 이름을 알리고 있는 김연아 선수, 손흥민 선수의 훈련 모습을 보면 입이 떡 벌어진다. 식단 조절은 물론이거니와 넘어져도 다시 하고, 하루에 슈팅 연습은 왼발과 오른발 각각 오백 개씩 했다고 한다. 팀 훈련이 마치면 개인 훈련도 따로 한다. 이미 세계 최고인 선수들인데 이 정도까지 해야 하나 싶기도 하지만, 당사자들은 다르다. 매 경기에서 좋은 기량을 발휘하기 위해 매일매일, 힘들어도 묵묵히 해나간다. 그들도 이렇게 하는데 삶에 변화를 주고 싶고 성장을 바라는 사람들은 어떻게 해야 할까?

예전보다 하기 싫다는 이유로 생략하는 날은 줄어들었다. 이유 불문하고 다이어리에 내 하루를 충실히 기록한다. 계획한 대로 보냈는지 아닌지 피드백을 남긴다. 책을 읽고 마음에 드는 문장을 적는다. 그 아래에 떠오르는 생각을 자유롭게 적는다. 전날의 다이어리를 보며 기록하고 싶은 내용을 일기로 적는다. 나의 이야기에서 그치지 않게 독자를 위해서 한 문장을 추가한다. 아침에 못 하면 오후나 저녁, 잠들기 전에라도 하고 잔다.

결심은 쉽지만 꾸준하게 유지하는 일은 만만하지 않다. 그래도 묵묵히 쓴다. 속도는 신경 쓰지 않는다. 그만두지 않고 하고 있다는 사실만으로도 앞으로의 내 삶이 기대된다.

내가 만드는 미래, 그 찬란한 날을 위해

윤희진

"자, 발행 버튼을 누르세요!"

대표님의 한마디에 머뭇거리다가 결국은 발행 버튼을 누르지 못했다. 책을 꼼꼼히 읽어 보지도 않았는데, 바로 발행해도 되나 싶은 생각이 들었다. 나중에 수정해도 되니 일단 발행 버튼을 누르라는 말씀에 글을 마무리하고 늦게나마 발행 버튼을 눌렀다.

자이언트 북 컨설팅에서 진행하는, 서평 쓰는 독서 모임 '천무'에 참여하고 있다. 거기서 독서 노트 기록하는 법을 배웠다. 책 제목, 지은이를 쓰고 읽은 날짜를 기록한다. 책에 대한 전반적인 소개 문구를 쇼 호스트가 된 것처럼 요약해서 쓴다. 그 후에 내가 읽은 구절 중 꼭 실천하고 싶거나 인상 깊은 세 구절만 택해서 쓰고 소감을 곁들인다. 마지막으로 책 전체를 읽은 후 느낌을 적고, 마음에 드는 문장을 하나 골라 나만의 언어로 바꿔 본다.

그동안 진행했던 독서 모임에서 읽은 책 중에 마음에 와닿는 책이 있다. 세계적 지성 파스칼 브뤼크네르가 지은 『아직 오지 않은 날들을 위하여』다. 나이 드는 것의 새로운 태도에 대해 알려주는 책이다. 인생에서 마주하는 10가지 키워드에 대해 작가의 시선으로 바라보고 있다. 이 책을 읽으며 좋은 문장들이 많았지만 한 부분만 가져와 본다.

여기서 문법적 범주의 미래와 실존적 범주의 미래를 구별할 필요가 있다. 실존적 미래는 우발적이지 않은, 원하고 욕망했던 내일을 의미한다. 어떤 미래는 감당해야 하는 것이지만 또 다른 미래는 만드는 것이다. 전자의 미래는 수동적이지만 후자의 미래는 의식적 활동이다.

처음에 이 문단을 읽는데 무슨 말인가 한참을 보았다. 몇 번 더 읽어 보니 알 수 있었다. 예전처럼 그냥 후루룩 읽었다면 이 문단이 결코 나에게 다가오지 않았을 것이다. 이 문단에서 이러한 깨달음을 얻는다. 어쩔 수 없이 감당해야 하는 미래도 있지만, 만들어 갈 수 있는 미래가 있다는 사실에 감사하다. 때로 감당해야 할 미래의 일 때문에 미리 걱정부터 한 적도 있었다. 한 집안의 맏며느리가 되어 앞으로 닥칠 일들이 두려웠던 때도 있었다.

'맏며느리 역할을 잘 해낼 수 있을까? 아직 나조차 건사하기 어려운데, 시댁 어르신들과 친지들을 잘 섬길 수 있을까? 아이들은 잘 양육할 수 있을까?'

이제는 그런 걱정 따위는 하지 않기로 한다. 아직 다가오지도 않을 일 때문에 염려한다고 해서 막을 수 있는 일도 아니니까. 이제

그 문장이 내게로 왔다

부터는 내가 만들어 갈 수 있는 미래에 집중하기로 한다.

오늘 어떻게 사느냐에 따라 내일 내 모습이 결정된다. 오늘 쓸데없는 데에 많은 시간을 쓰면 틀림없이 내일 후회하게 되어 있다. 성장한 나를 기대하기는 힘들다. 1년 안에 살을 10킬로그램 빼 보기로 작정했다면, 매월 1킬로그램씩 어떻게 뺄 것인지 계획해야 한다. 이 목표를 더 잘게 쪼개어 일주일에 250그램씩 감량해 보기로 나와 약속한다. 그렇다면 하루에 식사는 어떻게 해야 하는지, 운동은 무엇을 얼마나 할 것인지 전략을 짜는 건 어렵지 않다. 실천하는 게 힘들게 느껴질 뿐이지. 사실 그 힘들다는 것도 팩트는 아니다. 그냥 기분이다. 어떤 일이건 해 보지 않고 힘들다 하면 안 된다.

"저는 글을 쓰는 작가입니다. 책 쓰기 코치입니다"라고 소개하면, 이렇게 질문하는 사람들이 많다.

"글 쓰는 거, 힘들지 않으세요?"

나도 무심결에 힘들다고 말한 적이 있었다. 그런데 가만 생각해 보니 글 쓰는 행위가 힘든 게 아니고, 글을 써야 하는데 그 행동을 하고 있지 않아 머리가 아픈 거였다. 책 쓰기 선생님이 말한 것처럼 그저 글을 쓰기 위해, 필요한 것은 노트북을 열고 손을 키보드에 올려 글 쓰는 것뿐이라고. 머리를 쥐어짜서 쓰려다 보니 힘든 거라고. 글은 손으로 쓰는 행위이다. 물론 글을 쓰기 위해 일상을 다른 시선으로 관찰해 보는 습관은 중요하다. 평소에는 아무런 의미 없이 보아 왔던 사물들도 주의 깊게 보는 것! 항상 메모지와 필기도구를 갖고 다니며 글감을 수집하는 노력도 해야 한다. 글을 잘 못 쓴다고 하는 사람들을 유심히 살펴보면, 대부분은 글을 써 보지 않았다. 써 보지도 않았는데, 자신이 못 쓰는 사람인지 어떻게 알까? 적어도 나는 이런 사람은 되지 말아야지.

감사 일기를 꾸준히 쓰고 있다. 예전에는 감사 제목을 하나씩 나열하듯 썼는데, 요즘에는 그냥 하루를 보낸 일상을 블로그에 올리고 있다. 처음에는 발행 버튼을 누르는 것도 두려웠지만, 요즘은 일단 발행하고 본다. 일상을 적는 블로그 글은 블로그 지수를 향상시키는 데 도움이 되지 않는다. 무슨 말을 해도 상관없다. 남의 말에 휘둘릴 필요도, 그럴 생각도 없다. 그저 스쳐 지나가 잊어버릴 하루가 아니라 언제라도 그날을 떠올리고 싶은 날, 생각할 수 있도록 적어 두는 나만의 공간이기 때문이다.

서평도 일주일에 두 번 정도 올리고 있다. 이렇게라도 해야 책을 열심히 읽기 때문이다. 환경 설정이 얼마나 중요한지 알고 있다. '독서와 글쓰기'라는 네이버 밴드를 운영하고 있다. 이것도 매일 30분씩 책을 읽고 글을 쓰기 위해 만들었다. 어떤 특별한 목적을 갖고 만든 게 아니라, 인증할 수 있도록 프로그램이 되어 있기에 나를 위해 만든 것이다. 회원이 30명이 되었다. 그들 모두 인증하는 것은 아니다.

책 쓰기 코칭을 시작하면, 이 밴드를 활성화시켜 보려고 한다. '시작은 미약하지만 네 나중은 심히 창대하리라'라는 성경 구절이 있다. 처음은 누구나 어설프다. 끊임없이 연습하고 노력한다면 잘

할 수 있다.

　내가 만들어 갈 수 있는 미래, 그 찬란한 날을 위해 오늘도 힘쓰고자 한다. 싫은 일이라도 기꺼이 하련다. 여기서 싫은 일이란, 하고 싶지 않은데 억지로 해야 한다는 의미가 아니다. 반복되고 지루하지만, 꾸역꾸역 해내야 하는 일이라는 뜻이다. 독서와 글쓰기가 그렇고, 운동과 영어 공부 등이 그렇다. 기왕이면 즐겁게 해 보자. 오늘 하얀 도화지에 그리고 있는 그림이 세상을 깜짝 놀라게 할 명화가 될지 누가 아는가! 만드는 미래의 짜릿함을 위해 묵묵히 해야 할 일을 나는 오늘도 하고 있다.

모두의 삶을 이롭게 할 지혜를 찾다

정선묵

"정 책임, 이번 달 인건비 분석, 이거 확실해?"

월요일 아침 9시, 주간 회의부터 연신 날카로운 지적이 날아든다. 팀장이 지시한 대로 자료를 가공하고 수정했을 뿐인데 나만 죄인 취급이다. 입술을 질끈 깨물었다. 10년 차 호텔리어로서 표정 관리는 익숙하다 자부하지만, 억울한 일 생기면 여지없이 미간에 사람 인(人)이 새겨진다. 정면으로 반박하려던 찰나, 문장 하나가 뇌리를 스쳤다.

"제가 간과한 부분이 있는 것 같습니다. 보완해서 다시 제출하겠습니다."

욱하고 들이받았다면 30분짜리 회의가 1시간을 훌쩍 넘어갔으리라. 사실 여부와 상관없이 나의 잘못을 인정하고 상대방의 의견을 존중하기. 최근에 책을 통해 얻은 처세술이자 원만한 인간관계를 유지하는 윤활제다. 잔소리 2절을 준비하고 있던 팀장의 거친 말투가 한결 잠잠해졌다. 회의 끝나고 점심 먹으며, 참았던 이야기를 풀어냈다. 잠시 생각하더니 "앞으로도 잘 부탁해"라며 회의를

그 문장이 내게로 왔다

마무리했다.

독서 모임 '책 울림'에 선정할 책을 고르기 위해 잠실 교보문고와 알라딘 중고 서점을 돌아다녔다. 힐링, 위안, 휴식이라는 키워드가 서점 곳곳을 장식하고 있었다. 이 기회에 명상 한번 해 보자는 생각에 가판대를 서성거렸다. 비욘 나티코라는 특이한 작가명이 눈에 들어왔다. 그렇게 접한 『내가 틀릴 수도 있습니다』라는 수필집. 사람에 지치고 실망할 때마다 찾는 책이 되었다.

'숲속의 현자가 전하는 마지막 인생 수업'이라는 부제도 마음에 쏙 들었다. 저자 비욘 나티코 린데블라드는 원래 잘나가던 스웨덴의 펀드매니저다. 어느 날 다가온 깨달음을 바탕으로 모든 걸 버리고 태국의 숲속으로 들어간다. 17년간 파란 눈의 스님으로 살아가며 '나티코'라는 법명을 얻는다. '지혜가 자라는 자'라는 뜻의 이 법명이 저자의 삶과 똑 닮았다. 진리를 추구하며 깨달은 삶의 지혜가 책 곳곳에 녹아 있다. 타인과 대화할 때, 내가 틀릴 수도 있다는 사실을 인정하게 되면 모든 사람을 이해하고 사랑할 수 있다는 부분이 인상적이었다. 이때 발견한 하나의 문장, '내가 틀릴 수도 있습니다.' 도끼로 내려치는 듯한 충격이 전신을 통과했다. 작은 오해와 소통에서 오는 사람 간의 갈등도 어쩌면 간단히 해결할 수 있겠다는 희망이 생겼다.

살다 보면 자기 주관이 뚜렷한 사람을 만나게 된다. 나만의 주관과 가치관이 확고히 세워진 모습은 그 자체로 본받을 만하다. 문제는 다른 사람의 생각을 무시한 채 자신의 주장만 편향적으로 쏟아낼 때다. 가벼운 주제의 이야기가 논쟁으로, 말다툼으로 이어지는 경우를 흔하게 볼 수 있다. '나는 맞고 너는 틀리다'라고 주장하는 생각이 모든 인간관계를 악화시키는 원인이다. 반대로 '내가 틀리고 당신이 맞다'라고 말할 때, 살면서 겪는 갈등도 조금은 완화되지 않을까.

2월의 일요일 아침, 노크도 없이 방문이 벌컥 열렸다. 아버지다. 평화로운 아침을 파괴하는 타노스의 얼굴에 정장 차림이라니. 사뭇 심각한 모습에 말문이 막혔다. 문득 떠오른 생각, '결혼식 가시는구나.'

"유치원 시절 너랑 친했던 준원이 결혼한다고 하네. 오늘은 결혼식 두 건이나 있다."

무심하게 툭 뱉은 한마디에 비난과 자조가 섞여 있다. 창문을 때리는 칼바람이 이불을 뚫고 들어오는 듯했다. 뒤이어 쏟아질 잔소리, 뻔히 예상했다. 30대 후반을 바라보는 큰아들이라는 녀석, 결혼도 하지 않고 방구석에서 글만 쓰고 있으니 한숨이 나올 법하다. 잔잔한 호수에 돌멩이 하나가 떨어진 듯 마음에 파문이 일었다. 아버지에게 지지 않고 대꾸했다. "섣불리 결혼했다가 헤어지기라도 하면 아버지가 책임이라도 지실 거예요?"

아버지의 아랫입술 위로 모든 이빨이 곤추세워져 있다. 금방이라도 입술 밑으로 피가 흘러나올 기세다. 방문과 현관문이 차례대로 쾅 하고 닫혔다. 평화로운 주말 아침이 지옥으로 변하는 데는 5분이면 충분했다. 아버지와의 냉전은 저녁 식사 자리까지 이어졌다. 파르나스 호텔 코스 요리가 최고급 그 자체라는 둥, 결혼하는 여자 집안이 어떻다는 둥, 나와는 관심 없는 이야기가 이어졌다. 저녁밥 두 그릇씩 먹는 체질인데 어쩐지 입맛이 없다. 나도 나의 위치에서 열심히 살아내는 중이다. 새벽에 일어나 글 쓰고 주식시황 분석하고 주말 임장 계획도 세운다. 여자 친구와 미래에 대해서 진지한 이야기도 나누고 어떻게 준비할지 자금 계획도 세웠다. 실천과 노력에 관해서 설명했다. 한마디도 지지 않고 조목조목 반박했다. 각자 '내가 맞다'라고 우기는 형국이 지속되었다.

숟가락을 탁 놓고 일어섰다. 등 뒤로 아버지의 매서운 일갈이 귀를 파고들었다.

"누구 아들은 제때 결혼도 하고 손주 보는 재미로 산다는데 난 무슨 팔자냐?"

문득 이 대화의 본질은 무엇일까 곰곰이 생각했다. 아버지가 나가는 모임만 12개. 대부분의 또래 친구 아들딸들이 결혼했고 남은 자식은 나 하나뿐이라고 들었다. 환갑이 지난 부모님에게 손주를 보고 싶다는 욕망, '어쩌면 당연한 일이겠구나'라는 생각이 들었다.

들끓는 마음을 뒤로하고 나직이 말했다. "제가 틀릴 수도 있겠어요." 인정하고 더 말이 없자, 아버지 언어의 온도도 조금은 낮아졌다. 서로 가슴속에 눌러 왔던 이야기를 풀어내기 시작했다. 마법의 문장 하나가 제대로 소화기 역할을 했다. 부자간의 대화는 그렇게 마무리되었다.

　하루를 살다 보면 다양한 갈등 상황을 마주한다. 먹는 것 하나로 동생과 싸울 수도 있고, 결혼 문제로 부모님과 다툴 수 있으며, 사소한 연락 문제로 연인과 언성이 높아질 수 있다. 처음에는 사실 여부를 따지지만 이내 감정 문제로 싸움이 불거진다. 나의 말이 맞을 수 있다. 그러나 그러한 사실 확인이 무엇이 중요하단 말인가. 관계가 불편해질 경우, 그 순간 마음이 지옥으로 변하는 걸 숱하게 겪어 왔다. 이제라도 갈등이 발생할 때마다 마법의 주문을 진심으로 속삭여보려고 한다.

"내가 틀릴 수도 있습니다."
"내가 틀릴 수도 있습니다."
"내가 틀릴 수도 있습니다."

제2장

명대사는 어떻게 희망이 되는가

다행이다, 기댈 곳이 있어서

김미예

괜찮은 척하지만 사는 게 맘 같지는 않네요. 저마다의 웃음 뒤엔 아픔
이 있어. 하지만 아프다고 소리 내고 싶진 않아요. 나 기댈 곳이 필요해
요. 나의 기댈 곳이 돼줘요.

- 김필, '기댈 곳'('불후의 명곡'에서)

다른 사람이 불러 더 화제가 되는 노래가 있다. 바로 싸이의 노래
'기댈 곳'이다. '불후의 명곡'에서 김필이 불러 더 호소력 짙다는 평을
받았다. 지금을 살아가는 사람들을 대변하는 노래 같기도 했다.

노래를 잘 부르면 좋아하는 사람이 힘이 들 때 불러 줄 수 있을
텐데. 아쉽게도 음치, 박치다. 그러나 보고 듣는 귀는 누구보다 열
려 있다. 일이 많을 때, 스트레스가 쌓일 때, 좀 쉬고 싶을 때 영
화, 드라마, 노래 등을 보고 듣는다. 특히 노래 듣기를 좋아한다.
부르기까지 잘하면 좋겠지만 더 바라지도 않는다. 듣는 것만으로
도 하루의 피로가 풀리기 때문이다. 노래를 잘 불렀으면 하는 바

그 문장이 내게로 왔다

람을 가진 적도 있지만, 지금은 듣는 귀를 준 것만도 다행이라 생각한다. 덕분에 살아가는 힘을 얻는다.

하루 평균 70여 명의 광고주와 상담을 한다. 16년 차 부동산 광고대행사 전문 매니저로 다양한 광고주들을 만난다. 오전 아홉시. 전화기에 모터가 달린 듯 쉼 없이 울린다. 하루가 시작되었다는 신호다. 처음 시작은 '오늘도 회사, 광고주에게 필요한 사람이 되자. 쫄 거 없어. 당당하게, 김미예스럽게. 아자, 아자, 파이팅!' 의식적으로 주문을 왼다. 여섯 개의 광고대행사 영업 및 광고주 상담이 주 업무이다. 오랫동안 해온 일이기에 눈 감고도 광고주에게 안내가 가능하다. 익숙하다는 건 내게 무기가 되어 준다.

"저, 선생님! 그쪽에서 안내해 준 대로 광고 등록을 했는데 왜 실패가 될까요? 이거 물러 주세요. 아니면 보상을 해 주던가요." 광고주의 불만에 화면을 열고 매물을 살펴본다. 혹여 광고주의 실수가 있는지, 시스템 문제인지 빠르게 스캔하고 고객의 기분을 살핀다. 광고 비용이 적용된 데 따른 불만의 소리가 귀에 들리는 듯하다. 다행히 시스템에 문제는 없다. 그렇다고 광고주에게 "대표님의 실수입니다. 다시 등록하셔야 해요"라며 사무적으로 대할 수는 없어 팁을 전해 준다. 불만이 전부 해소된 건 아니지만 친절하게 상담해 줘서 오늘은 참는다며 전화를 끊는다. 종일 전화기 너머로 고객과 씨름을 하다 보면 진이 빠진다. 각 대행사마다 실패 사유, 매물 등록법 등에 차이가 있다. 목이 아프도록 상담을 하고, 화장실 다녀올 시간 아끼며 민원 처리를 한다. 대처해야 할 일들이 쌓이는 동안 돌아오는 건 욕이다. 괜찮은 척하지만 어디로든 훌쩍 떠나고 싶은 충동이 생길 때도 많다. 생각보다 사람들의 반응이 부정적이다. 불평불만을 쏟아내기 바쁘다. 안타깝다. 이왕 하는 거 긍정적으로 마음을 쓰면 얼마나 좋을까. 한편으론 이해도 된다. 돈을 들여 광고를 하는 만큼 사용하는 데 불편하지 않기를 원하고 거기에 효과까지 바란다. 그러나 최근 네이버 부동산 정책의 잦은 변경과 검증 비용의 인상이 원인인 듯하다. 사람과의 관계가 쉽지 않다. 일은 저녁 일곱시 반경이 되면 하루 마무리가 되어 간다. 한 시간 반 정도를 넘기는 경우가 많아졌다. 욕심내어 한 가지를 더 추가했기 때문이다. 녹초가 된다.

2주 전 스물두 살 된 큰딸이 독립해 나갔다. 아르바이트하기 가까운 곳인 충정로 오피스텔로 이사했다. 있을 땐 몰랐다. 없으니 여러 가지로 아쉬운 점이 많다. 매일 통화한다. 사회 경험을 하면서 자신의 앞날을 설계해 가는 것도 기특하다. 처음 경험하는 낯선 사람들과의 관계에서 살아남기 위해 힘이 들 것이다. 당황도 할 것이고 하루에도 여러 번 때려치우고 싶을 때도 있을 것이다. 독립한 지 하루도 되지 않아 집에 다시 들어오고 싶다고 울먹인다. 언제든 다시 오라 했지만 2주가 지나가는 지금 잘 참고 있다. 그렇게 하루하루 견디고 있는 딸이 대견스럽다.

그 문장이 내게로 왔다

아르바이트를 하기 전에는 불평불만이 많았다. 동생들에게도, 나에게도 자주 툴툴거리고 문을 여닫을 때 쾅쾅거렸다. 한마디 하고 싶었지만 참았다. 자신도 다른 사람에 의해 경험하게 되면 그때가 좋았구나 느낄 것이기 때문이다. 딸의 하루를 격려해 준다. 잘 먹기를 바란다. 엄마를 조금씩 이해하는 딸로 성장 중이다. 믿어 주는 것이 서로에게 큰 힘이 된다.

하루를 마감하면서 오늘 어땠는지 질문을 던진다. 종이 위에 끄적끄적 적어 본다. 순간순간의 감정 기복이 클 때도 있고, 종일 설레고 기분 좋을 때도 많다. 쓰기 전에는 생각할 겨를도 없었고 내 감정이 어떤지도 살피지 못했다. 늘 괜찮은 척, 씩씩한 척, 아프지 않은 척 등 그놈의 '척'하느라 고단했다. 그야말로 기댈 곳이 필요했다.

시도 때도 없이 민원을 제기하는 광고주, 더 많은 성과를 바라는 대행사, 동종업계 동료와의 관계, 엄마로서 딸들을 챙겨야 한다는 강박, 아내로서 남편의 외로움을 달래줘야 하는 상황 등이 쉽지 않았다. 주저앉고 싶을 때도 있었다. 고스란히 딸들에게 날카로운 말투로 쏘아붙이는 경우도 많았다. 나도 모르게 한숨을 푹푹 내쉴 때도 있다. 잠시 멈춰 여유를 갖고 행동해야 한다는 걸 알면서도 막상 잘되질 않는다.

2023년 3월. 평소 존경하는 분으로부터 노래 선물을 받았다. 가

수 김필이 불러 더 잘 알려진 '기댈 곳'이다. 이 노래는 일상을 살아가는 이들에게 기댈 곳이 필요하다는 메시지를 주고 있다. 이렇게 하루하루 살아내는 우리네 인생. 지치고 위로받고 싶을 때, TV 드라마나 영화, 노래 등에서 나오는 명대사, 가사 하나에 내 마음을 맡긴다.

힘들지만 내색하지 않고, 웃고 있지만 상처로 가득하다. 노래 가사처럼 괜찮은 척하지만 다른 사람에게는 나의 못난 모습 보이기 싫어하는 게 요즘 사람들이다. 드라마 명대사나 노래 가사에서 위로를 받고 힘을 얻듯이 나와 인연이 되는 사람들은 내 어깨에 기댈 수 있으면 좋겠다. 마음 답답할 때 그들의 고민을 들어 주고 괜찮다고 한마디 건네는 사람이 가까이에 있다는 것을 잊지 말았으면 좋겠다.

그 문장이 내게로 왔다

인생이라는 책에 정답은 없다

김지안

스누피는 미국 만화계 역사에서 가장 널리 알려진 캐릭터 중 하나이며 주인공인 찰리 브라운보다 더 유명한 캐릭터이기도 하다. 나는 주인공도 아닌 스누피를 좋아한다. 어릴 때 스누피 캐릭터를 좋아해서 자주 그리곤 했다. 뜻도 이해할 수 없는 스누피의 대사는 우울했던 나의 청소년기에 인생을 생각하게 했다. '피너츠'의 내용은 심오하다. 인생에서 방황할 때 해결책을 제시해 주기도 한다. 보고 있으면 기분이 좋아지는 만화이다. 스누피는 항상 자신의 집에 들어가 있지 않고 지붕 위에 있다. 폐쇄공포증 때문이다. 쉽게 낙담하기도 하고 우울해하기도 하지만 또한 쉽게 본인의 페이스를 다시 찾는다. 그런 스누피가 좋았다. 스누피는 강아지 집 지붕에 누워서 이렇게 말했다.

In the book of life, the answers are not in the back
(인생이라는 책에는 뒷면에 정답이 나와 있지 않아요).

인생에는 문제집 뒷면에 있는 정답이 없다. 단지, 계획을 세우고 실행하면서 실패하기도 하고 성공하기도 하면서 성장해 가는 여정이 있을 뿐이다. 겪어 보고 경험해 봐야 알 수 있다. 처음에 생각한 대로 일이 성사되지 않았던 경험은 부지기수로 많다. 실패할 때마다 내 선택이 뭐가 잘못됐는지 짚어 보았다. 같은 실패 요인을 반복하지 않으려 애썼다. 내 모습을 잃지 말고 중심을 잡으면서 원하는 인생을 찾아가며 살고 싶었다. 인생은 나를 이해하고 찾아가는 여정이다.

어릴 때부터 그림 그리기를 좋아했지만 어중간했다. 감성이나 창의력이 부족하다는 걸 느꼈다. 딱히 하고 싶은 공부나 일도 없었다. 진로에 대해 아무 생각이 없는 청소년기를 보냈다. 대학 진학 목표도 없었다. 엄마가 대학에 꼭 가야 한다고 해서 재수생 시절을 보냈다. 어렵사리 서울 근교 전문대학 의상과에 입학했다. 의욕이라고는 하나도 없던 나는 우연한 기회에 과 대표가 되었다. 대학 생활 내내 과 대표를 하고 졸업반에는 학회장을 했다. 내가 책임감이 강하다는 걸 대학 생활을 하면서 알게 되었다. 학과 일을 마치 직장인처럼 했다. 동급생 친구들과 보내는 시간보다 학과 조교, 교수들과 소통하는 시간이 상대적으로 많았다. 내가 해야 할 일이라면 무슨 일이든 적극적으로 도전하고 배우려고 노력했다. 이전까지 내가 뭔가를 적극적으로 도전할 수 있는 사람인지 몰랐다. 해보면서 알게 되었다.

1996년 2월 말, 졸업식이 지나도록 그토록 되고 싶었던 패턴 모델리스트로 취업할 수 없었다.

나는 음료수 한 상자를 사 들고 과 사무실에 찾아갔다. 새로 칠한 니스가 반짝반짝 빛나는 서관 322호 과 사무실 문 앞에 섰다. 의상과 사무실이라고 쓰여 있는 명패를 잠시 서서 바라보았다. 평소 같았으면 냉큼 들어섰을 과 사무실 문을 열지 못하고 침을 꼴깍 삼켰다.

"어머! 지안이 왔구나! 왜 안 들어가고 서 있어! 춥다. 어서 들어가자." 등 뒤에서 김정연 조교의 반가워하는 목소리가 들렸다. 김정연 조교는 나의 등을 따뜻하게 쓸어 주며 내 왼손을 잡아끌었다. 김 조교의 따뜻한 손의 온기가 전해지자 마음이 한결 편안해졌다.

자주 들락거리던 과 사무실이었지만 졸업생으로 찾은 과 사무실은 낯설었다. 마치 김 조교는 내가 찾아온 이유를 아는 것처럼 먼저 말문을 열었다.

"지안이 너 안 간다고 했던 S 회사는 민정이가 입사했고 H 회사는 재정이가 갔어. 모델리스트 하겠다고 기다리지만 말고 좋은 자리 됐을 때 먼저 갔으면 좋았을 텐데…. 지금은 갈 수 있는 자리가 남대문 도매시장 디자이너 자리뿐인데 가 볼래?"

구인 시즌이 지나 버려서 디자이너 자리조차 마땅치 않았다. 나는 현장으로 가서 수작업 패턴을 배워 보기로 했다. 남대문 도매시장 디자이너로 취업했다. 시장에서 디자이너를 하면서 수작업 패턴을 배워 볼 요량이었다. 좋은 제안을 거절하고 선택한 자리가 만족스럽지는 않았다. 처음 목표했던 자리로 첫 단추를 끼우지 못했다. 남대문과 동대문 도매시장 삼 년 동안의 경험은 이십칠 년이 지난 지금의 나를 패션인으로 성장시켜 준 근간이 되었다.

졸업 후, 패션 엠디(상품기획자)라는 직업에 대해서 알게 되었다. 엠디를 하고 싶었다. 그러나 당시 엠디는 4년제 대학교 수학과, 통계학과, 경제학과 전공자들이나 입사할 수 있었다. 전문대학 의상과 전공자인 내가 기회를 잡기는 어려웠다. 내가 4년제 대학에 편입해야겠다고 결심하게 된 계기는 엠디가 되고 싶어서였다. 태어나 처음으로 꿈이 생겼다. 나는 단박에 목표했던 일을 이룬 적이 거의 없었다. 돌고 돌아서 길을 찾아갔다. 주변 사람들이 답이라고 생각했던 대로 진로를 결정했다면 지금의 나는 어떻게 되어 있을까? 살아보니 인생에 정답이 없다는 만화 '피너츠'에서 스누피의 대사를 이해할 수 있었다. 실패를 거듭하면서 나는 성장했다.

내가 직업인으로 살아오면서 적용했던, 가장 좋은 선택을 하는 5단계 방법을 정리하자면 이렇다.

- 1단계: 목표를 설정한다. 선택할 때 어디로 가고 싶은지를 먼저 생각한다. 그래야 방향을 좁힐 수 있다. 목표를 위해서는 어떤 선택을 해야 하는지도 쉽게 결정할 수 있기 때문이다.

- 2단계: 선택의 대안을 최대한 여러 가지 고려해 본다. 어떤 선택이 최선인지 판단하기 전에, 더 많은 정보를 수집하여 선택지를 모아 본다.
- 3단계: 선택지마다 장단점을 분석한다. 이를 분석해서 어떤 선택지가 나에게 가장 맞는 선택인지 판단해 봐야 한다. 좋은 선택이라도 단점이 있을 수 있다는 점을 인지하고 선택지의 장단점을 충분히 파악한다.
- 4단계: 미래를 생각해 본다. 어떤 선택을 했을 때 그것이 나의 미래에 어떤 영향을 미칠지 생각한다. 선택의 결과가 나의 목표에 맞는지, 그리고 미래를 생각한 선택인지도 판단해 본다.
- 5단계: 선택한 뒤에는 책임져야 한다. 마지막으로 선택을 한 뒤에는 그 선택에 대한 책임을 지는 것이 중요하다. 그 이유는 결과에 대해 후회하지 않기 위해서이다.

실패 경험은 다음 도전을 위한 씨앗이다. 어떻게 재도전해야 할지 고민하고 수정하게 하는 힘을 준다. 타인은 내 인생을 책임져주지 않는다. 타인의 평가에 의미를 두기보다 나의 중심을 잡고 내 결정에 따라 선택해야 후회하지 않을 수 있다. 선택은 상황에 따라 달라질 수 있다. 누군가에게는 적합한 선택일 수 있지만 그렇지 않을 수도 있기 때문이다.

학창 시절 모의고사 문제집을 풀다가 맨 뒤 정답지를 수시로 넘겨 보곤 했다. 내가 고른 답과 정답지의 답이 맞으면 기뻐하고 틀

리면 한숨 쉬었다. 인생에 정답을 누가 알려 줄 수 있을까. 인생의
정답은 없으니 틀렸다고 한숨 쉴 이유도, 맞았다고 좋아할 이유도
없다.

당신, 많이 노력했어

김혜련

영화 '어웨이 프롬 허(Away from her)'는 알츠하이머와 노년의 사랑을 그려낸 영화다. 44년이라는 긴 시간을 함께한 부부 그랜트와 피오나에게 뜻하지 않은 불행이 찾아온다. 남편 그랜트는 점점 기억을 잃어 가는 부인의 모습을 안타까워한다. 부인 피오나는 자신의 상태를 알고 요양병원에 들어가기로 마음을 굳혔다. 병원 규칙에 따라 남편은 인생 대부분을 함께 지내 온 부인과 3개월간 만나지 못한다. 아내를 첫 면회하러 갔던 날, 피오나는 남편 얼굴을 기억하지 못했다. 오브리라는 다른 남자 곁에서 미소 짓고 있었다. 아내는 오브리에게 헌신적이었다. 남편 아닌 다른 남자를 사랑하고 있었다. 영화에서 기억상실은 인생의 과정이며 사랑의 과정이다. 사랑을 소유라고 생각하는 사람들에게 생각할 화두를 던져 준다. 인생과 아내와 남편, 그리고 결혼에 대해 생각하게 하는 영화다.

20대 시절, 대구 백화점 본점 부근 악기사에서 친구와 만돌린을 배웠다. 친구 사이인 남자 2명도 악기사에 자주 들렀다. 한 명은 피아노와 오보에를 연주했고 노래도 잘 불렀다. 다른 한 명은 색소폰을 연주했는데 화통하고 사교적이었다. 친구와 연습하러 갈 때마다 만났다. 자연스럽게 차도 마시고 식사를 함께했다. 음악과 함께 지낸 낭만적인 날들이었다. 청춘 남녀가 만나니 끌어당김의 법칙이 통했다. 색소폰을 연주하는 남자는 내 친구를, 오보에를 연주하는 남자는 나에게 관심을 보였다. 그는 결혼을 전제로 사귀자고 했다. 너무 쉽게 결혼이라는 말을 꺼내는 것 같았다. 만나다 보면 정이 들고 상대의 장단점을 알 수 있다. 그 사람의 단점까지도 사랑할 수 있을 때, 함께 있고 싶은 마음이 간절할 때 결혼을 생각하는 것 아닌가? 이미 나는 좋아하는 사람이 있었고 그와는 약간의 다툼으로 거리를 유지하는 시기였다. 그 틈새를 비집고 들어오려 했다. 그에게 만나는 사람이 있고 지금은 잠시 냉전 중이라고 말했다. 부담감을 내려놓고자 모호한 선을 그었다.

첫사랑 남자 친구는 3년을 사귀었지만, 결혼에 관한 이야기는 꺼내지도 않았다. 선물도 할 줄 모르는 사람이었다. 그런데 이 남자, 몇 번 만났다고 목걸이를 사준다며 백화점으로 이끌었다. 그렇게 열망하던 남자로부터의 선물이 부담스러워질 줄은 몰랐다. 나중에 사 달라며 거절했다. 그러나 그 행동 자체로도 행복했다. 꼬시기 위해서든, 마음을 전하기 위해서든 선물을 하고 싶다는 것은 어떤 마음이었을까? 그냥 이 남자랑 결혼해 버릴까? 내 첫사랑은 틈새가 벌어져 있었고, 나는 두 남자를 비교하며 저울질하고 있었다.

"내 생각에는 처제가 처음 친구를 더 사랑하는 것 같아. 말투 하나하나에 그 사람을 향한 마음이 느껴져." 고민을 나눈 형부의 대답이었다. 그렇다. 나의 첫사랑은 처음 본 순간 백만 볼트의 전류가 눈에서 흘렀다. 내가 먼저 고백했다. 예쁘게 포장한 선물을 내밀며, "이별할 때 주는 손수건이라지만 나의 손수건은 시작의 의미입니다." 그렇게 첫사랑과 연애를 시작했다.

흔들리는 마음을 정리했다. 들은 대로 옮긴 내 친구의 말 때문이었다. 그가 여자 문제로 복잡한 사람이라나 뭐라나. 그의 친구는 왜 그런 이야기를 내 친구에게 말했을까? 과감하게 돌아섰다. 벌써 그의 친구가 안다는 것은 사실에 가깝다고 생각했다. 물어보기도 어색했고 듣지 않았으면 좋았을 이야기였다. 선물 공세도 작업 같았고 결혼이라는 말도 수단 같았다. 악기사에 발걸음을 끊었다. 짧은 만남이었지만 음악과 함께한 시간은 추억의 귀퉁이에 자리하고 있다. 15년이 흐른 어느 날 아침, 신문 사이에 끼어 온 수강생 모집 전단을 보았다. 그의 사진과 이력이 실려 있었다. 음악 학원 원장과 대학교수를 겸임하고 있었다. 40대를 시작할 즈음이었다.

옛날 초등학교 교과서에 실린 이야기가 생각났다. 어린이들이 모여서 '이 세상에서 가장 무서운 것'은 무엇인지 서로 대화하는 내용이었다. 아이들은 호랑이, 귀신과 도깨비, 공동묘지라고 했다. 서로 의견이 달라 지나가는 노인에게 물었다. 노인은 이 세상에서 제일 무서운 건 망각이라 했다. 잊어버리는 것이었다. 어렸지만 아련하게 알 듯 모를 듯한 노인의 이야기에 왠지 마음이 쓰였다. 그는 20대 시절의 만남을 기억하고 있을까? 마리 로랑생(Marie Laurencin)의 시에 의하면 죽은 여자보다 불쌍한 건 잊힌 여인이다. 누군가에게 하나의 꽃이고 잊히지 않는 의미가 되고 싶은 것은 존재의 바람이다.

38년을 함께 사는 첫사랑 남편은 나를 얼마나 기억할까? 영화에서 그랜트는 아무리 애써도 아내의 기억을 돌이킬 수 없음을 알게 된다. "남편들은 부인에게 잘했다고 믿지만, 부인들 생각은 다르다는 거죠. 솔직히 말씀드리면 누군가 꾸준히 참았죠. 선생님은 헌신적인 남편은 아니었어요"라고 영화 속 간호사는 말한다. 그래서일까? 그랜트는 아내를 진정으로 행복하게 해 주기 위해서는 오브리에게 보내 줘야 한다는 것을 깨닫게 된다. 그랜트는 피오나의 행복을 선택하였다.

심리학자 메리 파이퍼가 말하기를, "젊을 때 사랑은 자신의 행복을 원하는 것이고 황혼의 사랑은 상대가 행복해지기를 바라는 것"이라 하였다. 행복한 결혼 생활이 되려면 상대에게 어떻게 맞추느냐가 중요하다. 부부로 오랜 세월 살아 보니 서로에게 어떻게 맞추어야 하는지 알 것 같다. 꾸준히 참아내고 있다. 참으면서 사랑을 키워 나간다. 상대에게 어떻게 맞추는가는 중요하다. 맞춤식 황혼 사랑이다. 영화에서처럼 "당신, 많이 노력했어"라는 말, 후일 남편 에게서 듣고 싶다.

하루가 온전히 내 것이라는 것

김홍선

하루가 온전히 내 것이라는 것, 생각보다 근사한 것이더라고요.

- 드라마 '오수재' 마지막 회 중

예전에 재미있게 보았던 드라마 '오수재'에서 주인공이 마지막으로 한 대사 중 하나다. 조금 길지만 다 인용해 보겠다. "전 지금이 좋아요. 하루하루가 온전히 내 것이라는 것이. 하루의 모든 시간을 내 의지대로 결정하는 것. 그 결과가 좋으면 기분 좋고, 나쁘면 기분이 조금 나쁘죠, 하루하루가 온전히 내 것이라는 것, 생각보다 근사한 것이더라고요." 이 대사를 듣는데 왜 가슴이 쿵 하고 내려앉는지 모르겠다.

"홍선아, 이과에 가면 취직은 잘 된다고 하던데?"

임종을 앞둔 말기 암 환자 아버님과 이과, 문과를 결정하는 것에 대해 상의를 하고 있었다. 아버님은 내가 대학에서 전공하고 싶은 것이 무엇인지 물었다. "법대에 가서 법조인이 되고 싶다"라고 했

그 문장이 내게로 왔다

다. 아버님의 동공이 흔들린다. 한참을 말이 없더니 어렵게 입을
연다.

"이과가 취직이 잘 된다는데?"

독백 같은 말이다. 본인의 삶이 얼마 남지 않았음을 두 사람은
잘 알고 있다. 천생 문과인 나는 유언 같은 이 말을 거부할 수 없
었다. 그 이후의 삶은 온전히 내 것이 아니었다.

아버님이 고2 학기 초에 돌아가셨다. 나이는 어렸지만 외아들인
나는 무거운 책임감을 느끼고 있었다. 취직이 잘된다는 화학과를
선택했다. 어려운 화학과 강의를 들으며 점점 수렁에 빠져 들어가
는 것 같았다. 하루하루가 온전히 남의 것이었다.

적성에 맞지 않은 삶은 사람을 인생의 주변인으로 만든다. 빛나
는 청춘의 표상인 열정은 나와 거리가 멀었다. 대학 4년 동안 하루
하루를 신음하며 지냈다. 몸에 맞지 않는 옷을 입고 사는 것이 얼
마나 힘들고 괴로운지 절절히 절감하였다. 30대 후반 되어서야 원
치 않는 삶을 끝낼 수 있었다. 원하는 하루를 찾기 위해서였다. 결
혼을 하고 첫애를 낳은 지 얼마 되지 않은 때. 다들 말렸다. 가장
의 책임을 회피한다는 말까지 들었다. 그래도 온전한 내 하루가 절
실히 필요했다. 부들부들 떨면서 내 것인 하루를 찾기 시작했다.
그 지난한 20여 년의 시간이 이 대사가 가슴이 먹먹한 이유다. 내
가 선택한 삶이라고 해서 녹록지는 않았다. 수없이 많은 실수와 실
패를 겪었다. 그래도 내가 선택했으니 실패도 달콤했다. 무너져도

벌떡 일어났다. 하루가 온전히 내 것이니 가능한 일이었다. 남 탓을 하지 않으니 잘못된 것을 바꾸는 것도 어렵지 않았다.

지금도 내가 선택한 삶의 위력을 절감하고 살고 있다. 주인공 오수재는 일생의 목표인 거대 로펌의 대표 자리를 제안받고 거절한다. 이미 온전히 내 것인 삶을 맛본 뒤였기 때문이다. 지금 하고 있는 일이 자신이 적성에 맞는 사람이 몇이나 될까? 맞지 않으면 과감히 자신의 몸에 맞는 옷으로 갈아입으라고 얘기하고 싶다. 그런데 전제가 있다. 지금부터 온전히 자신의 삶을 사는 연습을 해야한다. 그러지 않으면 나같이 무수한 실수와 실패를 겪을 것이다.

첫째, 자신에게 일어나는 모든 일(좋은 일, 힘든 일, 슬픈 일, 억울한일) 원인의 화살을 자신에게 돌려야 한다. 온전히 내 것인 삶에서일어나는 모든 일은 내 책임이다. 왜냐하면 그래야 그 일을 통제할수 있기 때문이다. 외부에 휘둘리는 삶은 온전한 내 삶이 아니다.
쌍둥이 막내가 중1 때 사춘기가 왔다. 자신의 비위에 맞지 않으면 미쳐 날뛰었다. 감정 조절이 전혀 되지 않았다. 자신의 뜻대로되지 않으면 할머니한테도 못할 말을 서슴없이 내뱉었다. 형한테도서슴없이 주먹을 휘둘렀다. 녀석 때문에 집안이 하루도 바람 잦을날이 없었다. 어떻게 손을 쓸지 엄두가 나지 않았다. 그때 지인의한마디가 머리를 세차게 내리쳤다.
"사춘기는 그동안 부모님이 아이에게 한 성적표예요."

부모와 친밀하게 지낸 아이는 사춘기를 수월하게 넘기고 아닌 아이는 막내처럼 한다고 한다. 아이가 이런 것은 모두 내 책임이었다. 가장 먼저 할 일은 모두 내 책임이라고 인정하는 것이었다. 쉽지 않았다. '내가 누구 때문에 이렇게 고생을 하는데?' 시퍼렇게 살아 있는 보상심리가 가로막았다. 그때 지난 경험이 나에게 말을 건넨다. '온전히 내 것인 하루에서는 모든 일의 책임은 나에게 있다.' 정신이 번쩍 났다. 그동안 아이에게 상처를 입힌 일들을 꼼꼼히 생각했다. 피곤하다는 핑계로 아이가 똑같은 잘못을 반복하면 대화보다 매를 들었다. 아이의 말보다 양육자인 어머니 말을 먼저 들었다. 막내에게 솔직히 인정하고 사과를 했다. 그러니 아이와 대화를 하며 올라오는 화를 삭일 수 있었다. 내 삶의 하루가 온전히 내 것이니 가능했다.

두 번째, 실수와 실패, 시련, 고난을 바라보는 관점을 바꾸어야 한다. 내가 자주 쓰는 표현대로 하면, '절대 긍정' 안경을 써야 한다.

어제 진해에서 라이팅 코치 수료식이 열렸다. 나름 넉넉히 시간을 잡고 내려가는데 평소 막히지 않는 곳에서 1시간 이상을 서 있었다. 큰 사고가 났기 때문이다. 내비게이션은 점점 도착 시간을 뒤로 미루고 있다. 운전대를 잡은 손이 축축해지고 목이 타들어간다. 이대로면 늦을 것 같다. '조금만 일찍 출발할 것 그랬나, 너는 왜 항상 이러니!' 서 있는 시간이 길어질수록 자신을 닦달하고 있었다. 지금 상황을 바라보는 관점을 바꾸어야 했다. '그래, 내가 통제할 수 있는 시간으로 만들자.' 밖을 바라보던 시선을 옆자리의 동료 작가로 이동했다. 그리고 재미있는 수다를 시작했다. 출발할 때 서먹했던 사이가 가까워진다. 차가 막힌 덕분에 한 분의 동료 작가와 친구가 되었다. 대화를 할수록 조급한 마음이 가라앉으며 가슴이 뚫린다. 10분 지난 것 같은데 한 시간이 훌쩍 흘렀다. 곧 막힌 구간을 지나 뻥 뚫린 도로를 질주하였다. 도착하니 제일 늦었다. 그래도 마음이 조급하지 않았고 자신을 자책하지도 않았다. 얼굴에 웃음이 번진다. 조바심을 내고 왔어도 결과는 마찬가지라는 것을 알기 때문이다. 늦은 한 시간, 오롯이 내 것으로 만들었다. 단지 관점을 바꾸었을 뿐인데.

지금 내가 하는 일이 나와 맞든, 맞지 않든 오늘 하루만 온전히 내 것으로 만들어 보면 어떨까? 어떤 세파가 닥쳐도 긍정의 관점으로 바라보면 내가 통제할 수 있게 된다. 모두 내 책임이니까. 나에게 일어나는 모든 일을 내가 통제할 수 있다. 생각보다 근사할 것 같지 않은가?

선물처럼 내게 온 메시지

김한송

　오랫동안 나는 명절 증후군에 시달렸다. 음식 장만 때문이 아니었다. 다른 며느리처럼 시댁 문제도 아니었다. 친정 부모님이 계시지 않으니 내겐 명절이 의미가 없게 느껴졌다. 다들 부모를 찾아갈 때 나는 덜렁 혼자 남은 듯 우울했다. 부모님과 함께하는 특별한 날(명절, 생신, 어버이날)이면 괜스레 눈물부터 났다. 오랫동안 외로워하며 쓸쓸하게 보냈다. 너무 일찍 내 곁을 떠난 두 분이 안쓰러워 왠지 모를 공허함이 밀려왔다. 곁에 남편과 아이들이 있는데도 명절만 돌아오면 내 마음은 풀이 죽고 기운이 쫙 빠졌다. 지인들에게 이런 내 마음을 이야기하면 온전히 이해하지 못했다. '부모가 곁에 있을 때는 이런 내 마음을 모를 테지…' 속으로 그렇게 생각하고 입을 다물었다. 어디론가 훌쩍 떠나고 싶은 마음만 들었다.

　아들들이 고등학생이 되었을 때부터 명절 연휴엔 영화관에 갔다. 기분이 훨씬 가벼워졌다. 놀러 온 것처럼 마음이 편안했다. 코믹하면서도 감동 있는 영화를 골라 보는 재미가 쏠쏠했다. 영화광은 아니었지만 그래도 나름의 휴식을 취하는 방법이었다. 개봉작은 어떤 배우가 출연하느냐에 따라 관객들의 기대가 집중된다. 천만 이상 관객 돌파의 영화는 계속 사람들의 입에 오르내린다. 보지 않고는 못 배길 정도였다. 사람들의 평이 좋거나 꼭 봐야 한다고 추천해 주면 보곤 했다.

영화관에 간 지 오래되었다. 코로나로 인한 여파가 컸다. 며칠 전 둘째 아들이 말한다. 요즘 영화관 가면 텅텅 비어 있다고. 코로나 탓도 있겠지만 사람들 대부분 스마트폰이나 컴퓨터로 영화나 드라마를 쉽게 볼 수 있기 때문인 듯하다. 그래도 나는 옛날 사람인 걸까? 영화는 큰 스크린으로 팝콘 먹으며 웅장한 사운드와 함께 넋 놓고 빠져서 보는 맛이 최고라고 생각하니까.

서울에 가면 아들과 나는 좋은 영화를 꼭 한 편씩 봤다. 아들의 자취방에서 컴퓨터로 다운로드 받은 영화를 보면서 맥주 한 캔을 마시는 여유를 부렸다. 남편에게는 전혀 없는 공감 능력이 아들에게는 완벽히 채워져 있었다. 예술가 기질로 태어난 아들의 타고난 DNA 덕분이다. 영화를 고르는 안목도 탁월한 녀석이다. 어쨌든 대화가 잘 통하는 아들이 있어 꿈과 음악, 그리고 관심 있는 영화나 드라마를 공유할 수 있어 좋다. 나와는 다르게 아들은 영화광이다.

큰아들이 서울에서 자취한 지 3년째, 영화관에서 함께 본 영화가 있다. 내 인생에 잊지 못할 명품 영화, 인생 영화라고 해도 손색이 없다. 바로 '인턴'이다. 워낙 유명한 영화라서 많은 사람이 알고 있고, 봤을 영화다. 70대의 인턴과 20대의 CEO, 완벽한 하모니였다. 영화를 보는 내내 기분이 좋았다. 인턴으로 나오는 주인공 로버트 드 니로의 잘생긴 얼굴에 푹 빠졌다. 나도 저렇게 멋지게 나이 들고 싶다는 생각을 하면서 말이다. 그의 제스처나 눈빛을 보니 돌아가신 아빠가 생각났다. 마음이 푸근해졌다. 부모님을 그리워하던 내가 당장이라도 고민을 털어놓으면 잘 들어 줄 듯했다. 그리고 완벽한 호흡을 보여 준 멋진 여주인공 앤 해서웨이. 회사 내에서 자전거를 타고 다니며 일하는 모습이 신선했다. 그녀의 열정적이고 당당한 모습에서 슈퍼우먼으로 살아가는 나의 모습도 대입시켜 보았다. 영화가 끝날 때까지 몸을 앞으로 숙인 채 넋을 놓고 봤다. 뻔하고 진부한 스토리가 아니면서도 세대가 조화를 이룰 수 있는 참한 영화 한 편이었다. 영화 이야기를 간략하게 정리해 본다.

노인 인턴 프로그램에 지원한 주인공 벤은 70대다. 아내를 잃고 퇴직 후 채워지지 않은 허전함을 여행으로 달랜다. 하지만 새로운 조직에서 다시 일하고 싶어 한다. 나이 들었다고 뒤로 물러나지 않았다. 입사 후 권위 의식을 버리고 젊은 사람들과의 소통을 자연스럽게 이뤄냈다. 그리고 그의 노력으로 어느새 회사에서 가장 필요한 사람, 더 나아가 회사에 없어서는 안 될 존재가 되었다. 그뿐 아니라 여주인공인 젊은 CEO 줄스에게 스스로 답을 찾아갈 수 있도록 들어 주고 물어봐 주었다. 먼저 해결책을 제시하기보다 상대방의 마음을 읽어 주고 존중함으로써 인생의 경험을 공유하는 조력자가 되어 주었다. 깊은 울림이 있는 영화였다. 그들의 일을 대하는 사고방식도 마음에 들었다. 대표와 직원이 수평적인 관계로 일하는 분위기, 참 좋았다. '우리나라에서도 저런 문화가 가능할까? 청년과 노년의 조화가 잘 어우러질 수 있다면 더 행복한 나라가 될 수 있을 텐데…' 하는 생각도 하면서 감명 깊게 봤다. 그중 아들과 내가 뽑은 명대사가 있다. 오래도록 내 가슴에 남은 노인 인턴 벤의 대사를 잠시 떠올려 본다.

뮤지션은 은퇴를 안 한다는 기사를 읽은 적이 있어요. 더 이상 음악이 떠오르지 않을 때까지 계속 한대요. 내 마음속엔 아직 음악이 있다고 확신해요.

녹화해서 영상으로 보낸 벤의 대사였다. 영화에서 1차 면접을 영상으로 제출한 것도 인상적이었다. 기업의 부사장이라는 권위를 내려놓고 다시 조직에 들어가 자신의 할 일을 찾아 나선 것이다. 부드러우면서도 강한 자신만의 의지가 담겨 있었다. 지금도 확신에 찬 벤의 눈빛과 편하게 인터뷰하는 장면이 선명하게 기억난다.

아들은 이 대사에서 뮤지션인 자신의 꿈을 생각했고 나는 70대까지 현역으로 살고 싶은 나의 꿈을 떠올렸다. 우리는 영화를 보는 눈도 닮았다. 영화가 끝나고 아들과 나는 맥주 한잔을 기울이며 영화 이야기에 빠져들었다. 영화와 음악, 그리고 우리의 꿈에 대해 끝없이 이야기를 펼쳤다.

이 영화를 통해 나이듦에 대해 깊게 생각해 볼 수 있었다. 옹고집과 권위 의식만 내세우는 나이 든 사람이 아니라 젊은 세대를 어우를 수 있는 어른의 매너를 배울 수 있었다. 지혜와 열정이 공존할 수 있도록 품위와 신뢰를 지키는 일이 얼마나 필요한 일인지 새삼 느꼈던 시간이다. 나이는 숫자에 불과했다. 어디에서 무슨 일을 하든지 삶을 살아가는 자세에 따라 결과는 달라진다. 얼마든지 기대 이상의 역할을 할 수 있다는 희망도 이 영화를 통해 깊이 새겨 보았다.

벤의 또 다른 대사 중, "경험은 나이 들지 않고 시대에도 뒤떨어지지 않는다"라는 말이 있었다. 중요한 말이다. 경험만큼 값진 것이 또 있겠는가. 어떤 경험이라도 쓸모가 있는 법이다. 누군가에게 도움을 줄 수 있다면 그 경험은 더 빛이 날 것이다. 나의 경험도 분명 선한 영향력을 키울 수 있다고 생각했다. 지금 막 부모가 된 엄마들에게, 아이들을 가르치는 교사들에게, 이제 막 첫 책을 출간하려는 예비 작가들에게 나의 이야기를 들려 주고 싶다는 뜨거움을 새겼다.

영화 '인턴'을 본 지가 벌써 8년 전이다. 그때 내 나이 마흔여섯, 한참 열심히 일하면서 열정을 불태우던 때였다. 첫 책을 막 출간하기 전이었고 나를 찾아가던 시기였다. 그래서 나이가 들어도 저렇게 멋지게 많은 이들을 품을 수 있는 사람이 되고 싶다고 생각했다. 70세의 인턴이 내게 안겨 준 선물이다.

언젠가는 나도 마음 그릇이 단단한 어른이 되고 싶다. 계속 성장하고 변화하려는 의지가 있다면 충분히 가능하지 않을까. '우린 늙어 가는 것이 아니라 조금씩 익어 가는 겁니다'라는 노랫말처럼 내가 살아온 풍성함을 따스하게 전해 줄 수 있는 그런 어른 말이다. 글 쓰는 삶으로 새로운 인생을 만났다. 숨을 고르고 어깨를 쫙 편다. 당당하게 독자들의 가슴속으로 뚜벅뚜벅 나아간다.

그 문장이 내게로 왔다

평범한 하루가 특별해지는 마법

김희진

드라마 '눈이 부시게'는 치매를 앓는 주인공 김혜자의 인생 이야기다. 시간 여행이라는 장치로 만든 판타지인 줄로만 알았다. 아리송했던 퍼즐이 드라마 막바지에 맞춰졌다. 누구나 나이가 든다. 똑같이 주어진 평범한 하루를 살아간다. 가끔 힘든 날도 있다. 그래도 살아갈 가치가 있다. 지금을 살자. 드라마가 끝난 지 몇 년이 지났다. 아직도 빛나는 메시지가 기억에 남아 있다.

내 삶은 때론 불행했고 때론 행복했습니다. 삶이 한낱 꿈에 불과하다지만 그래도 살아서 좋았습니다. 대단하지 않은 하루가 지나고, 또 별거 아닌 하루가 온다 해도 인생은 살 가치가 있습니다. 후회만 가득한 과거와 불안하기만 한 미래 때문에 지금을 망치지 마세요. 오늘을 살아가세요. 눈이 부시게! 당신은 그럴 자격이 있습니다. 누군가의 엄마였고, 누군가의 딸이었고, 그리고 나였을 그대들에게….

일주일에 서너 번 도서관에 간다. 도서관에서 공부하면 궁금한 책을 바로 찾아보니 좋다. 도서관 가는 길에 자주 마주치는 할아버지가 있다. 한쪽 팔과 다리가 불편해 보인다. 지팡이가 없으면 한 걸음조차 내딛기 어려워 보였다. 오늘은 내 뒤에 세 명의 어르신이 따라온다. 일방통행 길이라 한쪽으로 붙어 걸었다. 벚꽃이 지고 철쭉이 피어 있다. 계양산 자락이라 산책하는 맛이 동네 길이랑 다르다. 새소리가 가깝게 들린다. 짹짹, 구구구. 흔하게 듣던 소리가 아니다. 이름 모를 새들이 지저귄다. 자연 스테레오다. 바람이 얼굴을 스치는 감촉이 신선하다. 풀 향기가 풋풋하다. 초여름을 예고한다. 오늘은 혼자만의 산책 대신 인생 이야기에 귀를 기울였다. 떨어져 걷고 있어도 잘 들린다. 평균 나이는 75세쯤. 이제 일흔이 된 할머니에게 아직 한참이라며 '아기'라고 한다. 공공 근로 일하러 가는 어르신들이었다. 일흔 살 된 할머니는 새로 들어왔는지 잘 부탁한다고 인사를 건넨다. 할머니, 할아버지 대화에 빠져든다. '나이 들어 집에만 있으면 안 된다. 밖에서 활동해야 한다. 수영하러 가 보면 운동한 사람과 하지 않은 사람은 천지 차이다.' 직접 살아낸 이야기라 그런지 진심이 느껴진다. 할머니 한 분은 요양보호사, 신생아 관리 등 안 해 본 일이 없다고 한다. 나보다 열심히 사는 것 같다. 친정아빠만 봐도 그렇다. 칠순이 넘어도 집에 있으면 답답하고 돈도 나오지 않는다며 아르바이트하러 다닌다. 칠십대 중반. 친정아빠는 아직도 걸음이 빠르다. 나이 들어 집에만 있으면 좋지 않다는 메시지. 사람 한 명은 책 한 권과 같다는 말을 실감한다.

조리원에서 집으로 돌아왔다. 내 아이와 처음 단둘이 마주한 순간을 잊을 수 없다. 신기하다. 막막하다. 두렵다. 내가 키울 수 있을까. 아무것도 모르는데. 뿅 하고 솟아날 줄 알았던 모성애는 눈곱만큼도 보이지 않았다. 좌절했다. 우는 아기를 침대에 눕혀 놓고 나도 울었다. 아무도 알려주지 않던 육아 세계. 끝없이 이어지는 터널 같기만 했다.

'백 일 지나면 좋아져. 돌까지는 힘들지. 어린이집 다니면 수월해. 아무래도 초등학교 저학년까지는 손이 많이 가지.'

이제 거의 다 왔다. 초등 저학년을 곧 벗어난다. 팔 년을 키우며 돌아보니 아름다웠다. 우리 부부에게 없는 애교 유전자를 타고났다. 밖에서는 과묵한 어린이지만 엄마, 아빠 앞에서는 애교 공주다. 아침에 눈 뜨면 안아 주고 틈만 나면 뽀뽀다. 사랑을 주러 태어난 듯 듬뿍 나눠 준다. 가끔 예전 사진을 찾아본다. 먹보 공주다. 노란 턱받침을 하고 브로콜리를 입에 넣고 침 흘리는 얼굴. 초코 아이스크림을 든 표정에는 달콤한 미소가 담겨 있다. 커다란 수박을 들고 수박즙을 줄줄 흘리며 먹는 눈동자는 진지하다. 아름다운 기억, 그립다. 쭈쭈바를 쭉쭉 빨고 있는 윤이를 바라본다. 사춘기가 되면 지금이 그립겠지? 힘든 기억은 지워지고 아름답게 빛나는 기억만 남는다. 힘에 부친 날, 그 속에서도 행복은 있었다.

힘들었던 2020년. 나에게 박수를 보낸다. 밥하고 치우고 놀고. 어린이집에 가지 못하니 집에서 매일 다른 놀이를 하기 위해 구상

한다. 한두 달이면 좋아질 줄 알았다. 끝날 기미가 없으니 캄캄하다. 노선을 변경했다. 애쓰지 않고 그냥 쉬운 놀이를 한다. 즐겁고, 치우기도 편한 놀이다. 내일은 또 다른 놀이 해야 하니까. 엄마가 해 주는 신기한 놀이가 제일 좋단다. 봄에는 꽃놀이, 여름에는 물풍선과 얼음으로 놀았다. 가을에는 낙엽을 밟고 솔방울을 주웠다. 겨울에는 식재료를 이용했다. 피자, 샌드위치 만들어 먹었다. 귤을 반으로 잘라 짜면 귤 주스가 된다. 내가 하는 놀이는 그다지 시간이 걸리지도 않는다. 식재료를 이용하면 간식으로 먹을 수 있으니 일거양득이다. 당시 여섯 살 어린이집 다니던 윤이는 엄마랑 놀고 싶다면서 어린이집 등원을 거부하기도 했다. 이 또한 지나가리. 마음을 다잡으며 도장 찍듯이 SNS에 기록해 나갔다.

2023년, 아직 확진자가 나오고 있지만 그냥 하루를 살아간다. 매일 똑같아 보이지만 같은 날은 하나도 없다. 꽃망울만 있던 벚꽃이 활짝 폈다. 비가 오면 나뭇잎마다 반짝이는 구슬이 맺힌다. 거미줄은 은구슬을 담아 놓은 접시가 된다. 사계절이 있어 얼마나 다행인가. 예쁜 것을 볼 수 있는 눈이 있어 감사하다. 아이 손을 잡고 걸을 수 있어 행복하다. "엄마, 사랑해요"라는 말을 듣는 나는 얼마나 축복받은 사람인가. 특별하지 않아도 하루가 소중하다. 소소한 날이 쌓여 근사해진다.

"엄마! 여기 거미줄 있어요." "와! 벌레 잡았다." 별일 아닌 일에 감탄하며 기뻐한다. 일상을 아름답게 꾸미는 예술가가 되어 본다. 사진과 메모 하나로 아무 색도 없는 오늘을 빛낼 수 있다. 내 삶,

풍요롭게 만들 능력이 있다. 매일 같은 날 다르게 들여다보는 마음만 있으면 된다.

잡지를 보다가 시선이 멈춘다. 젊은 모델이 아닌 할머니. 같이 보던 친구가 말한다. "희진아, 너 할머니 되면 이렇게 될 거 같아." 머리카락이 온통 흰색인 단발머리. 원피스를 입은 뒷모습이 예쁘다. 할머니에 대한 편견이 깨졌다. 사진 속 할머니는 여유로운 모습이다. 세월의 향기가 느껴졌다. 나도 아름답게 나이 들고 싶다. 사진 한 장과 메시지는 시간을 뛰어넘는다. 이십 년이 지나도 머릿속에 선명하다.

나 자신을 잃어버리지 말고 누구보다 나를 사랑하며 살아가리라. 내면을 가꾸며 성장하리라. 젊게 일상을 만들어 가리라.

"엄마, 얼굴에 점이 많아." 잡티가 셀 수 없을 만큼 많아졌다. 늘어난 만큼 마음에도 유연함이 생겼다. 쉽게 초조해하던 사회초년생이 아이 키우는 엄마가 되었다. 서서히 주름과 잡티가 생기는 것처럼 갑자기 삶이 좋아지지는 않는다. 그저 평범한 날들을 쌓는다. 정원을 가꾸듯 마음도 일군다. 잡초는 뽑고 가지가 쓰러지지 않게 버팀목도 만들어 준다. 비가 오면 마음 밭이 윤택해진다. 해가 쨍쨍하면 햇빛을 즐긴다. 그냥 오늘을 살아간다.

친정엄마는 사진 찍는 것을 좋아한다. 덕분에 어린 시절 사진이 많다. 요즘은 새로운 취미가 생기셨다. 식당 명함 수집. 맛, 분위기랑 상관없이 처음 간 식당 명함은 꼭 챙긴다. 어디서 뭘 먹었는지 나름 기록하는 방법이다. 나는 사진을 날짜 순서대로 정리하는 습관이 있었다. 덕분에 어릴 때 기억이 생생하다. 요즘은 블로그, 인스타그램이 그 역할을 대신한다. 사진만 찍지 않고 한 줄 글로 남긴다. 짧은 글 하나로 그날 기억이 살아난다. 내가 기억하지 않으면 사라지는 아이의 말도 놓치지 않고 적는다. "엄마 품은 포근한 이불 같아요. 엄마가 내 엄마라서 다행이에요." 요즘은 영상도 찍어 둔다. 여섯 살 난 아이는 풍선에 바람을 넣고 싶다. 겁이 많아 펌프로 바람 넣기 도전이 쉽지 않다. 풍선이 터질까 봐 얼굴을 돌린다. 눈도 질끈 감는다. 계속 실패하다가 드디어 성공했다. "내가 성공했다!" 한 번 성공을 맛본 후 연신 바람을 넣는다. 풍선 하나로 종일 놀았다.

2020년부터 인스타그램에 남긴 육아 기록. 가끔 보며 나를 칭찬한다. 열심히 살았구나. 사진에 덧붙이는 글만으로도 하루가 풍성하다. 오늘도 평범한 일상을 사진과 함께 글로 담는다.

10초만 버텨라

박현근

    줄다리기에서 제일 중요한 게 뭔지 아나? 바로 버티는 거야. 신호가 울리면 처음 10초는 그냥 버텨야 해. 그렇게 버티면 상대가 이상하다, 왜 안 끌려오지 하고 당황할 거야. 분명 자기들이 훨씬 셀 거라 믿었을 테니. 그렇게 딱 10초만 버티다 보면 상대편 호흡이 깨지는 순간이 분명히 와. 그때 당겨. 그럼 돼. 힘이 약해도 반드시 이길 수 있어.

    전 세계적인 흥행을 불러온 드라마 '오징어 게임'에 나오는 대사다. 언제 버텨야 할까? 바로 포기하고 싶은 순간에 버텨야 한다. 12년 동안 메신저 사업을 운영하면서 포기하고 싶은 순간이 있었다. 그럴 때마다 '딱 한 번만 더 해 보자' 하는 마음으로 강의를 해 왔다. 10인실 강의장을 빌려 놨는데 1명이 온 적도 있었고, 아무도 오지 않은 날은 더 많았다. 그래도 포기하지 않았다. 매주 강의를 하다 보니 사람은 자연스럽게 많아졌다. 내 사전에 폐강은 없다. 나는 포기를 모르는 사람이다. 모두가 안 된다고 할 때, 나는 그것을 반드시 해내는 사람이다. 나 스스로를 독려했다.

고교 중퇴 배달부인 내가 전국을 다니는 강사가 되고 싶다고 말했을 때, 가장 친한 친구가 꿈을 깨라고 욕을 했다. 하지만, 나는 전국을 다니는 강사가 되었다. 억대 연봉 강사가 되었다. 이제 그 친구는 나를 부러워한다. 코로나가 왔다. 나는 빠르게 온라인으로 수업을 전환했다. 온라인 세상이 열렸다. 온라인으로 수업을 전환하자 매출이 폭발적으로 증대되었다. 한 수업에 300명이 수강을 했다. 위기 속에는 기회의 씨앗이 있다. 신이 우리에게 선물을 줄 때는 위기라는 모습으로 포장을 해서 선물을 준다. 나는 그 위기 속에 기회의 씨앗이 있다는 것을 알고 있다. 위기의 상황 속에서는 단 10초를 버티는 것이 중요하다. 모두가 포기할 때 끝까지 견디는 자가 승자가 된다. 강한 자가 살아남는 것이 아니라 살아남는 자가 강한 자가 된다. 포기하고 싶은가? 딱 10초만 버텨 보자.

메신저 사업을 하겠다고 시작한 사람들 중 1년도 안 되어서 직장으로 돌아간 사람들을 수없이 봐왔다. 당장에 월 천만 원을 번다고 생각했는데, 생각보다 인원 모집도 안 되고, 자신이 노력한 것에 비해 수익이 나지 않으니 메신저 사업을 쉽게 포기해 버린다. 나는 돈을 벌기 위해서 강의를 하지 않았다. 다른 사람들이 성공하도록 돕기 위해 끊임없이 배우고, 알려 주었다. 말 그대로 배워서 남 주었다. 돈이 아닌, 사람에 집중했다. 수입은 자연스럽게 따라왔다. 예전에는 돈을 좇지 말고 꿈을 좇으라는 말이 무엇인지 이해가 되지 않았다. 하지만 이제는 자신의 꿈을 좇을 때 돈도 따라온다는 말을 피부로 느낀다.

코로나 이후 강의 시장이 바뀌었다. 오프라인에서는 사람들이 모이지 않고, 온라인으로 사람들이 모이기 시작했다. 방구석에서도 전국에 있는 사람들을 대상으로 강의를 하고 수익화를 할 수 있는 시대가 되었다. 자신만의 노하우가 있다면 얼마든지 실시간 강의, 혹은 영상 제작을 해서 큰 수익을 낼 수 있는 시대가 되었다. 지식창업에 성공하기 위해서 필요한 것은 2가지다. 일단 시작하는 것과 지속하는 것. 완벽하게 준비해서 시작하는 것이 아니다. 일단 시작을 하고, 완벽을 갖춰 나가야 한다.

당신은 이미 충분한 지식과 경험이 있다. 자신만의 콘텐츠로 온라인에서 돈을 벌 수 있는 방법이 있다. 나는 온라인으로 지식창업을 시작하는 방법에 대한 전문교육을 하고 있다. 배우기만 하고 돈을 벌지 못하는 사람들이 있다. 이제는 배움을 돈으로 바꾸는 기술을 배워야 한다. 고교 중퇴 배달부 박현근도 했는데, 스스로 한계에 가두고 매일 배우는 데 시간과 돈만 쓰면서 아웃풋을 하지 못하는 사람들을 보면 마음이 아파진다. 인풋 보다 중요한 것은 아웃풋이다. 컵에 물이 차면 넘친다. 일단 배우는 것이 필요하다. 그다음에는 반드시 배운 내용을 다른 사람에게 전달하는 것이 필요하다. 배움을 돈으로 바꾸기 위해서는 자신이 배운 내용을 타인에게 가르쳐야 한다. 배우기만 한다고 돈을 벌 수 있는 것은 아니다. 물이 고이면 썩는다. 배우기만 하면 교만해진다. 내가 아는 것을 타인에게 가르치고, 부족한 부분은 더 배우는 선순환이 이뤄져야 한다.

사람들은 배우는 데 돈 쓰는 것은 당연하게 생각한다. 하지만, 자신의 지식과 경험을 알려 주며 돈을 받는 것에 대해서는 부담감을 느낀다. 그래서 무료로만 알려 주는 메신저가 많이 있다. 무료 강의는 자신도 죽고, 수강생도 죽이는 행동이다. 일정 기간 동안에는 무료 강의를 통해서 나를 알리는 시간이 필요하겠지만, 반드시 유료 과정을 개설해서 수익화를 해야만 메신저 사업을 지속할 수 있다. 메신저 사업도 사업이다. 봉사활동이 아니다. 언제까지 배우고만 있을 것인가? 언제까지 무료 강의만 할 것인가? 이제는 지식 창업을 통해서 물질적인 만족과 의미 있는 삶이라는 두 마리 토끼를 잡자.

메신저 사업에 성공하는 사람들을 보면 그들에게는 간절한 마음이 있었다. 물질적으로, 환경적으로 어려운 시기를 견뎌냈다. 간절했기에 끊임없이 배움에 투자했고, 배운 내용을 사람들과 나누었다. 사람들의 험담, 아프게 하는 말들, 시도 때도 없이 오는 수많은 연락들로 인해서 메신저의 삶을 포기하고 싶은 적도 있었다. 아무도 없는 곳에 도망가서 혼자 살고 싶은 마음이 든 적도 있었다. 하지만 마음을 다시 바로잡았다. 책을 읽고 글을 쓰면서 나 자신의 부정적인 생각들을 종이 위에 쏟아냈다. 내가 왜 메신저 사업을 시작했지? 내가 진정으로 원하는 것은 무엇이지? 나는 어떤 사람들을 돕고 싶지? 나의 사명을 다시금 생각하면서 힘을 내었다. 나의 사명은 메신저 사업을 시작하는 사람들을 돕는 것이다. 메신저 사업을 운영하면 포기하고 싶은 순간이 반드시 찾아온다. 그때 딱 10초만 버티자. 포기하고 싶은 순간 함께 버티자. 버티는 자가 최후의 승자가 된다.

새로운 시작을 위한 준비

서영식

안 된다고, 안 될 거라고 미리 정해 놓고 그래서 뭘 하겠어요. 해 보고 판단해야지.

웹툰 원작으로 시청률 15%를 돌파한 드라마 '이태원 클라쓰' 4회차에 나오는 대사다. 주인공인 박새로이(박서준)가 교도소에서 책을 읽는 모습이 마음에 들지 않는 재소자가 말을 건다.

우리같이 가진 거 없이 태어난 것들… 공부해 봐야 어디 쓸 데도 없고.

가난해서, 못 배워서, 범죄자라서 안 된다고, 안 될 거라고 미리 정해 놓고 그래서 뭐 하겠어요. 해 보고 판단해야지.

말에 가시가 있네. 나한테 하는 말인가? 뭐가 그렇게 잘났어? 너도 인생 쫑난 전과자잖아.

그 문장이 내게로 왔다

열 받은 재소자는 박새로이를 주먹으로 때려서 눕힌다. 맞고 일어난 박새로이는 이렇게 말한다.

공부? 노가다? 원양어선? 그렇게 시작하면 돼. 필요한 건 다 할 거야. 내 가치를 네가 정하지 마. 내 인생은 이제 시작이고, 난! 원하는 거 다 이루고 살 거야!

타인이 나의 가치를 평가하도록 하지 않는다, 스스로 원하는 삶을 위해 살겠다는 대사에 공감했다.

주인공은 결국엔 원하는 것을 차근차근 만들어낸다. 목표한 것을 모두 다 이루고 성공하는 것으로 끝난다. 드라마에서 주인공인 박새로이는, 과거는 바꿀 수 없지만 현재와 미래를 바꿀 수 있다는 것을 깨닫는다. 아버지를 잃고 감옥까지 갔다 와서 역경을 딛고 복수도 하고 사업으로 성공한다는 내용이다.

어떤 일을 할 때 자신의 한계를 정하는 경우가 있다. '내 능력은 여기까지야. 나는 원래 그래.' 범위를 정하고 더 할 수 없다고 생각한다. 벼룩은 몸길이가 2에서 4밀리미터밖에 안 된다. 하지만 100배까지 뛸 수 있다. 자신의 몸길이보다 수십 배, 수백 배 거리를 점프할 수 있다. 벼룩을 유리병에 가두고 마개를 닫으면 빠져나오기 위해 계속 미친 듯이 점프한다. 삼십 분 지나서 마개를 열어둔다. 벼룩은 유리병의 높이 이상 뛰어오르지 않는다. 유리병에 넣기 전엔 훨씬 높이 뛰어올랐다. 원래 가진 능력이 있지만 스스로 높이를 제한한 것이다.

    건강을 위해 PT(개인 운동 훈련)를 한 적이 있다. 개인 운동 트레이닝을 받고 몰랐던 나의 능력을 알게 되었다. 지금도 그때 트레이너가 찍어준 동영상을 보면 내가 어떻게 저 무게를 들었지 하며 깜짝 놀란다. 사람의 잠재력은 무궁무진하다. 직접 시도해 보지 않으면 알 수가 없다. 자신을 믿어야 한다.

    무언가를 새롭게 시작할 때 장애물은 마음의 장벽이다. 그걸 깨부수기가 쉽지 않다. 누구도 뭐라고 하지 않는데 혼자서 생각을 키운다. 못 할 거라는 마음이 할 수 있다는 마음을 잡아 삼킨다. 그래도 해 봐야지 하는 생각이 비집고 나오려고 하면 또 부정적인 마음이 덮는다. 물감으로 하얀색을 떨어뜨리고 까만색을 한 방울 흘리면 금방 색깔이 변한다. 다시 하얀색으로 바꾸려면 훨씬 더 많이 떨어뜨려야 한다. 주위에서 긍정의 말과 부정의 말을 듣는다. 안 좋은 이야기가 더 잘 들리기도 한다. 내 마음은 내가 이겨낼 수 있어야 한다. '왜 자신을 못 믿냐, 이때까지 잘 살아왔고 앞으로도 더 잘 살 거잖아. 살면서 죽기 전에 뭔가 의미가 있는 일을 해 봐야지. 하고 싶은 일은 후회 없이 해 봐야지.' 다시 마음을 가다듬는다. 자신이 만든 틀을 깨야만 한다. 나 자신의 한계를 스스로 정하지 말고 도전을 하려고 한다. 새로운 시도와 변화는 숨어 있는 능력을 키울 수 있다.

최근 자기 계발 관련 키워드가 궁금해서 썸트렌드(Sometrend: 빅데이터 분석 플랫폼)에 검색을 해 봤다. 2023년 5월 1주 차 키워드는 책, 생각, 독서 순이다. 자기 계발은 책과 독서가 연관성이 높다는 것을 새삼 확인했다. 평소에 자기 계발을 하기 위해 책을 한 달에 열 권 이상 읽는다. 책을 읽을 때 '그래, 나도 할 수 있어. 노력할 거야.' 각오를 다진다. 현실에서는 여러 가지 하기 힘든 이유가 많다. 시간이 없어서, 피곤해서, 다른 일들이 많아서 등등…. 2년 가까이 책 쓰기 수업을 들으면서 달라졌다. 읽기와 쓰기를 함께 한다. 예전엔 인풋만 했다면 이제 아웃풋을 만들려고 한다. 책을 통해 얻은 경험을 남기기 위해 독서 노트를 쓴다. 개인 저서를 출간하기 위해 틈틈이 글도 쓰고 있다. 쓰면 생각을 정리할 수 있고, 순간의 기억을 생생하게 남길 수 있다. 독서와 글쓰기를 통해 달라진 나의 경험을 함께 나누고 싶어서 책 쓰기 코치 과정을 수료했다. 자이언트 라이팅 코치 양성 과정이다. 그동안 배우기 위해 노력했다. 이제 나만의 방식으로 배운 것을 가르치고 싶었다. 시작하기 전 고민을 많이 했다. '이걸 해도 될까? 내가 할 수 있을까? 아직 준비가 더 필요하지 않을까?' 8주 과정의 라이팅 코치 양성 과정을 들으면서 할 수 있다는 자신감이 생겼다. 542호 작가를 배출한 자이언트 북 컨설팅의 성공 경험을 배워서 실행하려고 한다. 함께하는 자이언트 작가들도 모두 나의 응원군이다. 라이팅 코치 수업 중 '완벽한 준비를 하고 시작하는 사람들도 계속 수정하고 보완한다. 일단 먼저 시작하고 배우고 고치면 된다'라는 내용을 듣고 힘을 낼 수 있었다. 세계 최대 인터넷 서점, 쇼핑몰 업체인 아마존의 제프 베이조스도 실행의 중요성을 강조했다. "일단 움직여라, 실수는 나중에 고쳐라." 먼저 시작하는 것이 중요하다.

8주간의 강의를 들으면서 몰랐던 나의 능력을 알 수 있었다. 다른 작가들과 소그룹 미팅을 하면서 칭찬 세례를 많이 받았다. "지금 당장 하셔도 되겠는데요. 편안하고 듣기 좋아요. 센스 있으시네요." 함께하는 자이언트 작가들은 좋은 피드백을 해 준다. 팔꿈치에 살짝 소름이 돋고 자신감이 솟구친다. '나도 할 수 있겠네. 한번 해 보자.' 라이팅 코치 수업을 하기 위해서는 사전 준비를 해야 한다. 강의 교재도 만들고, 무료 특강 공지와 홍보, 온라인 수업을 위해 화상회의 프로그램 줌(zoom) 등록도 필요하다. 급하게 서두르지 않고 하나씩 준비하고 있다. 할 수 있다고 생각하면 할 수 있다. 못하는 이유는 수없이 많다. 지금은 시간이 없어서, 능력이 부족해서, 아직 준비가 안 돼서…. 부정적인 생각보다 '할 수 있다'라는 긍정적인 마음이 중요하다. 목표를 구체화하고 계획을 세운다. 시간을 정하고 계속 수정하고 보완한다.

한번 해 봐야겠다는 의지와 다르게, 할 수 있을지를 고민했다. 자이언트 라이팅 코치 양성 과정을 시작할 때다. 8주간 안 빠지고 들을 수 있을까 걱정했지만 한 번도 놓치지 않았다. 할 수 있는 구체적인 방법을 배웠다. 이미 열정과 자신감은 충분히 장착했다. 이제 실천만이 남았다. 일단 해 보자. 나이 들수록 실패에 대한 두려움이 커진다. 잘 안되면 어떻게 할까. 고민하고 걱정하기 전에 일단 해 본다. 누구나 삶의 이야기와 경험을 책으로 쓸 수 있다. 책 쓰기 무료 특강을 공지하고 한 명이라도 들어오면 수업한다. 등록하는 사람이 없더라도 계속 도전해 본다. 꾸준히 반복하는 습관의 힘을 이길 방법은 없다. 나를 알고 좋아해 주는 사람도 있다. 사람들과 모이는 자리에서 즐겁게 시간 보내기를 좋아한다. 회식에 가도 즐거운 이야기를 많이 하려고 한다. 자이언트 작가의 모임에 가면 주위에서 잘 웃어 준다. 긍정의 에너지를 많이 받을 수 있다.

매일 꾸준히 한 걸음씩 나아가려고 한다. 한 걸음씩 앞으로 나가면서 부족한 부분을 채우고 성장하기 위해 노력한다. 길을 아는 것과 걷는 것은 다르다. 눈으로 보기만 해서는 어떤지 알 수 없다. 직접 땅에 발을 딛고 걸어 봐야 한다. 잘할 수 있을지 계속 확인하고 의심하지 않는다. 내가 살아온 인생의 시간을 더 믿는다. 새로운 시도를 통해, 사는 대로 생각하는 삶이 아니라 생각하는 대로 이루어지는 삶을 살려고 한다. 매일 일상을 기록하고 세상과 연결하는 방법을 찾는다. 가 보지 않은 길이지만 익숙해지도록 하고 있다. 일단 해 보고 원하는 대로 만들어 간다.

신기하게 이어지다

석승희

　가장 감명 깊게 본 영화가 무엇인지 질문을 받으면 망설임 없이 대답한다. 멜 깁슨 배우 주연의 '브레이브 하트'라고. 그 영화의 마지막 장면 외침의 여운은 30년 전임에도 어제처럼 생생하다. 13세기 스코틀랜드 영웅 윌리엄의 사랑과 투쟁을 그린 영화로, 실화를 바탕으로 한 영화다. 그 외침의 말은 프리덤이다. 억압된 현실에서 자유를 갈망하는 마음이 담긴 포효에 한마디가 뇌리에 박혔다. 그래서인지 지금도 가장 좋아하는 단어가 자유다. 머릿속에 떠오르는 단어를 쓰면 첫 번째는 자유다. 자유를 좋아해서 다른 사람의 간섭을 받는 것을 싫어하고, 타인을 간섭하는 것도 좋아하지 않는다. 장녀로 태어나 자라서 의존할 줄을 모른다. 모든 일은 스스로 알아서 하는 것이 당연하다고 생각하며 자라 왔다.

　2년 넘게 컬러 기질 분석에 대한 공부를 해 왔는데, 내가 가진 컬러에 그러한 내용이 나와 웃음이 났다. 나를 훤히 들여다보는 것 같았다. 자유를 사랑하고 독립적이라고 나온다. 바로 나다. 흔히 자유로운 영혼이란 말은 나를 두고 하는 말 같다. 영화 속 대사가 내 삶의 태도가 된 걸까? 재미있는 연관성이다. 주말까지 교대로 출근하는 직종에 종사하면서도 틈틈이 하고 싶은 것을 했다. 네이버의 미투데이라는 SNS를 통해 알게 된 사람들과 책 모임도 했고, 맛집을 찾아다니는 맛집 모임에도 참여했다. 우쿨렐레와 드럼도 배워 봤고, 등산도 몇 년간 다녔다. 네이버에서 랜덤으로 받은 쪽지 덕분에 살사 춤에도 발을 담갔다. 그때 무슨 생각으로 혼자 번개 모임에 참석할 생각을 했는지 아직도 의문이다. 무언가를 배워야겠다는 결심을 했는데 그게 살사 춤이 될 줄이야. 살사 바에 처음 갔던 날 그 순간을 잊을 수가 없다. 내 눈앞에 펼쳐진 광경 속에 느꼈던 놀라움이 다시 떠오른다. 유연하지 못하고 뻣뻣한 몸으로 살사 춤을 어렵게 익히고, 친한 동생과 6개월을 일주일에 두 번 출석부 도장을 찍듯이 열심히도 다녔다. 노 스트레스 상태를 경험해 봤던, 아주 재미난 추억이다. 버스를 세 번 갈아타며 경기도 경계를 넘어 다녔던 출퇴근길 버스 안에서 네 박자의 라틴 음악을 이어폰 꽂고 흥얼흥얼하는 모습이 상상되는가? 궁금하다면 한번 경험해 보길 바란다. 특별한 시간이 될 것이라고 생각한다.

앞에 말한 것처럼 자유로운 영혼이어서 그런지 돌아다니는 것을 좋아한다. 20대 초반, 대학 친구들과 경기도 근교 리조트에 놀러 갔다. 밤을 하얗게 지새우며 놀고 주말 출근자라 서울의 종로까지 혼자 새벽 6시에 나와 출근했다. 마음만 생기면 먼 거리여도 움직인다. 캘리그라피를 배우면서 부산의 번개 스터디도 참여해 봤고, 직장을 다니면서 주 1회 휴무를 이용해 강원도 영월까지 3주에 한 번 글씨를 배우러 다녔다. 올해 1월과 2월에는 격주 토요일마다 창원으로 NLP 교육을 받으러 갔다. 거리상 새벽 첫 기차를 타야 일정을 소화할 수 있었기에 주말 시간은 온전히 배움으로 보냈다. 열정이 많다는 것은 자타가 공인하는 사실이다. 웃음 나는 에피소드 하나 이야기하자면, 난생처음으로 맥을 짚고 한약을 먹은 적이 있었다. 한의원 원장님의 말씀이, 남들보다 간 크기가 크다고 한다. 간이 큰 사람들이 열정이 많다고, 그래서 열정이 많은 것이라고 말씀하셨다. 간 큰 여자인 것을 그때서야 처음 알게 되었다. 아하, 나 간 큰 여자였구나. 혼자 웃었다.

그런데 늦게 만난 배우자 또한 나와 같은 컬러를 가지고 있다. 자유롭고 독립적인 성향이 같다. 그래서 자주 티격태격하면서도 비슷하기에 같이할 수 있는 것 같다. 결혼할 때 제주도로 신혼여행을 가자는 신랑 말에, 일생에 한 번뿐인 신혼여행지 선택은 절대 양보할 수 없다며 내가 고집해서 하와이로 신혼여행을 다녀왔다. 우리의 여행은 하와이에 도착한 첫날 시작부터가 버라이어티했다. 도착한 날 이동하기 위해 가이드가 운전하는 차를 타고 가는데 접촉 사고가 났다. 놀란 가슴을 부여잡고 여행을 하는 중에 저녁 일정으로 크루즈를 타고 돌아오던 버스에서 안내방송을 잘못 알아들어 미리 버스에서 내리는 바람에 숙소까지 5킬로미터나 걸어서 돌아왔다. 도통 길을 알 수가 없어 해변가를 따라 걸어 보자며 걸었다. 그 덕분에 해변가의 분위기 좋은 리조트를 가로지르며 구경할 수 있었다. 다음 날 해변도로 주차장 앞에서 유리창이 산산조각 난 다른 차량을 보고 겁을 먹었다. 렌터카를 미리 대여해서 우리끼리만 다니려던 일정을 취소하고, 경비행기를 타고 다른 이웃 섬에 관광 갈 계획을 세웠다. 경비행기 타러 가는 아침 늦잠을 잤다. 늦었다며 소란 법석을 떨며 경비행기가 출발하기 직전에서야 헐레벌떡 약속 장소에 도착했다.

글을 쓰며 파인애플 아이스크림의 상큼함이 다시 생각나 침이 고인다. 핸드폰에 저장된 그날의 파란 하늘과 빛나던 태양, 멋진 자연의 사진을 보며 추억한다. 자유로움을 지나치게 좋아해도 감내해야 할 것이 많아진다. 자유는 적당히 추구하자고 되뇌어 본다. '정도의 지나침은 미치지 못한 것과 같다'라는 의미의 과유불급이란 사자성어가 머릿속을 스친다. 한순간 기억에 남았던 영화 속 대사 한마디가 사람이 살아가는 모습에 영향을 줄 수 있다는 사실에 놀랍고, 신기하고 재미있다. 자유를 좋아하는 마음이 이어진 경험들이 우연은 아닌 것 같은 느낌. 앞으로는 자유를 좋아하는 성향을 글 안에 자유로운 소재로 녹여내고 싶다. 제한받지 않아 다양한 글감이 많이 나올 수 있을 것 같아 벌써부터 기대가 된다. 어떻게 스며들게 할지는 오늘부터 스스로에게 주는 과제가 될 것 같다.

영웅은 내 안에 있다

이선희

넓은 들판 위에 하얀 눈이 쌓여 있다. 배우 정성화가 그 눈밭을 헤치고 뚜벅뚜벅 걸어간다. 앞으로 헤쳐 나갈 고난과 역경이 얼마나 깊을지, 무릎까지 쌓인 눈 높이가 짐작하게 해 준다. 영화 '영웅'의 첫 장면이다. 내가 존경하는 위인이 두 분 있다. 한 분은 이순신, 또 한 분은 안중근 의사이다. 하루라도 책을 읽지 않으면 입안에 가시가 돋는다는 분, 사람들이 존경할 수밖에 없는 실천가이며 애국자다. 어려운 시국에 국가를 위해 무엇을 해야 하는지 아는 사람이 안중근 의사이다.

명절이 지난 후 수석을 좋아하는 남편이 탐석을 하러 갔다. 연락이 없다. 화가 났다. 늘 기본적인 사항에 서투른 남편이다. 전화 한 통이면 다 해결되는데 부부간의 예의도 자주 놓친다. 기다리다 지칠 때쯤 시계를 들여다본다. 밤 10시가 넘었다. 어제 떠났다. 1박 2일이 아닌가? 전화했다. 남편이 받는다.

"내가 알아서 간다고. 왜 전화를 해!"

그 문장이 내게로 왔다

남편의 응답이다. 어이가 없다. 하루 더 있다가 온다고 한다. 1박 2일처럼 떠났다. 이런 일이 비일비재하다. 자주 있는 일이다. 특별하게 대우받고 싶은 것이 아니다. 그저 함께 사는 사람에게 배려라는 것을 받고 싶을 뿐이다. 아내라는 이유로 무조건 참고 견디는 일이 지친다. 정서적 허기가 나를 힘들게 한다. 이 세상은 빵으로만 살 수 없다. 배는 부르다. 그러나 마음은 고프다. 자주 한숨이 나온다. 함께한 햇수가 이미 36년이 넘었다. 먹어도 배고픈 정신적 허기에 몸이 나락으로 떨어지는 것 같다. 언제쯤이면 받아들이게 될까? 어느 때쯤이면 화가 나지 않을까. 같은 행동을 계속해 왔다. 오늘만 그렇게 행동하는 것이 아닌데 왜 특별하게 화가 나는지 모르겠다.

삶에서 부부가 지키고 애쓰고 노력해야 할 게 무엇인가 고민해 봤다. 내 생각은 이렇다. 상대에게 너무 잘하려고 하지 말고, 상대가 싫어하는 일을 하지 않기를 바란다. 그런데 그 기본이 지켜지지 않는 행동에 화가 난다. 나도 모르게 허공에 대고 중얼거린다. 왔다 갔다 한다. 누가 옆에 있다면 싸움이라도 걸고 싶다. 싱크대에 있는 그릇들이 부딪쳐 덜커덩거린다. 이런 시끄러운 마음을 바꾸고 녹이는 방법은 무엇일까 생각했다. 이 나이에 부부가 서로 미워서 헐뜯고 싸우는 일, 하고 싶지 않다.

생각한 것을 행동으로 옮기자. 이렇게 집, 방구석에서 남편 미워하지 말자! 저 사람은 어제도 저 모습이고 그저께도 똑같이 행동했다. 새삼스럽게 미워할 이유가 무엇인가. 같은 행동 할 때 어느 때는 밉고 어느 때는 용서가 되는지. 새삼스럽게 고민하는 내가 작아 보였다. 남편에게 자주 휘둘리는 자신이 한심하다. 상황을 어떻게 해석해도 그 사람은 그 사람이다. 집에 오지 않고 전화도 할 줄 모르는 상대, 기다리다가 화내고 속상해하지 말고 움직이자. 나를 위한 시간을 제대로 가지고 싶었다. 자리를 털고 일어났다. 바로 밖으로 나갔다.

청주 터미널 근처에 있는 NC 백화점 7층에 영화관이 있다. 출발했다. 25분 정도 걸렸다. 엘리베이터 타고 7층으로 올라갔다. 무엇을 볼까 하고 들여다보니 '영웅'이란 영화가 눈에 들어온다. '그래, 이 영화네' 하고 표를 끊었다. 혼자 영화 본 적이 없다. 주위 눈치가 보인다. 힐끔힐끔 주변을 돌아보았다. 혹시 아는 사람 있을까. 아무도 없다. 다 자기의 일로 바쁘다. 나를 유심히 바라보는 사람은 한 사람도 없다. 주위 눈치도 보지 말자고 혼자 다짐했다. 바닐라 커피 한 잔과 치즈 팝콘까지 샀다. C열 8번이다. 의자도 쭉 올리고 세상에서 가장 편한 자세로 영화를 보았다. 혼자지만 최고의 기분이다. 드디어 영화가 시작되고 주인공이 나온다. 정성화다. 안중근 역할이다. 가족을 다 두고 집안 패물까지 팔아서 독립운동을 위해 떠나는 안중근이다. 마음이 따듯해지기 시작했다. 혼자 왔다는 두려움보다는 오기를 잘했다는 생각이 든다. 그리고 이런 생각이 쑥 올라온다. '혼자서도 할 수 있는 일이 많구나. 영화 보는 것도 괜찮네.' 다른 사람의 눈 같은 것, 염두에 둘 필요가 없구나!

영화의 내용은 같은 마음을 가진 독립투사들과 하나가 되어 혈서 쓰는 것으로 시작한다. 중국 만주까지 자신의 식민지로 만들려는 이토 히로부미를 저격하기까지의 이야기를 그린 영화다. 영화를 보는데 이런 생각이 들었다. 안중근은 나라를 위해, 동양의 자주독립을 위해 처절하게 몸부림쳤는데 나는 가족을 위해 조금 애썼다고 이렇게 화가 나는 것일까? 소소한 일상에서 작은 가정의 일로 화를 낸 내가 연약하고 미약한 인간으로 느껴졌다. 안중근처럼 인류를 위한 일도, 다른 사람을 돕는 일도 아닌데 왜 그렇게 연연하는 것인지. 허탈하기까지 했다. 이후로 나의 행동이 조금씩 바뀌었다. 상대에게 기대하는 일이 극히 적어졌다. 그리고 매달 서울 잠실 교보문고에 가는 일, 밤에 줌으로 강의 듣는 일, 책 펼치고 사는 일, 어떤 일이든 하고 싶은 일도 당당하게 상대 눈치 보지 않고 하기 시작했다. 예전에는 상대(남편) 눈치도 살짝 봤다.

내 안에 작은 영웅이 있었다. 상대에게 기대하지 않고 휘둘리지 않는 내면의 단단함이 장착된 것이다. 화가 나거나 현실이 복잡해질 때 '메타 인지'를 활용해서 객관적 분리를 한다. 그렇게 하니 화도 덜 나고 상대에 대한 미움도 적어진다(메타 인지는 또 하나의 객관적인 눈으로 나를 검토하는 일이다). 아바타가 되어서 보는 일이다.

내가 알아챈 것은 이렇다. 첫째, 상대방 때문에 화가 나면 다른 곳으로 눈을 돌린다. 예를 들면 집에서 괜한 걱정을 하거나 불안해하지 말고 온전히 나의 무늬대로 살기 위해 산책을 한다. 가볍게 집이라는 장소에서 벗어난다. 그러면 방금 화가 났던 일이 별일이 아니라는 생각이 든다. 조금 내려놓게 된다. 둘째, 영화를 보거나 책을 읽으면 객관적 분리가 더 잘 된다. 나의 경험처럼 안중근 독립투사는 국가를 위해서 하나밖에 없는 목숨을 던졌다. 나는 소인으로서 남편 한 사람 때문에 지옥과 천당을 오고 가는 게 부질없다는 것을 느낄 수 있다. 그때부터 생각이 확장되면서 자유를 느낀다. 오직 한 사람에게 집착하고 살던 습성에서 벗어날 수 있다. 세 번째, 인생에서 따로 또 같이 사는 일도 필요하다. 부부도 같이 할 일, 따로 할 일이 있다. 인간은 이기적이기 때문에 자신의 문제에 골몰한다. 상대에게 관심이 없다. 그러니 내 마음을 돌보는 일은 내가 알아서 하자! 이렇게 해석하니 정말 별일이 아닌 사소한 일로 느껴졌다.

이야기에만 영웅이 있는 것이 아니다. 작은 일에 휩싸이지 않고 내가 스스로 덜 휘둘리고 있을 때 내 안에도 영웅이 자란다. 상대에게 기대하기보다는 내가 할 수 있는 일에 전력을 다한다. 그리고 하고 싶은 일을 할 때 다른 누구의 눈치도 보지 않고 선택하고 행동하는 내가 된다. 이렇게 사람을 바라보는 내면이 여유로워진 것은 읽기와 쓰기를 통해 삶의 변화가 일어났기 때문이다. 타자의 삶

그 문장이 내게로 왔다

을 통해 지혜를 배우고 지평을 구한다. 구원의 메시지다. 영화에서 건진 명장면들이 나의 인생이 바뀌도록 도왔다.

넘어진 자리에서 줍는 겸손

이영숙_Grace

"우리 손님이 '리플'을 사라고 해서 그냥 샀어. 근데 지난달에 그게 20억이 넘어간 거야. 내가 다 팔아서 아들들 27평 아파트 한 채씩 사 주고, 나머지는 내가 은행에 딱 넣어 놨지." 평소에 경제 지식과는 거리가 멀어 보이는 마사지샵 원장이 자랑했다. 얼마 전에는 코인으로 노후 걱정이 없어졌다고 말한 동창도 있었다. 그 사람들의 이야기가 아직 귓전에서 멀리 떠나지도 못하고 있을 무렵이었다. 같은 사무실의 A가 새로운 코인이 나왔는데, 지금 사면 많이 오를 거라고 했다. 그때까지 나는 전자화폐에 대한 지식이 전혀 없었다. 내가 아는 든든한 사람들이 그 코인에 투자를 했다는 말을 듣고 나도 은근 욕심이 생겼다. '지금이 좋은 기회일지도 모른다!'라고 생각했다. 결혼 30년이 넘도록 나는 남들 다 하는 부동산 투기도, 주식 투자도 전혀 모르고 살았다. 내 통장의 돈은 모두 남편의 피땀 축적이다. 주변에서 쉽게, 아니, 어디선가 얻은 정보를 활용해 부자가 된 사람이 어디 한둘인가. 나만 뒤떨어져 있는 것같이 느껴졌다. '이제 나도 코인으로 벌면 되지 뭐!' 백만 원만 남기고 그때까지 모은 돈을 몽땅 입금하는 일은 그리 어렵지도 않았다. 핸드폰으로 코인이 바로 들어왔다. 하루에도 몇 번씩 전자지갑을 열어보는 것이 신나고 즐거웠다. 코인이 금방 올라서 몇십억이 내 손에 들어올 머지않은 날을 상상하며 기다렸다. 어디다 어떻게 쓸지 부지런히 궁리하며 신이 났다. 좋은 정보랍시고 나의 소중한 사람들에게 전하기까지 했다. 정보를 나누면 신뢰가 더 커지는가 보다. 나와 가까운 사람들이 내 이야기만 듣고 돈을 보내기 시작했다. 나에게는 수수료 한 푼 떨어지지도 않는, 순수한 권유였다. 그중 지방에 사는 남편 친구의 부인 L이 있었다. 평소에 내 말이라면 콩을 팥이라 해도 믿는 사람이었다. 나의 자랑을 들은 L이 며칠 후 돈을 보낸다고 했다. 친정도 부유하고, 그분의 남편도 의사였기에 나는 자기 돈을 보내는 줄 알았다. 지방에 사는 L은 내 통장으로 돈을 보냈다. 나는 곧바로 은행에 가서 수표로 바꾸어 코인 회사에 입금시켜 주는 수고를 기쁘게 했다. 회사에서 수표로만 돈을 받았기 때문이다. 그 가벼운 심부름이 절대로 해서는 안 되는 일이라는 것은 꿈에도 몰랐다. 그저 좋아하는 사람을 '도와준' 일로 생각했다.

결과적으로, 나는 돈을 다 잃어버렸다. 그런데 내가 직접 투자한 금액만이 문제가 아니었다. 두 언니들의 소중한 비상금도 모두 날아갔다. 그제야 정신을 차리고 전문가에게 알아보았다. A 코인은 그저 새로 만든 하나의 코인 프로그램에 불과했다. 그런 최악의 상황에서 언니들은 오히려 내가 너무 힘들어할까 봐 수시로 전화를 하며 걱정해 주었다. 미안하다고 하는 나에게는 "괜찮아. 내가 투자하고 싶어서 했는데 뭘." 또는 "너무 자책하지 마. 너는 나보다 더 손해를 봤잖아. 일부러 그런 것도 아니고. 나는 네가 더 걱정이다. 밥 꼭 챙겨 먹고 힘내"라는 대답이 돌아왔다. 머리채를 잡기는커녕, 오히려 나를 걱정해 주는 그런 언니가 나에겐 한 명도 아니고 둘이나 된다. 게다가 내가 직접 자랑하는 소리를 듣고 투자한 사람들 중에서도 나에게 왜 그랬냐고 따져 오는 사람이 아무도 없었다. 내가 그랬듯이, 그들도 '코인'이 아닌 '사람'을 믿고 선뜻 돈을 낸 것이었다. 내가 지금까지 진실하게 살아온 것을 인정받는 것인지도 모른다는, 웃기고도 슬픈 생각이 들었다. 그러니 더욱 미안했다. 어떻게 해야 이 사랑을 갚을 수 있을까. 나에게 진심으로 대하는 사람들을 생각하면, 내 몸의 아무 곳에도 통증 하나 없고, 사지가 멀쩡한 것조차 미안하게 느껴졌다. 나도 모르게 수시로 한숨을 짓는 습관이 들었다. 지금까지도 내 속 어딘가에 돌덩이가 묵직한 느낌이다. 예외의 경우는 단 한 번뿐이었다. 아니, 나는 그를 '예외'가 아니라 '보통 사람'이라고 불러 주겠다. L의 남동생이었다. L이 자기 남동생을 포함한 친지들에게도 권유를 해서 돈을 모아 투자를 했던 것이다. 일이 터지고 나서부터 L은 지금까지 나에게 전화 한 번 한 적이 없다. 그런데 남동생이 나에게 전화를 하기 시작했다. 밤낮으로 많은 욕설을 들었다. 나에게 저주를 퍼붓기도 했다. 소송을 한다고 했다. 남동생이 함께 투자한 사람들의 대표가 되었

그 문장이 내게로 왔다

다. 누구인지도 전혀 모르는 사람들이 내가 사기를 쳤다고 고소를 하겠다는 것이다. 그건 또 억울했다. 내가 본 적도 없는 사람들이었다. 나는 L이 주변인들과 함께 돈을 마련했다는 것은 상상도 못 했다. 그러나 내가 그 돈을 내 통장으로 받았다가 입금시킨 것이 화근이었다. 돈을 나에게 직접 준 것이 되어 버렸다. L 남편은 우리 남편에게 전화를 했다. "네가 내 친구지만, 고소를 해야겠다"라고 했다. 나는 펄펄 뛰며 결백을 주장했다. 남편은 나에게 아무 말도 하지 않았다. 다음 날 남편이 친구에게 전화를 했다. "계좌번호를 줘. 내가 다 갚아 줄게." 나에게도 충분히 잘 들리는 거리에서의 통화였다. 내 마음대로 한 일이어서 그때까지 나의 코인 투자에 대해 남편은 전혀 알지 못했다. 나는 남편에게 그럴 필요가 없다고 했다. 법정에 가더라도 이길 자신이 있다고 우겼다. "사실이 어찌 됐건, 나는 당신이 법정에 서는 그런 험한 모습을 보고 싶지는 않아." 이 사건에 대한 남편의 단 한마디였다. L과 관계된 사람들은 자기들의 투자액이 1억 7천이라고 했다. 자기들의 코인 지갑에 있는 코인을 다 나에게로 전송하고 더 이상의 법적 조치는 하지 않겠다는 조건이었다. 남편은 곧바로 1억 7천만 원을 송금했다. 아무 가치 없는 코인이 내 전자지갑으로 옮겨졌다. 남편이 전화로 그 친구에게 절교를 선언하는 모습을 나는 옆에서 보았다. 남편은 왜 그렇게 순순히 돈을 보내 주는지. 이제는 남편에게 화가 났다. 그러나 대놓고 화를 내기에는 나의 잘못이 너무나 컸다.

영화 '마스터'에서 주인공인 이병헌이 자신의 제자인 강진에게 이렇게 말한다.

너는 죽을 때까지 죽은 척하고 살아.

그 말이 내 가슴에 부딪혀 들어왔다. 나도 그렇게 살기로 했다. 그러면 조금이라도 덜 미안하지 않을까.

최근에 본 '나의 아저씨'라는 드라마가 있다. 주인공 지안의 할머니가 돌아가셨다. 혼자 감당하기는 어려웠을 장례식을 도움을 받아 잘 치렀다.
지안이 말했다.

갚을게요.

도움을 준 재철이 답했다.

인생… 그렇게 깔끔하게 사는 거 아녜요.

귀에 쏙 들어오는 대사였다. 최근 몇 년 동안 후회하고 자책하며 지낸 시간들에 대한 위로처럼 들렸다. '그래. 사랑으로 베푸는 것은 그냥 받아들이는 것이다. 받은 것에 감사하고 잊지 말자. 그리고 나는 또 다른 사람에게 보상을 기대하지 않고 베풀면 된다. 깔끔한 인생이 꼭 아름다운 것은 아니다. 때론 갚을 수 없더라도, 주고받으며 사는 것이다.' 내 마음이 많이 편안해졌다.

글쓰기를 시작한 이후로 언어에 안테나를 세우는 좋은 습관이 생겼다. 영화나 드라마 등을 볼 때는 대사에 더욱 집중해서 듣는다. 스쳐 가는 한 줄 대사가 어느 누구에게는 좋은 약이 되기도 하고, 어느 누구에게는 삶을 풍요롭게 하는 인생 명언이 될 수도 있지 않겠는가. 말의 무게를 아는 작가가 되고 싶다.

오늘이 과거가 되는 순간

이현경

평범하게 사는 게 제일 좋은 일이라는 생각을 했습니다. 대학에 가고, 취업하고, 결혼까지 무난하게 했습니다. 공무원이었던 아버지는 제가 중고등학생 시기에 조기 퇴직을 하고 사업을 하였어요. 저만 잘살면 된다 여겼습니다. 20대 때와 30대 때 경제적인 어려움이 있었지만 결혼해서 맞벌이하면 괜찮다고 막연하게 생각했습니다. 평범한 길을 살다 보면 행복도 자연스레 찾아온다 믿었지요. 오래 생각했던 행복에 대한 믿음은 육아를 하며 깨지기 시작했습니다. 두 아이를 낳고 키우며 행복이 무엇인지 의문이 들었어요. 맞벌이하며 아이를 키우는 일은 만만하지 않았습니다. 돈은 버는 대로 생활비로 들어갔고요. 저축이나 노후 준비는 생각도 못 했습니다.

독서 논술 공부방에서 아이들을 가르치며 워킹맘으로 살았습니다. 자료를 만들고, 수업 준비하는 일까지 하려면 시간이 모자랐습니다. 어린 두 아이는 놀아 달라 하고, 안아 달라고 하였습니다.

저녁마다 책을 읽어 달라고 했고, 보드게임을 하자고 했으며, 자신의 노래와 춤을 봐 달라고 하였습니다. 낮에는 못 만나고, 저녁에만 만나는 엄마인데 아이들의 요구를 뿌리칠 수 없었어요. 제가 책상에 앉는 시간은 아이들이 잠들고 난 다음이었습니다. 그때는 버티는 게 전부라고 느꼈습니다.

육아에 한창인 후배 엄마가 하소연하면, 제가 그런 것처럼 버텨 보라고 조언하곤 했습니다. 처음에는 그저 시간이 지나가기만을 바랐습니다. 지금 돌아보니, 버틴다는 건 시간만 보내는 것이 아니라는 걸 알게 되었습니다. 잘 버티기 위해서 시간을 나누어 쓰고, 한 가지라도 의미 있는 일을 찾았습니다. 아이가 너무 어릴 때는 뭘 했는지도 모른 채로 하루가 지나가기도 했습니다. 새로운 도전을 하기 어려웠습니다. 그래도 가치 있는 일을 하고 싶다는 마음이 있었나 봅니다. 할 수 있는 한 가지를 했습니다. 아이들이 잠들면 책을 펼쳤습니다. 시간만 보내지 않고, 하나라도 배우자며 마음을 바꾸었습니다.

매일 일상이 반복되지만, 다른 내일이 오기를 희망하였습니다. 더 나은 삶을 살고 싶었지요. 하루에 15분 책을 읽기 시작했고, 블로그나 독서 노트에 글로 남겼습니다. 처음부터 크게 목표를 잡은 건 아니었습니다. 아이들이 잠들면 15분만이라도 책을 읽겠다고 다짐한 게 다였습니다. 몇 달이 지나자 15분이 30분이 되었고요. 아침과 낮에 틈틈이 책을 읽고 기록을 하는 게 익숙해졌습니다.

조금씩 일상이 가치 있게 느껴졌습니다.

> 삶과 죽음이 교차하고, 오늘이 과거가 되는 이 순간 나는 무슨 생각을
> 하는가?
>
> - 영화 '영웅' 중

영화 '영웅'에서 안중근이 마지막으로 남길 말을 노래로 하기 전에 말한 대사입니다. 일상이 반복되고, 더는 발전하지 않는다고 느낄 때 보면 좋은 영화입니다. 뮤지컬로도 나와 있지요. 안중근 의사는 누구나 다 아는 위인이지만, 한 사람의 인물로 생각했을 때 배울 점이 더 컸습니다. 나라를 위한 마음이라는 보편적인 말 외에 무엇이 그를 행동으로 이끌었을지 떠올려 보았습니다. 절실한 마음으로 남기고 싶었던 한 가지가 있었겠지요. 삶과 죽음이 내 앞에 있다면 무슨 생각을 할 수 있을까요? '영웅' 노래 가사에서는 안중근 의사의 용기와 의지가 나옵니다.

> 하늘에 대고 맹세해 본다. 두려운 앞날 용기를 내어 우리 걸어가리라.
> 하늘이시여 도와주소서. 우리 꿈 이루도록 하늘이시여 지켜 주소서.
> 우리가 반드시 그 뜻을 이룰 수 있도록.
> 시간이 흐르면 역사 속에서 사라져 이름도 없겠지만, 이 순간 후회 없
> 이 살고 싶어. 그날을 위하여.
>
> - 영화 '영웅' 중

영화를 보는 내내 안중근 의사의 간절한 마음이 느껴졌습니다. 거사를 앞두고 두려운 마음이 들었지만, 기도하고 나아갔습니다. 오늘의 순간을 후회 없이 산다는 것이 중요했습니다. 미래의 어느 날, 저의 장례식에 온 사람들이 무슨 이야기를 하면 좋을지 생각해 봤습니다. 열심히 착하게 살았다는 이야기뿐만 아니라 듣고 싶은 말이 있습니다. 무엇을 해 보지 않으면 후회하게 될지도 모릅니다. 후회하지 않는 일을 하려면 마음이 변해야 합니다. 마음이 달라져야 가슴 두근거리는 일을 할 수 있을 겁니다. 소중한 사람들에게 더 잘해 주어야겠습니다. 사람들이 저를 기억할 때 다른 사람들을 많이 도와주었다는 이야기를 하면 좋겠습니다.

목표는 없이 그저 열심히만 살았던 사람인데 책을 읽고 글을 쓰기 시작했습니다. 온라인 강의에도 참여하고, 커뮤니티에서 활동도 하였습니다. 활력이 생겨났습니다. 누군가를 조금이라도 도와주는 일을 하고 있습니다. 어떻게 하면 아이들과 함께 책을 더 읽을지 고민하다 책을 통해 아이를 키우는 독서 육아 커뮤니티를 만들었습니다. 같은 또래를 키우는 엄마들과 커뮤니티 활동을 하고 있습니다. 독서 교육을 통해 아이의 문해력을 높이고, 독서 습관을 만들어 주는 모임입니다. 독서 논술 공부방에서 아이들도 가르치고요. 커뮤니티에서는 아이들과 책을 읽고 있습니다. 책을 많이 읽는 게 목적은 아닙니다. 아이가 책을 잘 읽기 위해서는 엄마도 함께 공부하고 책을 읽어야 한다는 마음으로 시작했으니까요.

노년에는 북카페를 운영하고 싶은 꿈이 있습니다. 카페에서 독서 모임도 하고, 글도 함께 쓰면 좋을 것 같아요. 지금은 북카페를 운영할 만한 상황이 아닙니다. 아직 막막합니다. 자본도 없고요. 용기나 지식도 부족하고요. 여러 북카페를 자주 가 보려고 합니다. 꿈을 이루어 가기 위해 노력할 겁니다. 첫째, 매일 책을 읽고 글을 쓸 겁니다. 책에 대한 지식이 많아야 운영도 잘 할 수 있을 테고요. 글을 써야 글 쓰는 사람들의 마음도 이해할 테니까요. 둘째, 책을 좋아하고, 글을 쓰는 사람들과 연대를 할 겁니다. 주변에 책 읽고 글 쓰는 사람들이 많으면 서로 도움을 주고받을 겁니다. 셋째, 오늘 무엇을 할지를 중요하게 생각하려고 합니다. 영화 '영웅'에서 안중근은 오늘이 과거가 되는 순간 무엇을 할지를 생각하라고 하였습니다. 미래를 위해 현재를 반납하지 않고, 오늘 하루를 잘 채우려고 합니다.

책을 읽고 글을 써도 달라지지 않는다고 생각했습니다. 책 내용도 기억이 나지 않고, 아무것도 변하지 않는다고 느꼈거든요. 이제 어느 정도 변했는지는 확인하지 않습니다. 그저 오늘 책을 읽었는지, 오늘 한 문장이라도 썼는지만 확인합니다. 반복되는 하루가 고단하다며 불평불만을 하지 않고, 오늘 책을 읽고 글을 씁니다. 책을 읽고 글을 쓰며 오늘을 잘 보내야 누군가를 도와줄 힘도 서서히 키울 수 있을 겁니다.

행복으로 갚기

이혜진

결혼할 때는 몰랐다. 이렇게 적성에 안 맞을 줄은. 집안일과 육아를 잘할 수 있다는 마음, 계획, 의지는 없었다. 그냥 하는 거 아닌가. 둘이 살 때만 해도 정리와 청소를 미루지 않았다. 아이가 둘이 되고, 일을 그만두었다. 집에만 있으니 집안일과 육아는 내 몫이다. 아이들과 놀거리를 찾고 함께하는 활동은 웃으며 할 수 있지만 집안일은 그렇지 않았다. 일주일에 두 번만 나를 대신해 주는 사람이 있으면 하는 바람이 있었다. 집 정리와 청소를 하며 행복감을 느끼는 사람이 있다. 그들의 이야기를 듣고 있으니 나에게는 없는 점이 있었다. 자신이 하는 일에 의미와 가치를 부여했고 자긍심이 대단했다.

우리 아이들과 나이가 같은 아이를 키우는 지인의 집에 들어가기가 부담스럽다. 손 씻고 소파에 가만히 앉아 있어야만 할 것 같다. 아이들은 반찬 편식하지 않고 밥 한 그릇 뚝딱 먹는다. 밤 여덟 시가 되기 전에 잔다는 이야기까지 들으면 엄마들은 부러워한다. 집안일과 육아의 달인처럼 보인다. 그녀는 요리할 때 가족들이

맛있게 먹는 모습을, 청소할 때 밤 열한 시에 귀가하는 남편이 편하게 쉬는 모습을 상상한다고 했다. 그녀와 달리 나는 가족들의 생존을 위해 반찬을 만든다. 바닥에 장난감이 떨어져 있으면 밟아 다치고, 먹게 될까 봐 청소한다. 적극적으로 하지 않고, 어쩔 수 없이 하며 살아가고 있으니 행복이라는 단어는 나와 거리가 멀었다.

결혼 전 모습이 떠올랐다. 일할 때, 나도 그녀처럼 가치 있다고 여긴 적이 있었다. 일 대신 집안일과 육아로 바꾸면 되지 않을까. 가족들에게 도움이 되리라 상상하며 따라 했으나 삼 일도 넘기지 못했다. 매일 들으며 반응을 확인하면 좋겠지만 주말부부로 지내는 남편과 이제 27개월, 8개월 된 아이가 나에게 어떤 말을 해 주고 행동을 보여 줄 수 있을까. 남편과 아이들 때문에, 결혼과 출산 때문에 등 남 탓으로 돌리는 일이 많았고 그런 생각을 할수록 가족이 소중한 걸 몰랐다.

참 좋은 인연이다. 귀한 인연이고. 가만히 보면 모든 인연이 다 신기하고 귀해. 갚아야 해. 행복하게 살아. 그게 갚는 거야.

드라마 '나의 아저씨' 16화에서 이지안의 할머니가 수화로 해 주는 말이다. 이 부분만 여러 번 돌려 봤다. 행복하게 사는 모습을 보여 줌으로써 갚으라는 말, "너희가 행복하면 됐다"라고 말하는 부모님이 떠오른다. 나는 행복한가. 내 주위의 귀한 인연은 누구인가. 옆에 있는 가족의 소중함을 여태 모르고 지냈다는 점을 알아

차렸다. 안 되고 못 하는 일이 나의 탓이 아니라 가족 탓이라는 핑계를 대며 원망하고 있었다.

남편과 아이들이 값진 존재임을 이제부터라도 알아야 했다. '때문에'를 '덕분에'로 바꾸었다. 남편 덕분에 아침저녁으로 정신없이 출퇴근 준비와 정리를 하지 않아도 된다. 남편 덕분에 몸이 안 좋은 날에는 쉴 수 있다. 남편 덕분에 회사 일로 스트레스를 받지 않는다. 가장 역할을 하는 남편이 있어 아이들이 크는 모습을 볼 수 있다. 매일 밤 시환이 덕분에 그림책을 읽는다. 오늘도 서하의 엉뚱함으로 웃는다. 마음을 졸일 때도, 화가 날 때도 있지만 아이들과 함께 지냄으로써 내가 크고 있다. 드라마에서 본 대사 덕분에 남 탓하는 일이 줄어들었다.

귀한 인연은 찾았으니, 내가 행복한지도 살펴봐야 한다. 이때만 해도 만족하지 않았다. 과거 기억을 떠올린다. 주도적으로 의욕을 가지고 해 나갈 때, 그리고 누군가를 도와주던 때가 생각난다. 스물두 살 때 보육 시설에서 봉사활동을 했다. 아이들의 공부를 봐주는 일이었다. 이 년 정도 하다가 타지에서 근무하게 되며 그만두었다. 이후에도 한 번씩 생각이 났는데 그때를 떠올리면 마음이 좋았다. 누군가를 돕는 일, 그게 내 삶의 과제가 아닐까 싶었다. 대상을 특정하지는 않았지만 내가 필요한 곳에서 나의 능력으로 돕는 일을 해야겠다고 마음을 먹었다.

초등학생을 대상으로 하브루타 수업을 시작한 이유도 우리 아이뿐만 아니라 다른 학생에게도 알려 주고 싶어서였다. 마인드맵을 배운 이유도 학생들이 공부를 재미있게 배우고 생각을 자유롭게 펼치는 데 도움이 될까 싶어서였다. 지금은 글을 쓰고 있다. 매 순간 쉽게 쓰려고 하지 않는다. 내 글을 읽는 독자가 고개를 끄덕이며 읽기를 바란다. 그들에게 도움이 되기 위해 한 번 더 고민한다. SNS 댓글과 후기에서 변화를 시도해 봤다는 글을 보면 '갚았다. 갚고 있다'라는 생각이 든다.

가족들의 존재 그 자체로 감사하고 학생의 생각이 크는 과정을 본다. 독자로부터 도움이 되었다는 글을 받는다. 비록 집안일에서 의미와 변화를 찾지는 못했지만 힘든 과거가 있었기에 변화를 생각할 수 있었고 내 삶의 이유를 찾았다.

행복하게 산다, 나부터. 이기적이라고 생각할 수도 있다. 어렵고 힘든 시절이 있어야 절망에 빠진 사람을 이해할 수 있다. 나를 칭찬하고 축하할 줄 알아야 타인이 이룬 성취를 진심으로 기뻐해 줄 수 있다. 내가 행복하게 살아야 다른 사람의 행복을 바라고 응원도 보낼 수 있다. 나와 관계를 맺고 있는 사람들에게 갚는다고 생각하며 일상에서 만족감을 느낀다.

행복하기 위해서 할 수 있는 방법은 많다. 부정적 생각을 떨쳐 버리고 긍정적 사고를 하는 것이다. 마음이 편안해진다. 불안하거나 초조하지 않게 된다. 취미 활동을 하며 스트레스를 풀고, 자기 계발 시간을 보내며 만족감을 느낄 수도 있다. 매일 저녁 감사 일기를 쓰며 사소한 일상도, 주위 사람의 말과 행동을 바라보는 관점도 달라진다. 운동과 식단 관리, 그리고 규칙적인 생활을 통해 건강을 유지함으로써 행복감을 느끼기도 한다. 몸이 아프거나 다쳐서 불편할 때 건강의 소중함을 알기도 하지만 충분한 수면과 올바른 식습관으로 감기에 걸리지 않음에 만족하는 사람도 있다. 이런 점들 모두 나를 행복하게 만드는 요소이지만 '쓰기'를 통해 이 모든 것이 가능하다.

인생에서 아팠던, 넘어졌던 경험을 글로 담을 땐 좋은 방향으로 마무리를 지으려고 한다. 글쓰기를 하기 위한 취미, 자기 계발의 시간도 가질 수 있다. 책을 읽으며 사색하는 시간을 갖고 마음에 드는 문장은 종이에 적기도 한다. 글씨체가 마음에 들지 않아 좀 더 예쁘게 쓰기 위해 획순대로 쓰려고 노력한다. 반듯한 글씨가 예쁘다는 말은 덤으로 따라온다. 일상에서 글감을 찾다 보니 지나치지 않고 멈추어 민들레, 달팽이, 구름을 본다. 가족과의 대화에서도 글로 연결해 본다. 보고 듣고 해 봤던 경험을 다른 시각으로 생각하려고 이리저리 머리를 굴린다. 머리가 맑은 상태에서 쓰고 싶어 취침 시간과 기상 시간을 정해 놓는다. 규칙적인 하루를 보낸다. 글쓰기를 통해 만족, 기쁨, 즐거움을 느낄 수 있다.

가족을 금쪽같이 여기지 않았다. 집에 오는 남편에게 투덜거리기만 했고 아이들 때문에 자유롭지 못하다며 탓만 하고 지냈다. 웃고 싶었다. 어깨 펴고 당당하게 걷고 싶었다. 혼자일 때로 돌아가고 싶은 마음은 수도 없이 들었다. 귀한 인연을 생각하며 행복하게 사는 것으로 갚으라는 드라마의 대사를 보고 마음을 바꾸었다. 내 삶의 이유를 찾을 수도 있었다. 타인을 도우며 살기. 그 방법으로 글을 쓴다. 행복하기 위해서 글을 쓰고 있으나 글을 쓰기 위해서도 충실한 하루를 보낸다.

무엇을 쓸까 고민하지 말고

윤희진

이 전쟁은 무엇입니까?

의와 불의의 싸움이지.

1년에 한 번 있을까 말까 한 우리 가족 영화 보는 날. 가족과 함께 집에서 자가용으로 10여 분 거리에 있는 영화관에 갔다. 얼마 만인가! 명량해전을 다루는 영화를 본 지 8년 정도인 것 같다. 아이들은 둘이 다른 영화를 보았고, 남편과 나는 '명량'의 후속작인 '한산, 용의 출현'을 보기로 했다. 원래 감독이 이순신 장군을 주인공으로 한 3부작의 영화를 기획했고, 그중 '명량'이 먼저 개봉되었다. 이후 명량해전 5년 전 세계 역사에도 길이 남을 한산도대첩을 다룬 '한산, 용의 출현'이 극장에서 상영되었다. 영화관에 갈 시간도, 마음의 여유도 없었다. 그날은 남편이 무슨 바람이 불었는지 같이 가자고 했다.

역사를 다룬 영화라 이미 내용을 알고 있었다. 긴 영화 시간 동안 실제와 같은 해전 전투 장면을 51분간이나 할애할 만큼 공을 들인 작품이다. 이 영화를 본 후 유튜브를 검색해 보니 이순신 장군에 대한 감독의 존경심이 대단했다. 그래서 10여 년의 연구 끝에 3부작을 기획하게 되었다고 한다. '명량', '한산, 용의 출현'에 이어 곧 '노량, 죽음의 바다'도 개봉한다. 시리즈의 마지막이니 아마도 보러 가야 하지 않을까 싶다.

'한산, 용의 출현'에 많은 명장면과 명대사가 있지만, 그중에서도 나의 심장을 울린 대사가 있다. 준사와 이순신 장군의 대화다. 이 대화는 영화에서 두 번 언급되었다. 특히 준사가 우리 의병들과 함께하면서 왜군과 맞설 때 한 의병이 죽는 그 순간 장군과의 대화를 회상하는 장면이 인상적이었다. 의(義)가 적혀 있는 피 묻은 깃발을 치켜세우며 결의를 다지는 모습이 지금도 선하다.

삶은 옳다 여기는 가치관과 그렇지 못한 가치관이 함께 싸우는 전쟁터와 같다. 삶뿐이겠는가? 내면에서도 끊임없이 전쟁은 계속된다. 의와 불의의 싸움, 선과 악의 싸움. 세상 속에 사는 그리스도인으로서 이 싸움은 더 치열하게 다가온다. 내가 그리스도인임을 부끄럽게 만드는 사건들이 곳곳에서 일어나고 있다. 매스컴에서 장로, 성도들뿐만 아니라 목사들의 비리와 퇴폐적인 모습을 많이 보게 된다. 하나님을 믿는다고 하면서 어떻게 저런 일을 스스럼없이 행할 수 있는지 이해가 안 된다. 그러나 이내 그 비난을 향한 화살을 내려놓게 된다. 그들을 욕하기 이전에 나 역시도 그리스도인으로서 올바르지 않은 행동을 했던 적도 있었기 때문이다. 남의 눈에 있는 티는 보면서 내 눈에 있는 들보는 보지 않았던 나를 돌아본다. 성경도 수십 번 읽고, 매주 일요일이면 교회에 다니는 형식적 삶보다 중요한 것은 세상에 선한 영향력을 끼치는 것이다. 좋은 인격을 갖고, 아름다운 말을 함으로써 나를 만나는 사람들에게 예수 믿는 사람은 다르다는 사실을 은연중에 보여 주는 것이다. 그리스도인으로서 세상과 구별되는 거룩한 삶을 살아내고 싶다.

작가로 사는 것도 마찬가지다. 작가라고 소개하면서 삶이 좋아지지 않는다면 독자에게 무슨 유익이 있겠는가? 내 글을 읽는 독자에게 말은 그럴듯하게 하면서 내가 쓴 대로 행하지 않는다면 이 얼마나 이율배반적인가? 작가는 허황된 말을 하는 사람이 아니다. 내가 경험한 것을 토대로 솔직하게 독자에게 글로 표현하는 사람이다. 내 글을 읽는 사람이 글에서 한 문장이라도 밑줄을 치도록 하고, 그의 삶에 위로와 희망을 줄 수 있는 작가가 되면 좋겠다. 그러기 위해서는 바로 내가 잘 살아내야 한다. 내 글에 밑줄 치는 게 아니라 내가 사는 모습에 독자가 밑줄을 칠 수 있도록 말이다. 작가로 살다 보니 작가들을 만날 기회가 더 많다. 개인 책을 이미 출간한 작가들도 있고, 공저를 쓴 작가들, 지금 쓰고 있는 작가들도 있다. 그들을 만나 얘기를 나누다 보면 시간 가는 줄 모른다. 매월 교보문고 잠실점에서 저자 사인회를 한다. 온라인에서만 만났던 작가들을 직접 볼 수 있어서 감사하다. 사인회를 하는 작가님 책은 꼭 구입한다. 작가들이 쓴 책을 읽어 본다. 작가가 어떻게 살아왔는지, 또 지금 어떤 모습으로 살고 있는지, 앞으로의 계획이 어떤지 책을 보면 알 수 있다. 책 한 권에는 40개의 메시지가 있다. 그 메시지는 하나의 주제로 통한다. 매 꼭지마다 작가가 하고 싶은 이야기가 무엇인지 알 수 있다. 글쓰기 스승은 항상 말한다. 메시지를 잘 쓰라고. 독자의 가슴에 새길 수 있는 메시지로 한 꼭지를 잘 마무리하는 연습을 하라고.

이제 글을 쓰고, 내 이름으로 된 책을 출간하고 싶은 사람들을 코칭하는 글쓰기 코치의 삶을 시작한다. 앞으로 만나게 될 내 수강생들에게 어떤 글쓰기 코치가 될 것인가. 수강생 한 명의 인생에는 셀 수 없을 만큼의 스토리가 있다. 그 스토리를 솔직하고 담백하게 글로 표현할 수 있도록 돕는 좋은 선생님이 되고 싶다. 내가 먼저 모범이 되어야 할 것이다. 살아온 삶 중에는 독자에게 내어 보이고 싶지 않은 과거도 있을 것이다. 끝까지 숨기고 싶을지도 모른다. 마음이 열릴 때까지는 말이다. 작가가 아무리 자신을 포장하려고 애를 써도 독자는 작가가 솔직해지기를 바란다. 공저 전문 작가라는 오명을 씻고 싶다. 내 이름으로 된 나의 책을 출간하고 싶지 않은 작가가 있겠는가? 미루고 미뤄 왔는데, 이제 글쓰기 코치의 삶을 시작하는 이 시점에서 수강생들에 앞서 꼭 개인 저서를 출간할 것이다. 내 안에서 갈등은 계속된다. 의와 불의의 싸움이라 말했던 이순신 장군처럼.

'그래도 내가 세상에 할 말이 있어야 개인 저서를 쓸 수 있는 거 아닌가? 아니지. 내 일상의 조각을 글로 적으면, 그 속에서 메시지만 잘 뽑을 수 있다면 그걸 책으로 출간하면 되지 뭐.'

이 두 가지 생각이 계속 싸운다. 어디에 먹이를 주느냐에 따라 생각은 정해진다고 했다. 시간 없다. 쓸 거리가 없다고 고민 말고, 내 눈에 뭐라도 보이면 그 사물과 삶을 연결시켜 보자. 작가에게는 매의 눈과 같은 관찰력과 사물을 다르게 볼 줄 아는 능력이 필요하다. 이런 능력은 그냥 길러지는 게 아니다. 글쓰기 실력은 글을 써야 자란다. 오늘 있었던 일을 블로그에 일기처럼 적는 감사 일기, 책을 읽고 서평을 적어 보는 활동을 통해 나의 글쓰기 실력도 점점 커져 가고 있다. 길가에 핀 들꽃을 보고 '예쁘다'라고 퉁 치지말고, 꽃잎을 세어 보고, 꽃의 생김새, 잎사귀 하나하나 관찰하여 나만의 문장으로 바꿔 보는 작가로 오늘도 한걸음 내디뎌 본다.

하거나 하지 않거나

정선묵

    주말 오후, 습관적으로 디즈니 플러스를 열었다. 메시지 하나 도착해 있다. 이용권을 갱신하라고 한다. '구독한 지 벌써 1년이 지났구나.' 그동안 시청했던 콘텐츠를 나열해 보니 단연 '스타워즈' 관련 콘텐츠가 압도적이다. 번외작인 '오비완'부터 '만달로리안'까지 한 편도 놓치지 않고 감상했다. 어릴 때는 상상력을 자극하는 화려한 영상미에 끌려 감상했지만, 지금은 스타워즈가 가지고 있는 철학과 대사를 음미하기 위해 기꺼이 리모컨을 꺼내는 편이다. 앞으로 나올 시리즈까지 생각하면 당분간 디즈니 플러스의 세계에서 벗어나지 못할 듯하다.

    루크: 저 우주선은 도저히 못 꺼낼 것 같아요.

    요다: 포스를 이용하게.

    루크: 오! 안 돼요. 포스로는 절대 꺼낼 수 없을 거예요.

    요다: 불가능하다고 생각하면 가능한 일도 절대 이루어지지 않아.

    루크: 하지만 요다! 우주선을 움직이게 하는 건 단 한 가지예요. 이건

완전히 다르다고요.

요다: 아니야! 다르지 않다! 다른 건 네 마음뿐이지! 넌 꼭 배워야만 하
　　　는 걸 아직 배우지 못한 게로구나.

루크: 알았어요. 한번 '시도'해 볼게요.

요다: 시도라니…. 하거나 말거나 둘 중 하나지, '시도'라는 건 있을 수
　　　없어!

오래간만에 '스타워즈 5: 제국의 역습'을 복습했다. 루크 스카이
워커가 포스를 배우기 위해 제다이 마스터 요다를 찾는 장면은 언
제나 가슴을 웅장하게 만든다. 자신의 한계를 시험하는 미션 앞에
서 번번이 좌절하는 루크. 그때마다 스승인 요다가 통렬히 일갈한
다. "어설픈 마음으로 할 거면 때려치우고 하기로 했다면 사력을
다해!" 요다의 단호한 한마디에 뒤통수가 얼얼했다. 나에게 하는
말 같았다. 일시 정지 버튼을 누르고 메모장에 적었다. 삶을 살아
가는 태도에 있어 나침반이 되어 줄 스토리, 두고두고 기억하기 위
해서다.

되돌아보면 어떤 일을 시작할 때, '시도해 볼까'라는 태도로 접근
했을 때는 좋은 결과를 얻지 못했다. 나에게 시도란 '한번 해 보
고, 아니면 어쩔 수 없지'라는 생각과 같았다.

2019년과 2020년, 전국의 부동산이 활화산처럼 들끓었다. 매일
같이 신고가를 경신하는 부동산 가격 앞에서 넋 놓고 지켜만 보았

다. '금방 떨어지겠지.' 희망 회로를 돌렸지만 냉혹한 시장은 나의 기대와 정반대로 움직였다. 투자에 관심이 없었다면 억울하지나 않았을 터다. 무려 5년간 각종 재테크 책과 강의를 섭렵하며 나름 착실하게 투자 공부를 했다고 자부했다. 지인에게도 각종 지표와 뉴스를 곁들여 부동산 투자에 대해 전파했을 정도였다. 그러나 투자의 목적은 돈을 버는 것. 시간이 지날수록 머리만 커지고 발은 느려졌다. 말로만 전문가 행세를 했을 뿐, 결국 한 채도 사지 못했다. 가장 중요한 실행에 있어서 어영부영한 결과 잃어버린 4년을 맞이하게 되었다. 나에 대한 확신이 부족했고, 남들 다 하니 '나도 해 보지 뭐'라는 태도로 공부에 접근한 게 화근이었다. 절실함이 없는 태도, 우유부단한 행동으로 이어졌고 입만 산 투자자로 전락하고 말았다.

행동의 부재로 부의 그릇은 점차 작아졌다. 결국 리스크를 회피하려다 더 큰 위기를 맞았다. 2020년 5월, 선배의 꼬임에 넘어가서 전주까지 내려가 선물 투자를 배웠다. 배워 두면 평생 나만의 ATM 기기를 가질 수 있다는 희망에 매주 내려가 공부하고 투자했다. 강의라는 명목으로 2천만 원을 냈다. 다행히 첫 달에 500만 원, 그다음 달에 3천만 원을 벌었다. 그때는 몰랐다. 얕은 지식과 운이 벌어다 준 돈, 커다란 독이 되어 나의 인생을 추락시킬지. 다음 달, 바다 건너 뉴스 하나가 들려왔다. 장밋빛 희망, 핏빛 현실로 바뀌었다.

그 문장이 내게로 왔다

"코로나19 백신이 곧 나올 것으로 기대됩니다."

투자한 지 3개월 차, 청천벽력 같은 소식을 접했다. 기자회견에서 트럼프 대통령이 화이자 백신 개발 소식에 대해 발표했다. 전 인류에 퍼진 희소식이 나에게는 사형선고와 다를 바 없었다. 식은 땀이 흐르고 손은 마우스 위에서 멈추어 섰다. 암울한 코로나 시대, 모든 경제가 망가지고 있다고 확신했다. 주가가 하락하는 쪽에 레버리지까지 끌어모아 투자했다. 나스닥과 다우지수는 3일간 끝을 모르고 상승했다. 10년간 모은 1억 원, 0원이 되는데 딱 한 달이 걸렸다. 텅텅 빈 잔고를 보니 모든 돈이 사이버 머니처럼 느껴졌다. 그동안의 노력이 신기루처럼 사라졌다. 희망이 무너지자 가정과 회사에서 끝을 모르고 추락했다. 밤을 새운 투자로 잠이 부족하다 보니 회사에서 꾸벅꾸벅 졸기 일쑤였고 실적은 부서 최저치를 경신했다. 몸 역시 망가져 갔다. 한여름에 18도까지 에어컨을 틀어도 손과 발은 용암처럼 뜨거웠다. 밤낮으로 후회하는 삶이 이어졌다. '내가 가진 부의 그릇, 진작 알았더라면! 조급하기보다 마음의 여유를 가졌더라면!'

밑바닥부터 차근차근 다시 주식 공부를 시작했다. 운과 감에 의존한 투자를 버리고 철저히 데이터와 눈에 보이는 실적에 집중했다. 새벽 5시에 일어나 전날 미국 시장과 각종 사건을 분석했다. 오후 3시 반 국내 주식시장이 마무리되면, 52주 신고가 종목부터 나열했다. 어디로 돈이 몰리는지 흐름을 관찰했다. 돈을 좇기보다 좋은 기업과 동행하기 위해 매일 기업 분석을 반복했다. 투자를 한 날은 투자 일지에 메모하고 복습했다. 나의 예상을 확신으로 바꾸기 위해 노력한 결과, 일 년 만에 잃었던 돈의 절반을 찾을 수 있었다.

부의 추월차선을 통과하려다 인생 통째로 넘길 뻔했다. 인생에 대한 후회, 두 번 다시 하고 싶지 않다. 이제는 나만의 속도로 어제보다 성장하는 데 초점을 두고 있다. '남을 일으키는 일을 하고 싶다'라는 막연한 목표가 라이팅(writing) 코치라는 꿈으로 탈바꿈했다. 꿈을 향한 도미노, 하나씩 쓰러트리다 보니 코치로서의 데뷔도 눈앞에 성큼 다가왔다. 감사 일기 세 줄도 무엇을 쓸까 버거워하던 글쓰기 풋내기가 사람들에게 글쓰기를 알려 주고 전파하는 라이팅 코치로 성장했다.

어제보다 나아지려는 단호한 용기를 가지고 '하는 것'을 선택했기에 오늘의 '나'가 있다고 믿는다. 앞으로도 매일같이 도전과 선택의 갈림길 위에서 방황할 예정이다. 인생이 삶과 죽음 사이의 선택으로 이루어져 있다면 우선 결정하고 그 답을 정답으로 바꿔 나가고 싶다. 시도라는 나약한 삶의 태도, 생각하고 싶지 않다. 제대로 부딪혀 보고 결과는 그때 가서 받아들이겠다.

어린이날 연휴가 마무리되는 저녁, 오늘도 어김없이 하루의 마무리는 '스타워즈'다. 어떤 대사가 마음속으로 다가올지 사뭇 기대된다. 오늘도 포스가 함께하길 기대해 본다.

제3장

내 가슴에 새긴 그의 한마디

인생, 태도가 전부다

김미예

　한 달만 제대로 들어보기로 했다. 3년 지났다. 아마 3년을 들어야지 다짐했다면 지금까지 버티지 못하고 중도 포기했을지 모른다. 매 순간 오늘 하루만 한다는 생각으로 버티다 보니 여기까지 왔다. 3년째 자이언트인으로 살고 있다. 좋아하는 사람을 따라 하다 보니 닮고 싶었다. 그간의 내 흔적이 나를 성장시켰다고 해도 무리는 아니다. 덕분에 사람의 모습으로 변화하고 있다. 한눈팔지 않고 한 번에 하나씩 내가 할 수 있는 일을 한다. 결정했다면 무슨 일이 있어도 하고야 만다. 부족한 건 수정하고 보완하려 노력한다. 욕심부리지 않는다. 매일 멘토의 글을 읽고 따라 흉내 내는 것으로 하루를 시작한다.

　2020년 7월, '자이언트 북 컨설팅'의 이은대 대표를 만났다. 그가 운영하는 책 쓰기 정규 과정에 입과했다. 책 한 권 내서 돈을 벌고자 하는 욕망에 사로잡혀 있었다. 1주 차 강의를 듣고 생각이 많아졌다. 이은대 대표는 글을 쓰는 사람이 가져야 할 '태도'에 대해 수강생들에게 말했다. 세상 자유롭게 내 이야기를 진실하게 쓸 수 있어야 하고, 용기를 가져야 한다고 했다. 10년간 읽고 쓰는 삶을 보여주고 있고, 7년간 강의를 해 오고 있다. 또 현재까지 546명의 작가를 배출했다. 입증이 된 사람의 이야기에 힘이 있다는 건 알고 있다. 그러나 비법을 찾고 있는 나에게 이은대 대표의 말은 낯설었다.

> 글 쓰고 책 내는 것, 중요합니다. 그러나, 그보다 더 중요한 것은 삶을 대하는 '태도'입니다.
>
> - 자이언트 북 컨설팅 이은대 대표

생각이 많아졌던 이유는 모든 조건에서 부족했기 때문이다. 대학을 나오지도 않았고, 치열하게 책을 읽지도 않았다. 또 진실한 마음도, 내 삶을 직시하고 타인을 돕겠다는 용기도 없었다. 고민이 되었다. 과연 내가 다시 시작할 수 있을까. 또 포기하는 건 아닐까. 머릿속이 복잡해졌다. 일단 검증된 강사의 수업만 들어보기로 했다. 그 후에 결정을 해도 늦지 않겠다 싶었다. 총 세 개 차수로 수업은 진행되었다. 매회 두 번 이상 듣는다. 반드시 시간을 낸다. 첫 번째는 시작이기에 듣고, 두 번째는 복습의 의미로 듣는다. 한 번보다는 두 번이, 두 번보다는 세 번이 이해에 도움이 될 거라 생각했기 때문이다. 사람들은 가끔 묻는다. 왜 수업을 여러 번 듣느냐고. 당당하게 이야기한다. 복습과 반복이다. 나같이 평범한 사람이 책 한 권 내려면 반복과 연습밖에 없다고 생각했다. 이은대 대표가 발행하는 매거진과 강의를 반복 수강하는 것만으로도 삶에 활력이 생긴다. 스스로 작가라고 생각했다.

중학교 이후로 글이란 걸 써 본 적이 없다. 수업을 들으면서 강의 후기를 쓰고, 일상의 순간들을 한 편씩 써서 공유하기 시작했다. 글을 쓰는 건 실력이 아니라 경험이라고 가르쳐 주었다. 일주일에 한 번 정도 쓰다가 2년 전부터는 매일 쓰기 시작했다. 쓰기 싫을 때도 썼고, 피곤해서 귀찮을 때도, 몸이 천근만근 아플 때도 썼다. 그렇게라도 하지 않으면 금방 포기할 것 같았기 때문이다. 공유하여 사람들에게 인정도 받고 싶었다. 점점 '작가'가 된다는 것의 매력에 빠져들었다. 읽고 쓰는 행위가 좋아졌다. 글을 쓰면서 웃고 있는 나를 발견했다. 머릿속으로 생각만 할 때와 직접 읽고 쓸 때 느끼는 감정이 달랐다. 사람들을 이해할 수 있었다. 그럴 수도 있겠구나, 나와 생각이 다를 수도 있겠구나 하는 것을 깨달았다.

해야 할 일을 하고 나면 반드시 나를 위한 시간을 갖는다. 잘했다고 셀프 칭찬도 한다. 대부분의 사람들이 새벽 기상을 통해 자기 계발을 한다는데 나는 새벽 기상보다는 아이들이 모두 잠든 밤 11시에서 새벽 2시까지의 시간을 선택했다. 이 시간에 글을 쓰기도 하고 명화를 색칠하며 집중하고 생각도 한다. 나를 돌아보는 시간이 이렇게 중요한지 몰랐다. 나의 민낯을 들여다본다. 오늘 무엇을 했고, 어떤 생각으로 보냈는지 하나하나 써 본다. 바쁘고 컨디

선이 좋지 않으면 사람을 대하는 태도가 좋지 않았다. 기분 좋을 때는 모든 게 용서가 될 정도로 얼굴에 미소를 띠고 대했다. 일관성 있게 행동해야 한다는 걸 알면서도 잘 고쳐지지 않았다. 그로 인해 실망을 안겨 준 경우도 있다. 이런 태도는 삶을 망치는 지름길이라 배웠다. 나를 위한 시간을 가지면서 반성과 성찰도 하게 되었다. 앞으로 한 발 나아가는 계기가 되었고 내 삶을 지키기 위한 예의라고 믿기 시작했다.

머릿속의 생각을 글로 옮겨 보기로 했다. 기분이 아닌 사람으로서 가져야 할 기본을 생각하며 삶을 대하려 했다. 매일 일을 하듯, 밥을 챙겨 먹듯, 아이들을 챙기듯, 그렇게 기분과 상황에 상관없이 기꺼이 해야 할 일을 하는 자세가 중요하다는 걸 알았다. 누구에게 보여주기 위한 것이 아니라 나 자신이 당당해지기 위해 필요한 태도라 생각했다. 멘토인 이은대 대표의 반듯한 태도와 수년간 지켜온 원칙과 약속을 배우고 싶었다. 그러려면 기본은 지켜야 한다고 생각한 것이다.

"잘 쓰기 위해 잘 살기로 했다"라는 이은대 대표의 음성이 들리는 듯하다. 먼저, 행동으로 보여 주고 있는 멘토의 삶을 따라 하다 보면 나의 태도도 반듯해지겠지. 왜냐하면 단 하루도 허투루 보내지 않고 앞으로 나아가기 때문이다. 매일 반복되는 일상이지만 노력을 게을리하지 않는다. 수강생을 생각하면 가슴이 뜨거워져 잠시도 멈출 수 없다고 한다. 공부하고 연구하여 더 나은 글공부 방법을 전해 준다. 쓸 수 있게 만든다. 이런 일련의 약속을 지켜 왔다. '자이언트'라는 거대한 성을 탄탄하게 쌓아 온 힘이기도 하다. 이것이 이은대 대표가 보여준 일관성, 즉 흔들리지 않는 태도이다.

나는 멘토인 이은대 대표에게 꾸준함과 노력, 원칙과 약속, 끊임없이 공부하고 반복하여 행동하는 저력을 배웠다. 이제 나도 실행해 보려 한다. 잘하는 날도 있을 테고 고꾸라져 처음부터 다시 시작해야 할 때도 생길 터다. 그럴 때마다 멘토인 이은대 대표의 말을 떠올리며 일어서려 한다. 매일 글을 쓰는 작가로 살게 해 준 분이다. 책임감 있고, 지혜롭게 살아갈 수 있게 내 인생을 바꿔 준 스승이다.

나 또한 나와 같이 매사 자신감 없이 쭈뼛거리던 사람들을 도우며 살겠다. 배우고 공부하며 노력하는 모습으로 그들에게 내 어깨를 내주고 싶다. 인생, 태도가 전부이다.

No pain, no gain! 고통 없이 얻어지는 것은 없다

김지안

'No pain, no gain!' 고통 없이 얻어지는 것은 없다.

고통이 있을 때 성장기라고 생각한다. 고통이나 어려움을 겪었을 때 나한테 왜 이런 일이 생겼을까, 어떻게 이럴 수가 있나 하며 억울해하기도 하고 답답해하기도 했다. 그런 감정이 생길 때마다 나를 위로해 준 문구다. 고통을 견디다 보니 나도 모르게 이겨내고 있었다.

2002년 2월에 3년간의 대학 조교 생활을 마쳤다. 앞으로 1년을 더 대학원에 다녀야 했다. 4학기 종합시험, 5학기 논문 쓰고 석사 논문 심사와 한국 패션 비즈니스 학회지 논문 심사. 산 넘어 산이 기다리고 있었다. 구인구직 사이트에서 엠디든 디자이너든 직원을 구하는 패션 회사가 있으면 어디든 이력서를 냈다. 연락 오는 곳은 없었다.

면접 간 사무실은 합정역 근처였다. 사장과 경리 직원 한 명, 그리고 디자이너 한 명인 회사였다. 사무실에 들어서자 아웃도어 제품이 전시되어 있는 쇼룸이 보였다. 사무실은 깔끔했다.

구불구불한 은빛 머리칼을 지닌 사장님은 점잖아 보였다. 뿔테 안경 너머 근엄한 목소리로 나를 응시하며 말했다.

"김지안 씨, 황 교수한테 얘기는 대충 들었어요. 우리 회사 주력 바이어는 미국 콜롬비아 스포츠, 영국 브랜드 엄브로 스포츠예요. 오이엠(생산 대행) 생산은 일부이고 대부분 오디엠(디자인 기획 생산) 오더예요. 디자인 기획 회사예요. 디자인 작업을 그래픽으로 해요. 디자이너는 어도비 포토샵이랑 일러스트레이터 프로그램으로 일해야만 해요. 할 수 있겠어요?"

"지금은 할 줄 모르지만 빨리 배우도록 하겠습니다!"라고 패기 넘치게 대답했다. 지도교수님 소개로 면접 본 이 회사마저 떨어진다면 취업에 희망이 없을 것 같았다. 대학원 수업이 있는 요일은 근무시간을 조정하기로 했다. 주 4일 근무, 보통 초임 디자이너 급여의 삼 분의 일만 받는 조건으로 출근했다. 40호 사이즈(100.0×80.3㎝) 캔버스와 화구를 들고 정릉 꼭대기에 있는 학교와 합정역을 오가는 길은 험난했다. 그래도 일자리를 얻었다는 사실만으로도 감사했다.

내가 대학 다닐 때는 도스 컴퓨터가 막 보급되기 시작하던 때였다. 다뤄 본 컴퓨터는 패턴 모델리스트가 되고 싶어서 배웠던 패턴 캐드가 전부였다. 다행히도 도스 컴퓨터로 패턴 캐드를 배우면서 운영 체계를 배울 수 있었다. 윈도 98을 접했을 때 컴퓨터의 신세계를 만난 것만 같았다. MS오피스 엑셀과 파워포인트 프로그램은 책을 보고 독학했다. 어도비 프로그램도 어렵지 않게 배울 수 있을 줄 알았다.

'뭐야! 온통 영어잖아… 단어가 뭐 이렇게 다 어려워!'

일러스트레이터 화면을 열어 보는 순간 앞이 캄캄했다. 그 당시만 해도 한글판 어도비가 출시되기 전이었다. 영어 공부를 시작하기 전이었다. 이미 배워서 일하겠다고 대답했으니 입사를 무를 수도 없었다. 도망칠 방법이 없었다. 대학원 학비도 대출을 받아 등록한 상황에서 그래픽 학원 등록할 돈이 있을 리 만무했다. 학비 많이 드는 디자인을 전공했으니 비용을 적게 들이면서 공부할 방법은 독학이었다. 나는 서점으로 향했다. 어도비 일러스트레이터 책부터 사서 배워 보기로 했다.

다행인지 불행인지 입사한 회사는 오더가 적어서 바쁘지 않았다. 덕분에 출근해서는 내내 컴퓨터 앞에 앉아 어도비 프로그램을 공부할 수 있었다. 무식하면 용감하다고 했던가. 나는 일러스트레이터 프로그램의 운영 체계에 대해서 전혀 알지도 못하면서 독학하기로 했다. 심지어 그 당시 나는 아웃도어 헤비 아우터에 대해서 배워 본 적이 없었다.

나는 샘플을 살펴보면서 경리 직원인 미연 언니에게 아웃도어 부자재 명칭에 대해 이것저것 물었다.

"야! 그걸 내가 어떻게 알아? 내가 디자이너냐! 난 경리야." 미연 언니는 나에게 면박을 주었다. 오죽 답답했으면 경리 직원인 미연 언니에게 물었을까. 한가한 사무실에서 그녀는 게임을 하며 시간을 보냈다. 퇴근 시간이 되면 가방을 싸서 꽁지가 빠지게 퇴근했다. 경험 없는 나에게 업무를 가르쳐 줄 사람은 아무도 없었다.

퇴사한 디자이너가 만들어 놓은 파일을 발견했다. 멘토가 있으면 그대로 따라가라고 했다. 나는 얼굴도 모르는 디자이너가 그려 놓은 제조지시서 도식화와 서점에서 사 온 해설서 교재를 선생님으로 삼아 연습했다. 손으로 그린다고 생각하고 프로그램을 사용해 직관적으로 느낌이 오는 순서대로 그렸다. 신기하게도 어도비 프로그램은 손으로 그림 그리는 것처럼 설계되어 있었다. 저장을 제대로 하지 않아서 파일도 여러 차례 날렸다. 옷의 형태를 잡고 지퍼, 스냅, 스토퍼, 스트링, 단추 등 모든 부자재를 실사처럼 그렸다.

2002년 5월 새벽 3시, 조용한 사무실. 사무실 경계벽이 통유리라서 밖에서 보면 사무실 안을 훤히 볼 수 있었다. 나는 내가 앉는 자리 위 형광등만을 켜 두었다. 컴퓨터 모니터 안으로 빠져들 듯이 고개를 박고 마우스로 그림을 수정하고 있었다.

"똑똑똑!" 고개를 들어 문 쪽을 바라보았다. 한 줄기 손전등 빛이 보였다. 낯익은 건물 관리인 아저씨였다. "아니, 아가씨, 시간이 몇 시인데 아직도 안 가고 있어요? 지하철 끊겼는데 오늘도 또 밤새우려고? 회사가 일이 많은 모양이네?" 나는 멋쩍게 웃었다. 시간

가는 줄 몰랐다. 몰입의 시간이었다.

나는 복잡한 다운점퍼 아이템 도식화와 제조지시서 등 택팩(테크니컬 패키지)을 그래픽으로 완성할 수 있게 됐다. 완성본을 미국 바이어에게 보낼 수 있는 수준이 되었다.

입사 후 삼 개월이 지났을 무렵. 세상에 공짜로 얻어지는 것은 없었다. 장시간 컴퓨터 마우스를 붙들고 연습한 까닭에 오른쪽 팔이 마비됐다. 오른쪽 어깨부터 팔까지 들어 올리기조차 어려웠다. 마비 증세가 풀릴 때까지 상당한 시간을 재활했다.

실무 경력을 쌓으면서 공부하는 것이 고생스러웠지만 미술학 석사 학위도 받았고 한국 패션 비즈니스 학회에 논문도 게재할 수 있었다. 그렇게 공부하고 연습한 덕분에 대형 의류 회사로 이직할 수 있는 길이 열렸다.

넘어진 후에는 무엇이든지 주워서 일어서려고 한다. 작은 거라도 주워서 일어난다면 다시 도전할 때 도움이 된다. 또한, 일어나기 전에 짧은 시간이라도 조용히 숨을 돌리고 몸 상태를 확인하는 것이 중요하다. 만약 부상이 있다면 적절한 처치를 해야 한다. 누구나 새로운 것을 배우고 발전하기 위해서는 어려움을 넘어서야 한다. 긍정적인 태도를 유지하는 것이 가장 중요하다.

나 자신에게 "나는 다시 일어날 수 있다." 긍정적인 자기암시를 보낸다. 이렇게 하면 긍정적인 마음이 조성되고 다시 일어서기 수월하다. 고통을 극복하고 넘어서면 개인이나 조직은 성장할 수 있다. 고통을 극복하는 것은 일반적인 경험이다. 고난의 시간 속에 있다고 느껴지면 '또 다른 성장 중이구나!' 기쁘게 생각한다. 어려움을 극복하며 성장하려는 태도는 중요하다. 이러한 태도로 어려움을 극복해 나가는 것은 개인이나 조직에 중요한 경험으로 남을 수 있다.

인생 날로 먹고 싶다

김혜련

'인생도 회처럼 날로 먹고 싶다'라는 글귀가 적힌 액자가 식당 한 벽면에 있었다. 읽는 순간 가슴이 요동쳤다. 날로 먹고 싶다는 것에 왜 격하게 공감이 가지? 인생 거저 먹고 싶다는 것 아닌가? 그렇다. 당장 날로 먹고 싶어졌다. 사람들은 왜 로또를 살까? 어쩜 인생 날로 먹고 싶어서 아닐까? 익히거나 조리하지 않고 날것 그대로인 삶, 내게도 필요한가 보다.

서울역 앞에서 복권을 구매한 적이 있다. 대구로 오는 기차 안에서 몇 시간 동안 상상했다. 복권에 당첨되면 어떻게 쓸까? 백만장자가 된 듯 여기저기 인심을 펑펑 쓰면서 행복하게 기차 여행을 했다. 모교에 장학금도 주고, 어렵게 살아가는 친척을 돕고, 나에게는 무얼 선물할까 고민하기도 했다. 구체적으로 금액과 명단을 적었다. 결코 부질없는 일이라고 생각하지 않았다. 그렇게 하고 싶었고, 되고 싶었다. 번호를 맞추어 봤다. 당첨되지 않았지만 크게 웃을 수 있었다. 더 열심히 살아야 할 이유라고 생각했다.

세상에 공짜는 없다. 삶이란 익히고, 삭이고, 태우기도 하며 눌어붙게 만들기도 한다. 꾸준하기도 해야 하고, 꾹 참기도 해야 한다. 힘들게 살아온 세월은 누구에게나 있다. 힘 안 들이고 살고 싶다는 마음, 나에게도 있다. 눈물 흘리며 빵도 먹어 보았다. 돈이 궁했을 때 여기저기 흩어져 있는 돈을 줍던 꿈도 꾸었다. 마이너스 통장으로 근근이 꾸려 갔던 시절이 생각났다. 나의 부자 기준은 '남에게 돈을 빌리지 않는 삶'이었다.

2019년 교육유공자로 해외연수를 갔다. 영국 히드로 공항에서 부자의 기준이 바뀌는 사건이 일어났다. 공항 내 방송으로 나의 이름을 호출했다. 탑승구 쪽으로 오라고 했다. 가이드와 함께 가면서 영문을 몰라 당황했다. 어머나 세상에, 이코노미석에서 비즈니스석으로 비행기 좌석 업그레이드를 해 준다는 것이었다. 일행들의 부러움을 뒤로하며 비행기 2층 프레스티지석으로 향했다. 좌석도 넓고 편했다. 180도까지 침대처럼 펴져 누워서 올 수 있었다. 기내식의 음식과 간식 메뉴도 이코노미석과 달랐다. 칵테일 전용 바(bar)도 있었다. 아직도 믿기지 않는다. 그때가 환갑이었다. 그들이 그걸 알고 배려하여 주었을까? 어쨌든 인천공항까지 13시간의 호사가 행복했다. 대한항공에 장문의 감사 메일을 보냈다. 답은 없었지만 마음이 전해졌으리라 생각한다.

그 후, 부자의 기준은 바뀌었다. 비행기로 장거리 여행을 할 때

비즈니스석을 타고 가는 것으로! 사람은 간사하다. 누구는 해외여행 한 번 가 보지 못했을 수도 있는데 좌석 타령을 한다. 말 타면 노비 세우고 싶어 한다는 옛말이 딱 맞다. 『심리학을 만나 행복해졌다』에서는 더 많이 얻을수록 만족하지 않는 심리 현상, 디드로 효과를 말한다. 디드로 효과에서 벗어날 수 있는 유일한 방법은 자신의 과한 욕망을 억제하고 줄이는 것이라고 한다. 인생에서 우리는 현명하게 선택하고 적절하게 포기할 줄 알아야 한다고 말한다. 중요한 순간, 포기했던 일이 떠올랐다.

5년 6개월 유아교육과 교수로 근무한 대학교에서 재임용 탈락이라는 위기를 맞았다. 실직의 아픔보다 분노가 먼저였다. 별 보며 출근하고 별 보고 퇴근하며 연구하고 가르쳤다. 울산, 영천, 부산으로 입시 홍보도 매년 다녔다. 부설유치원 원장과 학과장으로서 대학원 박사 공부까지 하며 초인적인 시간을 보냈다. 하나님은 감당할 만한 시련을 주신다며 기꺼이 헤쳐 나갔다. 스스로 결정했다. 누군가가 그렇게 열심히 하라고 했으면 당장 그만두었을 것이다. 내 인생 최고의 열정을 쏟았다. 동료 교수들의 재임용 평가는 비정하였다. 대학재단 측 사람이라는 그들의 색안경 낀 시각에서 벗어나지 못했다. 어용교수 퇴진이라는 핑계로 숙청당하는 기분이었다. 억울해서 울었다. 연구실을 정리했다.

어떻게 살아가지? 시어머니께는 뭐라고 말씀드리지? 엄마 손이 필요할 때 함께하지 못한 아이들에게 어떻게 설명하지?

  학내 사태로 재임용에 탈락한 열 명의 교수들이 법적 소송을 함께하자고 했다. 거절했다. 승소한들 그 사람들과 다시 마주하고 싶지 않았다. 학생들에게 후회 없이 최선을 다했고 진심으로 몰입한 세월이었다. 그걸로 만족했다. 법적 다툼을 할 에너지로 다른 일을 하는 것이 더 효율적이라 생각했다. 변호사에게 설명해야 할 상황을 만들고 싶지 않았다. 사람이 사람을 극도로 미워하는 순간을 다시 떠올리고 싶지 않았다.

  유치원을 운영하며 안정적인 삶을 살아가고 있다. '날로' 이룬 것은 아니다. 잠을 줄였다. 절약을 하고 다리품을 팔았다. 교육 프로그램 검색으로 시간을 투자하고 아이디어를 내었다. 1인 다역으로 보냈다. 누군가 말했다. 유치원을 개원하면 아이들이 저절로 오는 줄 알았다고. 원장은 우아하게 교무실에 있으면 되는 줄 알았다고. 아니다. 아이들 급식을 위해 시장으로 달려갔다. 조리사가 결근하면 주방에서 점심 준비를 했다. 다친 아이 안고 마음 졸이며 병원으로 향했다. 마음 아픈 아이를 원장실에서 달래며 어르고 했다. 속 썩이는 교사를 만나기도 했다. 아이들의 견학 장소도 사전 답사를 했다. 유난히 까칠한 학부모와 소통을 위해 노력했다. 원장의 뒷모습을 보고 교사들이 따라온다. 고달파도 힘을 내고 솔선수범하였다. 지금 이 자리, 땀과 눈물과 피 같은 공간이다. 날로 먹고 싶다는 마음은, 고생을 해 보았기에 나오는 푸념 같은 것으로 생각한다. 아파 보았기에 다시는 상처받기 싫은 마음이다. 세상에 거저 얻는 것은 없다. 날로 먹겠다는 도둑 심보를 떨쳐낸다. 절대 그래선 안 되는데 속마음을 들킨 날이다.

모든 문제에는 항상 해결책이 있다

김홍선

10년 전, 오산의 어린이집을 계약할 때다.

"죄송합니다. 심사에서 부결됐습니다."

잔금을 치르는 날, 매도자와 만난 커피숍에서 약속된 대출이 부결되었다는 전화를 받았다. 잔금의 대부분에 해당하는 금액이다. 매도자는 자리를 박차고 일어났다. 계약금으로 들어간 수억 원이 날아갈 상황. 머릿속이 하얘지고 온몸이 얼어붙어 덜덜 떨고 있었다. 그 모습을 보고 있던 공인중개사가 한마디 한다.

"사장님, 모든 문제에는 항상 해결책이 있기 마련입니다. 해결해 봅시다."

그 말에 정신을 번쩍 차렸다. 결국 해결할 사람은 나밖에 없으니까 나를 믿기로 했다. 마음을 먹으니 떨리던 손이 진정되고 얼어붙었던 머리가 돌아가기 시작한다. 내 안에 있던 생존 긍정의 본능이 꿈틀거린다.

'당장 할 수 있는 일이 무엇이지? 몇 가지만 떠올려 봐!' 자신에게 질문을 던지고 있었다. 매도자를 설득해 잔금일을 최대한 늦추는 것이 먼저였다. 공인중개사에게 부탁을 하고 대출해 줄 다른 금융기관을 알아보기 시작했다. '모든 문제에는 해결책이 있기 나름이니까' 은행에 다니는 친구에게 조언을 구했다. "네가 신용이 부족해서 대출이 나오지 않았으니 이자를 높여 주면 될 거야. 은행만 찾지 말고 2, 3금융권도 알아봐."

움직이니 조금씩 길이 보이기 시작했다. 피 말리는 일주일이 흘렀다. 결국 지인의 소개로 한 저축은행과 연결되었다. 심사가 진행되고 결과가 나오는 날이 다가오고 있었다. 바로 그날, 매도자는 12시가 넘어 우락부락한 남자 여러 명을 대동하고 어린이집으로 왔다. 잔금을 받지 않은 상태에서 어린이집을 넘긴 상태였다. 꽤 넓은 원장실 소파가 꽉 찼다. 한번 틀어진 상황이라 불신이 가득 찬 눈빛이다. 시계는 두 시가 넘어가고 있다.

"아니, 안 나오는 것 아닙니까?"

잔뜩 구겨진 얼굴을 하고 소리친다. 순간 움찔했다.

"조금만 기다려 봅시다. 늦어도 4시까지 결과를 알려 준다고 했어요."

목이 타다 못해 신물이 넘어온다. 3시 하고도 긴 바늘이 30분을 넘어가고 있다. 앉아 있던 매도자와 동행한 남자들의 표정이 폭발 일보 직전이다. 시간이 멈추는 것 같다. '혹시 안 되면…' 그다음은 상상하기조차 두렵다. 숨소리가 거칠어진다. 그 순간 눈을 감고 숨에 집중했다. 들이쉬고, 내쉬고. 불안한 생각들이 줄어든다. 오랜 시간 명상한 것이 도움이 된다. 그리고 눈앞에 있는 노트에 연필을 들고 끼적이기 시작한다. '왜 불안해하니? 혹여 대출이 되지 않으면, 왜 앞에 있는 사람들은 저렇게 거칠게 말하는 것일까?' 속에 있던 불안한 것들을 모두 노트 위에 토해냈다. 그러니 조금 숨을 쉴 수 있었다. '전화가 올 거야! 모든 문제에는 해결책이 있으니.' 친구의 조언대로 대출을 해 줄 수밖에 없는 조건을 제안했다. 나를 믿고 최선을 다했다. 시계는 오후 3시 50분을 넘어가고 있다.

"아니, 이거 뭡니까? 사람 갖고 노는 거야!"

거친 목소리가 터져 나올 때 전화벨이 울린다. 일순 정적이 흐른다. 떨리는 손으로 전화를 받았다.

"대출 승인되었습니다."

천국에서 울리는 음성이다. 얼어붙었던 원장실이 일순 눈 녹듯이 풀어진다. '휴! 살았다.' 문제가 풀리는 순간이다.

지금도 그때 일을 생각하면 온몸에 소름이 돋고 심장이 거칠게 뛴다. 그때 문제를 해결한 힘은 무엇이었을까? 다시 곰곰이 생각해 본다. '모든 문제에는 반드시 해결책이 있습니다.' 공인중개사의 말 한마디에 정신을 차렸다. 그리고 자신을 믿고 해결에 나섰다. 물론 그렇게밖에 할 수 없는 절실함이 움직이게 했을 것이다. 그래도 해결까지는 자신을 믿지 않고는 할 수 없었을 것이다.

어떻게 해야 자신을 믿을 수 있을까? 마지막으로 하고 싶은 말이

그 문장이 내게로 왔다

다. 다른 사람들이 자신을 믿게 하는 것과 같다고 생각한다. 먼저 자주 만나 속을 드러내고 대화를 해야 한다. 자신을 믿는 것도 다르지 않다. 자신을 자주 만나 허심탄회하게 대화를 해야 한다. 하루 중 얼마나 자주 자신과 대화를 할까? 나는 명상이나 글쓰기로 매일 만난다.

20년 전 변리사 공부를 하면서 우연히 명상을 접했다. 집중력과 기억력 향상에 좋다는 글귀가 눈에 들어왔다. 힘들면 나가고 안 나가고를 반복해서 세월만큼 깊이가 있지는 않다. 단지 명상이 어렵지 않다는 것은 안다. 하던 일을 멈추고 자신의 숨에 집중한다. 들이쉬고 내쉬고 1분만 집중하면 생각이 줄어들기 시작한다. 그러면 자신에게 말을 걸어 본다. '괜찮니? 어제 과음을 해서 고생이 많다, 간아. 요즘 과식을 해서 힘들지, 위야?' 대답이 돌아온다. '미안하면 그만 먹어라! 힘들다. 술 좀 작작 먹어라!' '그래, 미안하다. 술 줄일게. 너무 늦게 먹지 않을게.' 이렇게 대화를 하면서 친해진다. 그리고 자신과 약속한 것은 지킨다. 두 병 먹을 것을 한 병에서 멈춘다. 식욕이 당겨도 수저를 놓는다. 나 자신과 약속을 했으니까. 그렇게 자신과 신뢰를 쌓아 간다.

3여 년 글쓰기를 통해 매일 자신과 대화를 하고 있다. 처음에는 잘 쓰려고 노력했지만 이제는 키보드에 손을 놓고 마구 두드린다. 생각이 따라오지 못할 정도로. 그러면 어느새 생각이 줄어들고 자신과 대화를 하게 된다. 속에 있는 말이 하나둘씩 모니터에 풀어 헤쳐지는 것을 볼 수 있다. 자신과 속을 터놓고 대화를 하고 있다. 힘들 때 이면지를 꺼내 볼펜으로 속에 있는 것을 토해 낸다. 명상보다 좋은 점은 자신이 토해 낸 글을 한발 물러나 볼 수 있다는 것이다. 감정에 휘둘리지 않고 자신을 바라볼 수 있다. '너는 책 쓴 내용과 같이 살고 있니?' 요즘 자신과 가장 많이 하는 대화다. 글을 쓰며 자신을 만나는 순간 과거는 현재와 이어지게 된다.

평소 자신과 많은 대화를 통해 신뢰를 쌓았다. 그 덕분에 '모든 문제에는 해결책이 있습니다.' 이 한마디에 바로 반응할 수 있었다. 마지막 날, 그 살 떨리는 상황에서도 견딜 수 있었던 것은 자신에 대한 믿음이 있었기에 가능했다. 하루에 5분이라도 자신과 대화를 했으면 좋겠다. 특히 머릿속이 하얘지는 문제를 앞에 둔 사람이라면 '모든 문제에는 해결책이 있다'라고 생각하고 자신과 대화를 시작해 보자. 조금씩 길이 보일 것이다.

그 문장이 내게로 왔다

나의 삶이 된 네 가지 태도

김한송

'신(身), 언(言), 서(書), 판(判)'

중학교에 입학하고 나서 아빠는 위의 한자를 가르쳐 주셨다. 뜻을 풀이해 보자면 몸 신, 말씀 언, 쓸 서, 판가름할 판이다. 처음 접한 한자가 무척 낯설었다. 사람이 갖춰야 할 기본 덕목이라고 알려 주셨다. 그중에서도 첫 번째, 신(身)에 대해 특히 강조하셨다. 몸이 바른 자세를 취하면 마음가짐도 달라진다고 말씀하셨다. 몸과 마음은 연결되어 있다는 말을 자주 들었다. 머리끝과 발끝을 반듯하게 하라는 말씀도 잊지 않으셨다. 거실 벽에 붙은 글자를 오며 가며 매일 보았다.

"머리는 단정하게! 신발은 깨끗하게!" 아빠는 말 대신 직접 몸으로 보여 주셨다.

미술 선생님이었던 아빠는 늘 부지런하셨다. 마당에 있는 나무와 잔디를 세심하게 관리하셨다. 우리 집 정원은 아빠의 손길에 꽃과 나무들이 건강하게 자랐다. 그뿐 아니라 당신이 입는 셔츠나

바지를 직접 다리미질하셨다. 흰색 실내화나 운동화는 손수 빨아 깨끗하게 말려 주셨다. 물론 딸에 대한 각별한 애정 때문이기도 했다. 오빠와 남동생은 스스로 하게 했지만 말이다. 신발은 사람을 좋은 곳으로 데려가 주는 도구라는 말씀은 지금까지도 내 머릿속에 남아 있다. 신발이 지저분하면 그 사람의 이미지에도 영향을 끼친다고 하셨다. 머리카락도 헝클어져 있거나 단정하지 못하면 신뢰가 떨어진다고 늘 말씀해 주셨다. 지금까지도 늘 반듯한 모습을 유지하려고 노력하는 나의 이미지는 아빠의 가르침 덕분이다.

아빠는 주기적으로 가족회의를 열었다. 잔소리 대신 교육을 했다. 한 가지 주제를 정하고 어떻게 생각하는지 질문을 던지셨다. 한마디라도 듣고 말하는 시간이었다. 생각하는 훈련을 그때 길렀던 듯하다. 돌이켜 생각해 보면 교육자로 살아갈 초석을 다지는 시간이 아니었을까? 어쩌면 그 가르침이 있어 지금 작가로 살아가고 있는지도 모르겠다.

내가 다니던 중학교는 한자(漢字) 시범학교였다. 그때 당시 다른 학교와의 차별화 교육이었다. 매일 한문 노트에 한자를 써서 담임 선생님께 검사를 받았다. 1주일에 한 장씩 프린트를 나눠 주었다. 하루 한 페이지씩 쓸 분량을 잘라 붙였다. 하루에 배우는 한자는 열 자였다. 뜻과 음이 적혀 있는 한자를 따라 쓰면서 자동으로 공부가 되었다. 1학년은 쉬운 한자부터 배웠다. 처음엔 상형문자처럼

그 문장이 내게로 왔다

그리기 수준이었다. 그런데 쓰다 보니 저절로 익혀졌다. 알아가는 재미도 쏠쏠했다. 아빠가 알려 준 네 글자의 한자도 만났다. 집에서 아빠가 신문을 보고 계실 때 아는 한자를 짚어서 읽으면 칭찬받았다. 또 학교에서는 학기가 지나면 그동안 읽고 쓴 한자 시험을 보았다. 나는 거의 정답을 맞혔다. 꾸준하게 따라 쓰고 익힌 효과였다. 졸업반인 3학년쯤 되면 상당히 어려운 한자를 만난다. 한자의 뜻을 알면서부터 고사성어나 사자성어도 많이 접하게 되었다. 그때 배웠던 한자가 지금까지도 꽤 많은 도움이 된다. 우리 학교만의 자랑거리였다. 배움을 통해 새롭게 안다는 것은 참 기분 좋은 일이다.

고등학생이 되었다. 어떤 과목이든 첫 시간에는 기대와 걱정을 동시에 한다. 학기 초에 각 과목 선생님을 처음으로 대면하는 시간이면 '어떤 선생님이 오실까, 무서운 선생님만 아니면 좋겠다, 과제를 많이 안 내 주면 좋겠다…' 머릿속에서 별별 생각을 다 한다.

수학 시간이었다. 교실 문이 열리자마자 우리는 늘어져 있던 자세를 꼿꼿이 세웠다. 딱 봐도 무서운 느낌! 선생님의 표정만 보고도 고등학교 적응이 쉽지 않겠구나 직감했다. 근엄한 표정으로 들어오신 선생님은 말없이 우리의 눈을 한참 동안 바라보았다. 뻘쭘했다. 행여 눈을 마주치면 어쩌나 나도 모르게 고개를 숙였다. 첫 시간부터 군기를 잡는 포스와 눈빛은 호랑이처럼 맹렬했다. 한참 동안의 침묵을 깨고 분필을 들어 칠판에 뭔가를 쓰기 시작하셨다. '身 言 書 判' 그리고 읽어보라고 하셨다. 조금만 적극적인 성격이었다면 손을 들어 말을 했을 건데…. 정적이 흘렀다. 그래도 내심 반가웠다. 내가 알고 있는 한자니까 말이다. 아빠가 늘 가르쳐 주셨던 품행과 태도에 대한 단어가 칠판에 적히다니 놀라웠다. 선생님은 그 고요함을 깨고 칠판에 쓰신 단어를 설명하셨다. 그런데 의아했다. 수학 시간인데 왜 한자를 쓰셨을까. 선생님은 학생들에게 수학을 대하는 자세를 부탁했다. 수학 과목도 어떤 마음으로 대하느냐에 따라 즐겁기도 하고 지겹게 느껴지기도 한다고 말씀하셨다. '아, 이런 게 철학이구나!' 수학은 무조건 어렵게만 느껴 잔뜩 겁먹고 있었다. 하지만, 공부하는 진짜 자세를 알면 나도 달라질 수 있을 듯했다. 수학 자체는 문제가 아니었다. 수학을 대하는 마음이 중요했다. 모르는 게 있다면 열심히 질문하고 바른 자세로 수업 듣기를 거듭 강조하셨다. 수학에 조금씩 관심이 생겼다. 어쩌면 더 재미있어질지도 모른다는 희망이 뭉근하게 피어났다. 호랑이 같은 선생님의 모습이 조금은 더 친근하게 느껴졌다. 선생님의 교육철학이 내 가슴에도 새겨졌다. 고등학생이 된 마음가짐을 새롭게 했다.

어린이집 원장의 업무 중 가장 중요한 업무는 사람을 채용하는 일이다. 내겐 그 어떤 일보다도 중요했다. 무엇보다 좋은 인성과 교사의 자질을 갖춘 사람이 필요했다. 겉모습에서 풍기는 이미지부터, 대화해 보면 느껴지는 언어의 품격, 그리고 눈빛까지도 판단할 수 있어야 했다. 사람을 잘 관찰하고 주의 깊게 보는 내게 무엇인가를 판가름할 수 있는 능력은 사회생활을 하면서 조금씩 키워졌다. 좋은 교사가 행복한 아이를 만든다는 신념이 있었기에 까다로운 눈으로 면접을 진행했다. 나의 철학대로 잘 따라와 줄 것인지, 성실과 책임감으로 최선을 다할 수 있는 사람인지 눈여겨보았다.

첫인상을 보자마자 느낌이 온다. 이상하게 나는 촉이 좋다. 순간 판단하는 촉이 전부는 아니지만 그래도 사람 보는 나의 눈을 믿었다. 예를 들자면 긴장해서 실수한 건지, 원래 성품이 드러나는 건지를 직감적으로 알 수 있다. 원장실로 들어와서 나갈 때까지 편안하게 면접을 진행하는 듯하지만 예리하고 날카롭게 체크한다. 인상이 좋지 않다거나, 말하는 모습이 너무 빠르고 급하다거나, 지나치게 가식적으로 잘 보이려는 모습까지도 눈에 들어왔다. 하지만 면접을 보는 동안에는 편안한 분위기를 만든다. 첫 느낌부터 내 사람이 되기 어렵다고 판단이 끝난 상태에서도 최소 30분은 이야기를 나눈다. 아무리 바빠도 서둘러 면접을 끝내진 않았다. 나와 인연이 되진 않을지라도 교사로서 바른 태도와 자세를 갖추길 바라면서 말이다. 그렇게 사람을 대하는 태도와 판단력을 내 안에 차곡차곡 쌓아 갔다.

메일로 채용 접수를 하는 경우도 마찬가지였다. 글을 어떻게 썼는가에 따라 일을 대하는 자세가 보이기도 했다. 굳이 답신을 보내지 않아도 되지만 성심성의껏 글을 남겨 둔다. 내가 운영하는 원의 이미지까지 생각하는 열정이 있었기 때문이다.

'신, 언, 서, 판'은 과거 인재를 등용할 때 사람을 평가하고 표준으로 삼았던 네 가지 항목이다. 아빠가 심어 주신 가르침은 내가 교육자로 사는 동안 지지대 역할이 되어 주었다. 또한, 늘 내가 어떤 사람인지에 대해 계속 깨닫고 공부할 수 있게 해 주었다. 가슴에 새겨진 네 글자는 리더의 역할을 잘 해낼 수 있도록 채찍질했다. 말과 글을 연구하는 사람, 작가와 강사로 활동하는 지금의 내가 존재할 수 있는 철학이 되었다. 외면의 이미지와 내면의 판단력은 결국 '말과 글'의 힘이다. 품격있는 말 공부와 글쓰기가 내면에 쌓여갈수록 견고한 나를 만날 수 있다. 머리끝과 발끝을 다시 점검한다.

오늘도 칭찬 한 스푼

김희진

흐리멍덩하다, 어리숙하다, 힘이 없다, 희미하다, 맹추 같다. 어릴 때 듣던 말이 마음에 남아 있다. 좋은 말, 긍정 언어를 들으면 선순환이 될 터다. 하지만 부정 언어는 악순환만 일으켰다. 목소리에 자신감이라고는 없다. 나를 드러내는 일에 미숙하다. 작은 일에도 쉽게 기죽고 속상해했다. 소심하고 예민하다. 누구의 탓도 아니다. 그냥 다름을 인정하면 그뿐이다. 세상 사람은 다양하다. 아무리 작은 존재라도 이 땅에 태어난 이유가 있다.

초등학교 5학년 때 걸스카우트에 입단했다. 넉넉한 집이 아니다. 엄마는 숫기 없는 맏딸을 그저 두고 볼 수만은 없었나 보다. 어쨌든 다양한 경험을 하며 그전보다 활기가 생겼다. 6학년, 한 보를 맡는 보장이 되었다. 선배들도 그렇게 해 왔기에 당연하게 받아들였다. 크게 할 일은 없지만 대여섯 명 정도의 동생들을 챙겨야 한다. 작은 그룹이지만 리더다. 가끔 단장님이 일을 시킨다. 내가 좋아하는 여자 선생님이 걸스카우트 단장이다. 그분이 나를 부른다.

"똑똑하게 생겼네. 일 잘하겠다." 난생처음 들어본 말이다. 그 말을 들으니 내가 똑똑하고 야무져진 기분이 들었다. 흐리멍덩하다고 생각했던 눈이 초롱초롱해진다. 칭찬의 힘 '로젠탈 효과'가 이런 것일까. 6학년 생활을 주체적으로 살았다. 쭈뼛쭈뼛 의견도 내지 못했던 아이가 리더로서 말을 한다. 걸스카우트 캠프를 가서도 주어진 몫을 해낸다. 장기 자랑을 준비하며 내 목소리를 낼 줄 알게 되었다. 학교뿐만 아니라 성당에서도 성가대로 활동하며 존재를 알렸다. 내향적 성격이 없어지지는 않아도 그 속에서 잘 살아냈다.

미술 입시를 준비하기 위해 혼자 학원을 알아봤다. 미대 진학하는 친구들은 중학교 때부터 진로를 정한다. 당시 나는 고등학교 2학년이라 늦은 편이었다. 그래도 하고 싶은 분야를 찾았다. 좋아하는 일이 무엇인지 고민하고 그것에 대해 공부하는 것을 멈추지 않았다.

2020년, 코로나19로 아르바이트하러 나가기도 어려워졌다. 육아하며 집에서 할 수 있는 일을 알아봤다. 네이버 스마트스토어. 먼저 온라인 강의를 들었다. 사업자 등록증, 통신판매업 등 필요한 서류를 준비했다. 아무것도 모르니 용감하다. 상품을 등록해 보려고 컴퓨터 앞에 앉으니 막막하다. 컴퓨터가 오래되어 느리다. 사진 하나 올리는 데도 한세월이다. 하루가 꼬박 걸려 미술 놀이용 물감 하나를 등록했다. 막상 운영해 보니 생각처럼 매출이 일어나지 않았다. 어떤 물건이 팔릴지 모른다. 등록할 상품 키워드 검색량을 확인했다. 상세 페이지를 하나씩 만들었다. 하다 보니 손이 빨라졌다. 등록한 물건이 일흔 개가 넘었다. 어쩌다 한 번 주문이 들어왔다. 운영에 기준이 없었다. 몸에 좋다고 하면 앞뒤 따지지 않고 건강식을 먹는 사람 같았다. 브랜딩, 마케팅 강의를 들으려 여기저기 기웃거렸다. SNS는 꼭 해야 한단다. 온라인 세상이라 필수라고. 해킹당해 끊었던 인스타그램을 다시 열었다. 2007년 가입만 해 둔 블로그는 그냥 하면 된다. 새로 단장할 필요 없다. 진입이 어려운 유튜브는 미뤄 두었다. SNS를 하다 보니 부족한 점이 많다. 나만의 콘텐츠가 없다. 고객층도 명확하지 않다. 정보를 주거나, 감동이 있거나, 그것도 아니면 재밌는 콘텐츠라야 시장에서 살아남을 수 있다. 내향적인 사람이 나를 드러내고 알린다는 게 쉽지 않다. 뾰족한 콘텐츠도 없는데 무엇을 하란 말인가. 고민만 하던 때 주위에서 조언해 줬다.

"희진 님은 잘 모르겠지만 자신만의 장점이 분명히 있어요."

육아하며 한 번도 듣지 못했던 칭찬을 들으니 순간 눈물이 핑 돈다.

'맞아. 애쓰며 잘 살고 있어. 그런데 내가 잘하는 게 뭐지?'

남들과 다른 나만의 장점이 있다는 말을 들으니 나를 돌아보게 됐다. 그동안 육아에 전념했다. 쉽게 얻을 수 있는 자연물로 미술 놀이를 즐겼다. 텔레비전을 켜는 대신 책을 읽어 줬다. 충치 생기지 않게 치아 관리에 신경 썼다. 잠자기 전 루틴 꾸준히 하고 있다. 팔 년째다. 작은 습관들이 쌓였다. 비록 티스푼으로 한 스푼씩이지만 멈추지 않았다. 꾸준하게 이어온 독서 습관이 가족 문화가 되었다.

'나'에 대해 궁금해졌다. 어떤 것을, 왜 좋아하는지. 잘하는 것은 무엇인지. 사십 년을 넘게 살면서 '나'라는 존재에 대해 생각해 보지 않았다. 들여다보기가 두려웠다. 그리고 깨달았다. 소비 습관에 문제가 있다. 스트레스를 쇼핑으로 풀었다. 돈 때문에 받는 화를 소비로 풀다 보니 악순환이다. 놔둘 공간이 없는데 무작정 샀다. 매달 카드값을 보며 후회한다. 그럴싸해 보이는 물건을 사들였다. 이번만 사고 그만 사자. 결심은 금방 무너졌다. 필요 없어도 왠지 좋아 보이니 갖고 싶다. 돈을 벌려고 시작한 일은 소비만 부추겼다. 나를 돌아본 후 계획 없이 무작정 하던 일을 멈췄다. 삶이 나아지기 시작했다. 시간이 생긴다. 에너지 소모도 없다. 매일 오던 택배가 없으니 쓰레기도 덜 나온다. 더 이상 쓰지 않는 물건은 중고로 팔고 나눴다. 집이 점점 가벼워졌다. 숨통이 조금씩 트인다. 쓸데없는 욕심을 버리니 살 것 같다. 당연하게 여겼던 것들이 감사하게 느껴졌다.

"장점이 분명히 있어요." 이 한마디가 나를 멈추게 했다. 내 뒷모습은 보기 힘들다. 또 다른 거울로 비춰 봐야 보인다. 질책만 했던 나를 보듬어 주었다. 칭찬의 힘을 다시 한번 느꼈다. 긍정 언어를 매일 듣고 싶어졌다. 방법은 있다. 내가 나를 칭찬하면 된다.

'흰머리 괜찮다. 예쁘다. 이십 대에 입던 바지가 아직도 맞는다. 손재주가 있다. 안 입는 원피스, 딸을 위한 치마로 두 벌 만들어

쳤다. 놀잇감, 사지 않고 재활용을 잘한다. 구멍 난 아이 양말로 인형을 만들었다. 버릴 만한 쓰레기도 미술 놀이에 사용한다. 쓸모를 발견하는 눈이 있다.' 완벽하지 않아도 내가 무엇을 잘하는지 알아간다.

청찬의 힘은 힘들고 부정적인 감정이 강하게 들 때 효과를 발휘한다. 불안한 날, 그래도 좋은 일 하나를 찾아본다. 장점을 보려 노력한다. 지나치게 겸손하지 않아도 된다. 지금껏 살아낸 자체가 대단하다. 나는 나를 존중한다. 어제와 비교해 달라진 게 없어도 괜찮다. 작년보다 나아진 모습을 발견할 수 있다. 아이를 훈육할 때도 좋다.

"와! 바르게 앉으니 글씨도 예쁘게 잘 쓸 수 있구나" 하면 즉각 효과가 나온다. 삐딱하게 앉은 자세가 바르게 되며 글씨도 차근차근 쓰려고 노력한다. 머리를 쓰다듬어 주면 더 이상 잔소리가 필요 없다.

2021년, 한 꼭지씩 써 봤다. 마흔이 넘도록 글을 써 보지 않아 어색하다. 작가 코스프레라도 하며 앉아 있어야 하는데 엉덩이가 가벼워 오래가지 못한다. 초고를 완성했다. '요즘은 아무나 책을 내나 봐. 책을 낸다고 누가 보기나 하겠어? 돈도 안 되는 일을 왜 해?' 내가 나에게 하던 부정 언어가 줄어들었다. 이 년 동안 포기하지 않은 나에게 박수를 쳐 줬다. 처음은 누구나 있으니까.

완벽하게 살려고 하면 아무것도 하지 못한다. 잘하기보다는 나아지는 인생을 살기 위해 그냥 도전한다. 남들이 뭐라고 하든지 주눅 들지 않기로 했다. 나에게 듬뿍 칭찬을 준다. 자존감은 내가 키운다. 내 마음의 주인은 나다. 나 외에는 그 누구도 주인 행세를 할 수 없다. 고민이 생기고 머리가 복잡할 때 끄적인다. 오늘 한 일을 써 보면 잘한 일이 보인다. 칭찬할 거리가 나온다. 촉각을 세우면 칭찬받아 마땅한 일은 꼭 있다. 양파가 썩었다. 다행이다. 양파들을 한꺼번에 두었다면 몽땅 썩었을 텐데. 오늘도 칭찬 한 스푼 추가한다.

고객의 불편 속에 비즈니스의 기회가 있다

박현근

마윈의 이야기다. 고객의 불편 속에 비즈니스의 기회가 있다. 나는 밥을 먹거나 책을 읽으면서 항상 고객들이 어떤 것을 불편해할까 고민한다. 그러면 아이디어가 수도 없이 떠오른다. 사람들이 불편한 것을 해결해 주면 돈을 벌 수 있다. 작은 문제를 해결해 주면 작은 돈을 벌 수 있다. 큰 문제를 해결해 주면 큰돈을 벌 수 있다. 돈을 벌고 싶다면 고객의 불편을 해결해 주기만 하면 된다.

나는 고교 중퇴 배달부 출신이다. 지금은 억대 연봉 강사가 되었다. 고객의 불편을 해결해 주기 위해 노력한 결과다. 스마트폰이 처음 보급되었을 때 스마트폰 1:1 교육을 했다. 집으로, 사무실로 찾아가 교육을 했다. 지방에 있는 사람을 위해 부산까지 기차를 타고 가서 교육을 했다.

나는 초보 강사다. 왕초보를 가르칠 때는 초보가 더 잘 가르칠 수 있다. 내가 알고 있는 지식과 경험은 내가 생각하는 것보다 훨씬 더 가치가 있다. 많은 사람들이 자신의 지식과 경험의 가치를 하찮게 생각한다. '나의 이야기를 들으려고 누가 돈을 내겠어요?'라고 생각한다. 질문하고 싶다. 당신의 삶도 가치 없는가? 당신의 작은 성공 경험을 노트에 정리해 보자. 당신의 실패 경험을 노트에 정리해 보자. 성공 노트와 실패 노트를 꼭 작성해 보자. 성공 경험을 통해 다른 사람의 성공을 도울 수 있다. 실패의 경험을 통해 다른 사람이 실패하지 않도록 도울 수 있다. 그렇다면, 어떤 경험이 더 중요할까? 성공 경험일까? 실패 경험일까? 바로 실패의 경험이다. 세계적인 자기 계발 전문가 브라이언 트레이시는 성공하고 싶다면 실패의 속도를 2배로 높이라고 말한다. 실패를 많이 해 본 사람만이 성공과 가까워질 수 있다.

성공한 사람들의 책을 읽으며 공통점을 찾았다. 그들은 모두 큰 실패를 경험한 사람들이다. 실패 없이 성공한 사람은 찾기 어려웠다. 큰 실패를 겪은 사람일수록 더 큰 부를 이룰 수 있다. 나는 실패 전문가이다. 끊임없이 실패한다. 지금도 많은 실패를 경험하고 있다. 고등학교를 중퇴했던 것도, 배달하다가 뺨을 맞은 것도 나의 실패였다. 코로나가 와서 강의를 한동안 하지 못했던 것도 실패였다. 사람들의 말에 상처를 받아 한동안 강의를 하지 못하고, 심리 상담을 받고 우울증 약을 먹은 것도 실패였다.

나의 인생을 돌이켜 보니, 실패의 순간들이 모여 지금의 나를 더 단단하게 만들어 주었다. 찰리 채플린의 말을 좋아한다. "인생은 가까이서 보면 비극이지만, 멀리서 보면 희극이다." 지금 힘든 상황 가운데 있는가? 그 어려움을 극복하는 방법은 나보다 더 힘든 사람을 도와주는 것이다.

2020년 2월부터 5월까지 코로나로 강의를 하지 못했다. 수입은 제로가 되었다. 고정 지출은 있는데 수입은 전혀 없었다. 두려웠다. 매일 점심시간에 1:1 무료 코칭을 진행했다. 나도 힘들지만, 지금의 상황 가운데 힘들어하는 사람들을 돕고 싶은 마음에 시작한 무료 코칭이다. 아침 9시부터 저녁 6시까지 영어 학원에 다녔다. 점심시간 한 시간을 비워 강남역 스타벅스에서 사람들을 매일 만났다. 1년 동안 100명이 넘는 사람들을 만났다. 코칭을 진행하면서 함께 웃고, 울었다. 나만 힘든 줄 알았는데, 나보다 더 힘들고 어려운 상황 가운데서도 살아가는 사람들을 보면서 큰 힘을 얻었다. 타인에게 도움을 주려고 시작한 일이 나를 도왔다.

1:1 코칭을 받고 온라인 비즈니스를 시작한 사람들이 생겨났다. 이 글을 읽는 당신도 자신의 한계에 스스로를 가두지 말았으면 좋겠다. 우리는 모두 보석으로 태어났다. 나 자신만의 빛을 발하면 된다. 타인과 비교하는 것은 금물이다. 나 자신만의 속도로 한 걸음씩 나아가면 그만이다. 혼자 가면 빨리 갈 수 있지만 멀리 가려면 함께 가야 한다. 필요하다면 누군가에게 도움을 요청하는 것도 괜찮다. 나는 달려가면서도 항상 옆을 본다. 주위에 힘들어하는

사람이 있다면 돕고 싶다. 가끔은 돕고 싶어 하는 그 마음을 이용해서 나를 힘들게 하는 사람들도 있지만, 나를 응원해 주고 지지해 주는 사람들을 보며 일을 한다.

확률 게임이다. 내가 어떤 일을 했을 때, 나를 응원해 주는 사람은 3명, 나에게 관심 없는 사람은 6명, 나를 싫어하는 사람은 1명이다. 내가 어떤 일을 해도 나를 싫어하는 사람이 생기기 마련이다. 나를 응원해 주고, 지지해 주는 사람들을 보면서 앞으로 나아가기로 결정했다. 마음이 한결 가벼워졌다. 모든 사람에게 사랑을 받을 수는 없다. 어디에 시선을 두고 살아가는가에 따라 나의 삶이 달라진다. 나를 응원해 주는 사람을 보며 살아갈 것인가? 나를 힘들게 하는 사람들을 의식하며 제자리에 멈출 것인가? 나는 묵묵히 한 걸음씩 앞으로 나아갈 것이다.

고객의 불편 속에 비즈니스의 기회가 있다. 내가 잘할 수 있는 것과 고객이 불편해하는 것의 접점을 찾아보자. 그 문제를 어떻게 해결할 수 있을지 책을 통해서 배우고, 강의를 통해서 배우고, 전문가를 찾아가 인터뷰하면서 배우자. 타인을 도우며 나도 성장할수 있다. 이 책을 읽는 모든 사람이 메신저의 삶을 살아가기를 진심으로 응원한다. 당신은 이미 가치 있는 삶을 살아가고 있다.

놓치고 싶지 않은 기회

서영식

지금 눈앞에 있는 기회에 몰입하라.

자이언트 북 컨설팅의 책 쓰기 코치 과정인 자이언트 라이팅 코치 7주차 수업에서 들은 내용이다. 기회는 왔을 때 잡아야 한다. 기회가 코앞에 있어도 모르고 지나칠 때도 있다. 로마신화에서 기회의 신을 카이로스(Kairos)라고 부른다. 앞머리는 길고, 뒷머리가 없다. 앞머리가 풍성한 이유는 기회를 잘 알아차리지 못하게 하기 위해서라고 한다. 뒷머리가 대머리인 이유는 발견하고 나서 쉽게 잡을 수 없기 때문이다. 발에 날개도 달려 있다. 최대한 빨리 사라지기 위해서다. 양손에 칼과 저울을 들고 있다. 기회가 왔을 때 저울로 잘 판단하고 칼로 즉시 잡으라는 뜻이다.

기회의 기(機)와 위기의 기(機)는 같은 한자를 쓴다. 영어로 기회는 CHANCE지만 C를 G로 바꾸면 CHANGE가 된다. 기회를 잡으려면 변화를 해야 한다. 누구에게나 기회는 온다. 놓치지 않고 잡는 사람도 있다. 모르고 지나칠 수도 있고, 잡으려고 해도 놓치기도 한다.

미국 코넬대학교 심리학 교수인 토머스 길로비치(Thomas Gilovich)는 사람들이 살아온 생애를 되돌아볼 때 가장 후회하는 것을 연구했다. 응답자 중 약 75퍼센트가 어떤 일을 하지 못한 것을 후회했다. 예를 들면 공부하지 않은 것, 좋은 기회를 놓친 것, 가족이나 친구와 많은 시간을 함께하지 못한 것이다. 나머지 25퍼센트는 자신이 한 행동에 대한 후회였다. 직업을 잘 선택하지 못한 것, 결혼을 잘못한 것, 잘못된 실수를 저지른 것 등이다.

후회는 두 가지 종류가 있다. 첫째, 어떤 일을 하고 결과가 만족스럽지 못할 때다. 둘째, 하고 싶었던 일을 하지 못한 것에 대한 것이다. 하지 않은 것 때문에 후회하지 않으려면 어떻게 할까? 지금이라도 늦지 않았다는 생각으로 하고 싶은 일을 하는 것이다. 일단, 당장 할 수 있는 일을 하는 것이다.

지나간 기회는 더 아쉽게 느껴진다. 놓친 물고기가 더 크게 느껴지고 남의 떡도 커 보인다. 인생에서 기회가 오면 선택과 결정을 해야 한다. 하고 싶은 일, 하지 말아야 할 일, 해야 할 일을 잘 구분해야 한다. 하고 싶은 일을 하려면 먼저 원하는 일을 찾고 준비를 해야 한다. 인생은 삼모작이라고 한다. 일모작은 태어나서 학교를 졸업할 때까지, 이모작은 사회생활을 시작해 은퇴하기까지, 삼모작은 은퇴 이후 삶이다. 마지막 삼모작일 때 하고 싶은 일을 하고 살

그 문장이 내게로 왔다

수 있다면 행복할 것이다. 하지 말아야 할 일도 중요하다. 해야 할 일은 나의 삶을 위해 해야 할 일이다. 하고 싶은 일과 해야 할 일이 일치하면 삶의 만족도가 높다. 하고 싶은 일 하면서 살아야 한다고 생각한다. 미국 철강왕인 카네기는 "가장 성공한 사람은 똑똑한 사람이 아니라 기회를 잡고 절대로 포기하지 않는 사람이다"라고 했다.

십오 년 전, 나는 버킷리스트 100개를 썼다. 책 쓰기, 도서관 만들기, 북카페 열기 등 책에 관련된 내용이 많았다. 나는 책을 통해서 많은 걸 배웠다. 책 읽기를 좋아한다. 해야 할 일은 책을 읽고 서평을 쓰고 느낀 경험을 나누는 일이다. 자이언트 라이팅 코치를 하면서 해야 할 일을 하나 더 찾았다. 책 쓰기 강사로 활동하는 것이다. 벌써 시작한 자이언트 작가들도 있다. 멋진 출발을 응원하고 잘되길 기원하는 마음도 크다. 나도 시작해야겠다고 생각한다.

새로운 도전과 변화는 쉽지 않다. 아침에 가르마를 오른쪽에서 왼쪽으로 바꾸려고 해도 이미 길이 들어 있는 머릿결은 원래대로 돌아가려 한다. 익숙한 것이 편하다. 매일 같은 코스로 지하철을 타다가 다른 코스로 가면 쉽지 않다. 원래 가던 곳은 정해져 있다. 몇 번 자리에 서고 내리고 어떻게 갈아타고. 새로운 곳으로 가면 우왕좌왕 헤맬 수도 있다. 요즘 집 앞 지하철역에서 엘리베이터 공사를 하고 있다. 출근과 퇴근하는 길에 타고 내리는 위치가 바뀌어서 헤매는 중이다.

아내와 영화를 자주 보러 간다. 경기도 남양주에 새로 생긴 영화관에 들렀다. 지하 주차장에 차를 두고 밖에 나왔는데 방향을 찾기가 어려웠다. 간단하게 김밥 하나 먹으러 밖에 나왔는데 어디가 어딘지 모르겠다. 결국엔 지도 앱을 열고 방향을 찾아본다. 다시 건물 안으로 들어왔다. 영화관으로 가려고 하는데 또 헤맨다. A동, B동? 영화관은 E동인데… 여기는 B동인데 어떻게 가지? 주차장으로 나가서 다시 다른 건물로 갔다가 1층으로 올라가서 겨우 찾았다. 원래 가던 곳으로 갔으면 아무런 생각도 없이 지하로 내려가서 편하게 기다렸을 것이다. 그래도 새로 지은 영화관이라 시설이 깨끗했다. 리클라이너(등받이가 뒤로 넘어가는 안락의자)가 있어서 거의 누워서 보고 즐거웠다. 새로운 곳으로 가서 얻을 수 있는 경험이다. 늘 같은 곳에만 갔다면 알 수 있었을까? 변화를 두려워하지 않으려고 한다. 나쁜 경험이 아니라면 해 보고, 나하고 안 맞으면 안 하면 된다. 이솝우화에 '여우와 신 포도' 이야기가 있다. 여우는 잘 익은 포도가 매달려 있는 것을 봤다. 포도를 향해 힘껏 뛰었다. 몇 번 뛰어도 손에 닿지 않는다. "저 포도는 시어 터져서 맛이 없을 거야!"라고 말하고 털썩 주저앉는다. 여우처럼 포기하지 않는다. 일단 해 본다. 기회가 왔을 때 놓치지 않는다. 성공의 법칙 중, 될 때까지 한다는 말이 있다. '인디언 기우제'는 백 퍼센트 성공한다. 비가 올 때까지 기우제를 지낸다. 계속 도전하며 실천하고 꾸준하게 하는 것이 중요하다. 어떤 사람이 석유 시추를 위해 돈을 많이 투자했다. 도저히 석유가 나오지 않아서 포기하고 다른 사람에게 싸게 넘겼다. 새로 산 사람은 일 미터만 더 팠는데 석유가 콸콸 쏟아졌다. 포기하지 않고 마지막 일 미터만 더 팠다면 어땠을까?

인생은 선택의 연속이다. 기회도 마찬가지다. 기회가 왔을 때 좋은 선택을 할 수 있어야 한다. 그러려면 간접 경험이 중요하다. 강의를 듣고 책을 읽어 본다. 유튜브도 찾아본다. 구글 검색도 한다. ChatGPT에 물어보기도 한다. 정보가 많을수록 판단하기가 어려워진다. 그럴 때 필요한 것은 나만의 기준이다. 기준을 만들기 위해서 책을 열심히 읽는다. 책에는 먼저 경험한 작가들의 사례가 있다. 살아온 이야기, 성공의 과정, 실패 사례 등이 모두 있다. 내가 살아가면서 경험한 것과 비교한다. 나만의 기준을 만든다. 내가 좋아하는 것과 좋아하지 않는 것, 원하는 것도 생각한다. 지금보다 나이가 더 들어서 할 수 있는 일도 미리 준비한다. 나는 독서와 관련된 일을 하고 싶다. 글쓰기도 좋아한다. 지금 이렇게 글을 쓰는 시간도 행복하다. 글을 쓰면 스트레스가 풀린다. 내 생각을 마음대로 적을 수 있다는 사실이 즐겁다. 지나간 시간에 대한 기록을 읽어 보면 기억이 생생하다. 출간 계약을 하던 날의 사진만 봐도 즐겁다. 글을 읽으면 더 생생하게 다시 살아난다. 저자 특강을 하던 날 컴퓨터 이상으로 땀을 뻘뻘 흘린 기억이 있다. 안 좋은 기억이지만 내가 쓴 글을 보면 격려해 주던 작가들의 모습이 생생하게 남아서 좋은 추억으로 남아 있다.

독서와 글쓰기의 힘을 믿는다. 책 읽고 인생의 방향키를 어디로 할지 기준을 정한다. 어떻게 살아야 할지, 잘 사는 방법이 무엇인지 배운다. 선택하고 결정하는 순간 도움받는다. 자신을 돌아보는 글쓰기로 삶의 태도를 생각한다. 좋은 글을 쓰기 위해 잘 살려고 노력한다. 글쓰기를 통해 머릿속 생각을 세상에 내놓을 수 있었다. 책을 출간해서 꿈을 현실로 만들었다. 행동해야 원하는 것을 이룰 수 있다. 성공한 사람들의 공통점은 하는 일을 사랑한다는 점이다. 열정이 넘치고 일에 빠져서 살고 있다. 끊임없이 배운다. 나도 겸손한 마음으로 배우려고 한다. 배움은 끝이 없다. 보고 듣고 배운 것을 나누는 삶을 살려고 한다. 다른 사람과 비교하지 않는다. 있는 그대로의 내 모습을 인정한다. 주어진 기회를 놓치지 않고 새로운 목표를 가지고 한 발씩 나아간다. 걱정과 불안의 시간을 노력하는 시간으로 바꾼다. 현재 삶에 최선을 다해 에너지를 쏟는다. 내가 원하는 삶을 만들기 위해 노력한다. 지금, 미래에 내가 바라는 모습이 선명하게 보인다.

그 문장이 내게로 왔다

지금의 나를 만들다

석승희

"남을 도와야 한다"라고 늘 말씀하시던 분이 계신다. 초등학교 5학년 담임 선생님이셨던 손금진 선생님이시다. 담임을 맡으셨던 일 년 동안 항상 말씀하시던 한마디는 나의 마음속에 강하게 자리 잡았다. 호랑이 선생님이셨지만 한없이 인자하셨던 분. 선생님의 말씀 덕분에 성인이 되어서도 남을 더 배려하는 사람으로 살았다. 그래서인지 상대방을 지나치게 배려한다는 말도 들어 봤다. 사람으로부터 마음의 상처와 실망감을 얻고 난 후로 태도를 달리하기로 마음먹었다. 그래도 타인에게 피해는 주지 않으려 한다. 선생님께서 또 하나 강조하시던 말씀이 있다. 일기를 매일 쓰라는 것이었다. 초등학교 5학년 1년을 보내면서 일기를 열심히 쓰다 보니 여섯 권의 노트를 썼다. 여섯 권을 이어 붙이니 두꺼운 한 권의 일기장이 되었다. 벽돌 책 못지않았다. 여섯 권으로 묶인 노트를 보며 어린 마음에도 흐뭇했던 기억이 있다. 이사하면서 분실하여 아쉽게도 지금까지 소장하고 있진 않다. 여섯 권짜리 일기장의 기억이 지금의 나로 하여금 글을 쓰게 만들었는지도 모르겠다.

글을 쓰기 싫어하는 어린이는 아니었다. 글짓기 대회에 출전해 입상했던 일도 있고, 책을 좋아해서 밖에 나가 친구들과 놀기보다는 집 안에서 책을 읽는 어린이였다. 그 시절에 전집으로 사주셨던 위인전 전집이 책장에 가지런하게 진열돼 있던 나의 방을 눈앞에 그려 본다. 화가 날 때 연습장을 펼쳐 놓고 화가 풀릴 때까지 마구 낙서를 했다. 마음속에 담겨 있는 말을 쓰면서 마음을 달랬다. 아무 의미 없는 직선을 종이가 뚫어져라 긋기도 하고 욕도 적었다. 당사자에게 직접 하지 못하는 말을 다이어리에 적거나 무미건조하게 그날의 날씨에 대한 이야기만 남기기도 했다.

가까운 친구들에게 편지를 많이 썼다. 이유 없이 평소에도 쓰고, 생일 축하할 때도 쓰고, 대화를 나누는 것보다 편지글을 주고받는 것을 더 좋아했다. 문방구에서 예쁜 편지지를 발견하면 지나치지 못했다. 지금도 여전히 귀엽거나 예쁜 메모지를 보면 구매한다. 어릴 때의 습관이 이어지는 모습이 신기하다. 중3 때 우연히 본 작은 책자에 맨 뒷면 펜팔 신청란을 보고 그때부터 펜팔 편지를 주고받았다. 집에 배달되는 엄청난 양의 편지를 보고 집배원 아저씨가 연예인이 사는 집이냐고 물어보셨을 정도였다. 그렇게 2년 넘게 펜팔을 했다. 오래전이라 기억이 가물가물한데, 재미있는 편지들도 많았던 것 같다. 군인들 편지도 많았다. 군대에 가는 시기가 아저씨라 불릴 나이는 아닌데 군인 아저씨라 호칭하기 미안한 마음이 든다. 외국에서 보내온 편지도 있었고, 무척이나 다양했다.

그 문장이 내게로 왔다

한동안 잊고 있었던 편지 쓰기, 아날로그의 비중이 점점 줄어드는 시대에 살아서 그런지 갑자기 그리워진다. 서로의 마음을 주고받을 수 있는 도구가 아닌가 싶다. 노트북의 자판을 두드려 전하는 것과 펜으로 한 글자 한 글자 생각하며 쓰는 편지는 분명 다르다. 글씨 쓰기를 좋아하는 나는 후자가 훨씬 좋다. 그런데 마지막으로 편지를 쓴 것이 언제인지 까마득하다. 핸드폰에 익숙해져서 편지를 쓸 생각을 못 하고 살았던 것 같다. 생각나는 사람에게 편지를 써 봐야겠다. 친구랑 즐겁게 주고받았던 그 감정을 다시 느껴보고 싶다. 현재 자기 계발 코치로서 활동하고 있는데, 코칭 대화에서 어색해진 자녀와의 사이를 변화시켜 보고 싶다고 말씀하셨던 고객님께 편지를 써서 고객님의 마음을 자녀에게 전하기를 권해 드렸다. 좋은 방법 같다며 당장 실행하겠다고 좋아하시던 얼굴이 떠오른다. 글은 사람 간의 마음의 거리도 좁혀 줄 수 있다.

지나 온 시간을 돌아보니 글을 쓰는 생활과 전혀 무관하지 않았다. 일상을 기록하는 일기도, 다이어리 적는 것도, 편지글도 글쓰기와 가깝게 지냈다는 증거다. 일기를 쓰는 습관을 만들어 주신 손금진 선생님께 감사해야겠다. 작년 5월부터 올해 2월까지 5년 후의 나에게 다이어리를 써왔다. 같은 질문에 대해 5년간 답할 수 있는 빈 공란이 있다. 단순한 질문 같은데 생각을 할 수 있는 시간을 준다. 몇 달간 덮어 두고 있었는데, 다시 쓰기 시작하려고 한다. 함께 쓸 사람이 있다면 챌린지를 열어보려고 한다. 같이 쓸 사람이 있는지 SNS에 사전 조사를 했는데 댓글을 남겨 주신 분들이 있다. 요즘은 책에서 읽은 것, 깨달은 것, 적용할 것을 독서 노트에 남기는 챌린지에 참여하고 있다. 책은 꾸준히 읽는데 기록을 남기는 실천이 잘 되질 않았다. 이번에는 강제적인 장치가 필요할 것 같아 신청하고 실행 중인데, 25일차 기록된 노트를 보면 뿌듯하다. 손에 잡히는 대로 여러 권을 돌려 보면서 독서 노트를 기록하고 있다. 50일, 100일 지속적으로 쓰려고 한다. 독서 노트가 열 권쯤 쌓인 후에 나는 얼마나 성장해 있을까 생각해 본다. 그 모습을 상상하니 앞으로 계속 써야겠다는 의욕이 샘솟는다.

생활 속에서 쓰는 활동들을 하나씩 늘려 가려고 한다. 개인적으로는 지금까지 써 왔던 인스타그램과 블로그를 꾸준히 쓰는 건 물론이고, 글쓰기를 하고 싶은 사람들과 같이하면서 그들에게도 글을 쓰는 즐거움을 알게 해 주고 싶다. 나 혼자만 글을 쓰는 것이 아니라 이제 글을 쉽게 쓸 수 있는 방법을 공유하고 함께 써 보려고 한다. 손금진 선생님께서 말씀하셨던, 남을 돕는 일에 글쓰기와 동행하고 싶다. 일기 쓰는 습관이 글 쓰는 습관으로 이어진 것처럼 자연스럽게 생활에 스며들 수 있게 만들어 주고 싶다. 책을 함께 읽고 소감을 같이 쓰며 글쓰기를 연습하는 것도 하나의 방법이 될 수 있고, 그날의 내가 느낀 감정에 대해 하고 싶은 말을 글로 써도 좋을 것 같다. 확언문을 쓰고 하고 싶은 말을 적어 보는 것도 괜찮을 것 같다. 소그룹으로 나누어 서로 대화를 나누고 난

후의 참여 후기를 짧은 글로 풀어내는 것도 재미있게 접근할 수 있는 방법 같다. 글을 쓸 수 있는 방법을 생각해 보니 무궁무진하다. 이 방법을 고민하는 것도 흥미로운 시간이 될 수 있을 것 같다. 단순히 글쓰기만이 아니라 현재 내가 나눌 수 있는 여러 가지 정보와 지식들을 나누면서 글을 쓰는 시간을 따분함이 아닌 즐거움으로 채워 주고 싶다. 내가 만나게 될 그분들과 만들어 나갈 미래가 기대되고 설렌다.

열정이 여정이 되다

이선희

    우연히 TV조선 '화요일은 밤이 좋아' 프로그램에 가수 인순이가 나와서 노래하는 것을 보고 듣게 되었다. 5분간의 노래가 마법처럼 나를 끌어당긴다. 노래 듣는 순간 마음을 몽땅 빼앗겼다. 열정 있는 가수 인순이의 노래에 매력을 느끼는 순간이다. 예전에는 가수가 노래할 때 노랫말이 잘 들리지 않았다. 음악도 별로 즐기지 않았다. 나이 먹어서인지 노랫말 가사가 들린다. 다 내 이야기 같고 내 삶의 소리로 들린다. 2년 전에 '미스터 트롯' 참가자들의 열정과 노력을 함께 보고, 느끼고, 즐기면서 3분 안의 인생에 희비가 들어 있는 노래의 힘을 알게 되었다. 그때부터 노래가 좋아지기 시작했다. 삶이 힘들 때 사람들이 노래로 치유하고 격려받는 것을 느끼게 되었다. 나도 그때 노래로 치유를 받았다.

    어떤 아나운서가 인순이에게 묻는다. 계속 도전하는 이유가 무엇이냐고. 인순이는 "새로운 물결이 시작되면 궁금하다"라고 답했다. 자신은 적당히 연습하지 않는다. 항상 '100번 하면 되겠지'라는 생각을 한다. "어떤 일을 시작할 때 자신감이 생길 때까지 연습하고 나간다." 가수 인순이의 인터뷰 내용이다. 인순이는 역시 프로다. 그런데도 자신감이 생길 때까지 백 번 연습을 한다는 말에 놀랐다. 인순이는 사람들이 하는 질문 중에 자주 듣는 질문이, 언제가 전성기였는지 그리고 언제 부른 노래가 가장 잘 불렀던 노래인지 묻는다고 한다. 인순이는 "사실 내 마음에 꼭 들어야 한다. 경험이 노래로 녹아 나올 때, 언젠가는 그 순간이 올 것이다"라며 "아직 오지 않았다"라고 한다. 프로가 괜히 프로는 아니라는 생각을 한다. 머릿속에 남는 것은, 백 번 연습을 자신감 생길 때까지 한다는 말이다. 삶의 굴곡이 심했던 가수 인순이는 사춘기에 심하게 겪은 경험으로 다문화 학생들을 위해 기숙사가 있는 대안학교도 만들었다. 선한 영향력을 끼치는 가수다. 여섯 명으로 시작해서 50명이 넘는 학생들과 소통한다. 인순이는 열정적인 삶과 노력이 현재도 진행 중이며 아직도 여정 중이라고 생각한다. "언젠가는 자신의 삶과 딱 맞는 노래의 절정의 순간이 올 것이다"라며 여운을 남겼다.

한때는 '열정 파워 우먼'이란 이름으로 충청도 전 지역을 열심히 돌아다닌 적이 있다. 일주일에 20시간 이상을 강의했다. 하면 된다는 자신감으로 어깨 뽕이 들어갔던 때였다.

"이선희 강사님을 보면 아… 힘들어요."

"왜요?"

"너무 앞만 보고 달리니까 함께할 때 따라가기가 숨차고 힘들어요."

주위에서 이런 이야기를 해도 그냥 앞만 보고 달렸다. 경주마처럼 주위를 돌아보지 못했다. 사람마다 걷는 속도가 다 다르다는 것을 나중에 알게 되었다. 보폭을 맞추지 않는 내가 천천히 달리는 사람들에게는 힘들게 느껴지는 부분이었다.

그때는 가수들의 노래에 감명이 있는지 몰랐고 노랫말 가사가 제대로 들리지 않았다. 그저 자신감과 용기를 가진 맹렬 여성처럼 뛰어다녔다. 나 혼자 뛰었다. 주위도 돌아보지 않았다. 나의 속도대로 달렸다. 미움도 받았다. 너무 열심히 달리는 사람은 시기도 받는다. 그런데 지금 생각해 보니 방향이나 속도를 조절하지 않고 달린 것이다. 기업에도 전략과 목표 방향이 있다. 나름의 전략과 목표 방향이 있다고 생각하며 온 긴 여정이다. 열정으로만 살 수는 없다. 열정에서 ㄹ을 빼면 여정이다. 인생의 길모퉁이에서 좌절과 실패, 그리고 절망으로 가득 차 있을 때도 여정이라고 생각한다. 가수 인순이의 말대로, 아직 그 순간이 오지 않은 것이다. 절정의 그 순간을 위해 한 발 더 걷는다.

주위 가까운 가족이 열정을 방해하는 미운 악당들이다. 가족이라는 이유로, 고생한다는 이유로 만류한다. 편한 길, 쉬운 길 가라고 한다. 여러 가지 방법으로 말렸다. 도와주지 않았다. 그래도 혼

그 문장이 내게로 왔다

자 꾸역꾸역 해 왔다. "미치지 않으면 미치지 못한다." 정민 선생님의 한시 이야기에서 발췌한 문장이다. 어떤 일을 시작할 때 불광불급 하지 않으면 이룰 수 없다. 내 나이 적지 않다. 그러나 아직도 남은 여정이 있다. 그 시간 동안 어떻게, 무엇을 하며 살 것인지 고민했다. 내가 선택한 길은 읽고 쓰는 삶이다. 나와 비슷한 주부들, 시니어들을 만나서 함께 책 읽고 나누며 읽은 내용에서 얻은 귀한 보석과 경험을 녹인다. 자신의 삶과 연결해서 쓰는 것이다. 나의 이야기와 주부, 시니어 그녀들의 이야기를 모으고 싶다. 이제 자이언트 라이팅 코치가 되었다. 자녀들 때문에 경력이 단절되고 남편의 반대로 주저앉아서 고민하는 여성들을 불러 모은다. 내가 그동안 경험한 인생의 노하우를 녹여서 나만의 차별화된 방법으로 글쓰기 과정을 열 것이다.

예전 2002년에 국문과에 입학해서 글 쓰고 싶은 마음 가득했지만 피하고 미루고 여기까지 왔다. 삶의 질곡에서 배운다. 시간이 걸려도 결국 돌고 돌아 내가 원하는 사람이나 꿈은 만난다는 것을 알게 되었다. 이제 남은 여정이 중요하다. 한 번뿐인 삶이니 당장 죽을 것처럼, 하루를 열심히 산다면 원하는 삶을 살 수 있다. 그러나 여유와 쉼은 필요하다. 숨이 차오를 만큼 힘든 일이 수도 없이 많았다. 그래도 극복하고 여기에 와 있다. 열정을 불사르고 이제 남은 여정으로 천천히 가 보는 것이다. 주위도 돌아보고, 사람도 도우며 신나고 재미있게 간다. 글쓰기 여정으로 잘 가기 위해 해야 할 일이 있다. 첫째, 주부들 안의 적성을 발굴하고 발견해서 가능성을 깨워 주기 위해 함께할 것이다. 그녀들이 책을 낼 때까지 동기부여를 하고, 글 쓰는 방법을 함께 연구하고 글을 쓰도록 돕는다. 둘째, 한번 시작한 일은 반드시 마칠 수 있도록 지지하고 격려한다. 한 권이라도 책을 낼 수 있게 끝까지 돕는다. 셋째, 코칭과 글쓰기를 잘 융합해서 해냄의 차별화된 전략으로 만들어 간다. 이선희의 핵심 역량이 필요한 시기이다. 끈기는 의지의 희망이다. 주부들과 시니어들을 어떻게 읽고 쓰게 할 것인가? 이것이 질문이다. 질문은 생각의 시작점이자 발견이다. 질문을 통해 생각이 확장되고 그 생각 속에서 창조한 새로운 것들과 만난다. 같은 것도 뒤집어 보고, 거꾸로 보고, 밑에서 보고 이렇게 사방에서 또는 360도에서 본다. 그리고 내 안에 있는 스스로의 구원, 셀프 코칭으로 답을 찾는다.

인생의 여정이 남아 있다. 이제 라이팅 코치로 새로운 삶을 가꾸어 간다. 분명히 힘들고 실험적인 요소도 많을 것이다. 온갖 가능성을 품은 재출발이다. 다시 시작하기에 조금 더 기운을 낸다. 글쓰기 코치로서 세심하게 노력을 기울이며 함께 읽고 쓰는 삶, 반복의 군더더기로 나아간다. 인생의 굴곡을 헤쳐 나가며 여기까지 온 일, 나의 경험과 이야기를 쓰기 위해 오늘도 읽고 쓰는 삶을 멈추지 않는다.

글 쓰는 삶을 응원합니다

이영숙_Grace

작가가 되어야겠다고 생각했습니다. 쓰고 싶은 이야기가 마음속에 있었기 때문입니다. 바로 친정엄마 이야기입니다. "내 이야기를 책으로 쓰면 10권도 모자랄 거다." 엄마는 입버릇처럼 말했습니다. 살아온 이야기, 가슴속에 쌓인 많은 한을 그 누구에게라도 꺼내 들려주고 싶었던 거지요. 엄마는 학교를 다녀 본 적이 없습니다. 한글은 읽고 쓰지만, 글을 쓰기에는 역부족이었지요. 그런데 무심코 하는 말 같지만 반복되었던 그 말은 엄마가 돌아가신 지 10년이 지난 지금도 저를 떠나지 않고 있습니다. 엄마는 1920년대 말에 태어났습니다. 그 시절의 한국인, 특히 여성이 어떤 삶을 살았는지 대충은 짐작할 수 있습니다. 게다가 생의 마지막 8년은 온몸이 마비된 채 요양원에서 누워 지내야 했습니다. 일제강점기였던 어린 시절부터 시작된 고생은 그 종류를 달리해 가면서 생의 마지막까지 엄마를 잡고 놓지 않았습니다.

"난중일기를 읽고 나서 『칼의 노래』가 나오기까지 50년 동안, 이순신의 이야기가 내 머리에서 떠난 적이 없었다"라는 김훈 작가 덕분에 저도 용기를 얻게 되었습니다. 물론 비교할 수 없이 차이가 나는 소재이지요. 하지만 써야 한다는 그 '부담감'에 공감을 합니다 (감히 김훈 작가와 비교하는 것이 얼마나 송구하고 우스운 행동인지는 잘 압니다). 이순신 장군이 난중일기를 남기지 않았더라면 어떻게 되었는지를 생각하면 끔찍하지요. 이순신 장군의 기록 덕택에, 김훈 작가의 대한민국 국보 같은 『칼의 노래』라는 기록적 소설도 나올 수 있었을 거라고 생각합니다. 기록의 소중함에 관해서는 새삼 말할 필요가 없지요.

엄마의 인생을 무(無)로 증발시키는 일은 쉽습니다. 제가 어릴 때 들은 이야기의 기억으로부터 관심을 끄면 됩니다. 엄마가 대단한 위인인 것도 아니니까요. 그 이름을 기억해 주는 사람도 없고, 세상에선 이미 사라진 한 인생일 뿐입니다. 그러나 그 삶이 소중해서, 이야기로라도 남겨 두고 싶은 딸의 마음까지는 좋았습니다. 문제는 제가 글쓰기와는 거리가 먼 사람이었다는 것입니다.

인스타그램에서 우연히 '자이언트 글쓰기 수업'에 관한 내용을 보고 신청을 했습니다. 특별히 무엇을 기대하지 않은 수업이었습니다. 그런데 막상 들어가 보니, 그 수업 안에는 '글쓰기의 모든 것'이 있었습니다. 강의마다 글을 글답게 쓰기 위한 중요한 내용이 꽉 차 있었습니다. 강의 마지막에는 감동을 주는 삶의 지혜가 꼭 따라옵

그 문장이 내게로 왔다

니다. 수업을 계속 듣다 보니, 쉬고 즐기려고만 했던 은퇴 후의 삶에 새로운 방향이 보이기 시작했습니다. 조금씩 시간이 지나면서 깨닫게 된 것이 있습니다. 저는 글쓰기 수업을 통해 이은대 작가라는 인생의 멘토를 만났다는 것입니다. 어느새 바르고 효과적인 여러 가지의 독서 방법도 장착하게 되었습니다. 책 읽는 것이 훨씬 재미있어졌습니다. 틈나는 대로 독서하는 습관이 절로 몸에 배었습니다. 게다가 예전에 비하면 읽은 내용을 훨씬 잘 기억합니다. 독서 모임인 '천무'를 통해서도 읽고 느낀 것을 기록으로 남기며 계속 성장하고 있습니다. 2021년부터 듣기 시작한 자이언트 수업으로 저는 어느덧 '읽고 쓰는' 사람으로 변해 가고 있습니다. 습관적인 독서가 주는 유익은 좀 더 깊은 지식이나 지혜뿐만이 아니었습니다. 몸과 마음이 더 건강해졌습니다.

게다가 지난 4월에는 '라이팅 코치' 자격까지 얻게 되었습니다. 기대하지 않은 열매에 마음이 뿌듯합니다. 이제는 책을 쓰는 것뿐 아니라, 글을 쓰고 싶어 하시는 분들을 적극적으로 돕는 일까지 할 수 있게 된 것입니다. 어떤 일을 가르치고 리드하는 사람을 '코치'라고 부릅니다. 저는 특히 자서전을 쓰고 싶어 하는 사람들을 잘 코치해 드리고 싶습니다. 누구에게나 다양한 인생 이야기가 있습니다. 그중에는 자신의 삶을 기록으로 남기고 싶은 사람도 많을 겁니다. 엄마가 가시고 나니 엄마에 관해 궁금한 이야기가 더 많이 떠오릅니다. '제대로 귀담아들어 둘 것을…' 하는 후회가 큽니다.

이제부터라도 우리가 기억하고 후대에 남겨 주어야 할 귀중한 삶의 이야기들을 더 듣고 싶습니다. 소중한 이야기를 모으고, 글로 남기는 일을 하고 싶습니다. 이젠 자신이 있습니다. 자이언트 글쓰기의 이은대 대표와 함께 마흔다섯 명의 '라이팅 코치'들이 함께하기 때문입니다.

"글 쓰는 삶을 응원합니다"라는 말은 자이언트 이은대 대표가 모든 강의의 마지막 멘트로 하는 말입니다. 간결한 그 한마디에서 받는 에너지는 복합적입니다. 한결같은 응원으로 글 쓰는 삶을 지지하는 이은대 작가의 진심이 전해집니다. 그리고 '글 쓰는 삶이 가져다 준 성공'에 대한 작가 자신의 체험과 확신이 선명히 배어서 들립니다. "글 쓰는 삶을 응원합니다"라는 힘찬 소리와 함께 화면이 닫힐 때, 그 격려가 수강생의 마음에 남아 힘이 됩니다. 자신감으로 변합니다. 그동안 듣고 또 들은 이 한마디가 이제는 제 속으로 들어와 자리를 잡았습니다. 결국 저도 읽고 쓰는 삶을 사는 사람이 되었습니다. 이제는 받은 만큼 나누어 주고 싶습니다.

여러분의 글 쓰는 삶을 응원합니다.

쓰는 사람으로 살다

이현경

"엄마, 동생은 내려놓고 책 읽어 주세요. 왜 동생만 안아 줘요?"

"동생 우는 것만 달래 주고 책 읽어 줄게. 잠깐만!"

네 살이었던 첫째 아이는 우는 동생을 내려놓으라며 다리에 매달렸고, 돌이 안 된 둘째 아이는 너무 울어서 목소리가 나오지도 않는 상태였습니다. 두 아이는 예민하였습니다. 바닥에 아이를 내려놓을 수 없었고, 아이들은 엄마의 손을 놓지 않았습니다. 남편은 퇴근이 늦었고, 두 아이를 데리고 거실에 서서 이러지도 저러지도 못했습니다. 눈물이 떨어졌습니다.

방 한구석에 놓인 장난감이 눈에 들어왔습니다. 먼지가 잔뜩 뭉쳐 있는 것처럼 어두웠습니다. 땀 냄새 나는 수건으로 얼굴을 닦는 듯 찡그리며 방에 어지럽게 놓여 있는 물건들을 쳐다보았습니다. 아이들을 위해 의무감을 다했다는 듯 무심하게 놓여 있었지요. 아이가 놀다가 내팽개쳐 둔 거겠지요. 잘못도 없는 장난감을 걷어찼습니다. 화풀이할 대상이 필요했습니다. 혼란스럽기만 했습니다. 나만 하는 육아도 아니고, 예쁘기만 한 아이들이었는데도 빨리 지나가기만을 바랐던 시간이었어요.

아이가 태어나고부터 먹고, 입고, 자는 것 등의 모든 일상이 아이에게 맞춰졌습니다. 일주일에 이틀은 친정엄마께서 아이들을 봐주셨고, 사흘은 서울육아종합지원센터의 도움을 받았습니다. 반찬을 준비하고, 수업 준비를 하느라 하루가 다 갔습니다.

아파트 공부방에서 독서 논술 수업을 하고 있습니다. 같은 공간에서 육아와 일을 함께 하는 셈이지요. 책을 가까이 두는 직업을 선택하였는데도 마음의 위로가 되지 않았습니다. 직접 아이를 키운다는 행복감도 있었지만 불안한 마음도 컸습니다. 아이들이 어린이집에 가 있는 시간에는 그나마 괜찮았습니다. 하지만 아이들이 있을 때 수업을 하려면 온 신경을 곤두세워야 했습니다. 울음을 터뜨리거나 엄마를 찾으면 어찌해야 할지 난감했습니다. 아이를 위해서 무엇을 할지도 몰랐습니다. 어떻게 해야 아이도 잘 키우고 일도 잘할 수 있을지 고민은 쌓여 갔습니다. 힘든 몸을 이끌고 놀이터에서 놀고 온 날이면 목소리가 날카로워졌습니다. 아이들 책임이 아니라는 것을 알고는 있었지만, 기분이 가라앉는 건 어쩔 수가 없었어요.

다른 사람을 대할 때는 그 사람이 스스로 초라하다고 느끼지 않게 해야 하며, 자신을 대할 때도 자신이 초라하다고 느끼지 않게 해야 한다.
- 테레사 수녀님 말씀 중

혼자만의 시간이 절실했습니다. 그때 도움을 주는 누군가가 있었습니다. 기억이 가물거릴 만하면 연락하는 대학 친구가 테레사 수녀님의 말씀을 무심히 전해 주었습니다. 초라하다는 말을 듣는데 마음이 아팠습니다. 일하는 엄마로 살고 있으면서 스스로 초라하다고 생각하고 있었나 봅니다. 친구의 말 한마디에 울컥했습니다. 나의 태도가 아이들에게도 영향을 끼치지 않았을까 걱정됐습니다. 위대함도 초라함도 모두 생각이 만드는 거잖아요. 소중하게 다루어져야 귀중하게 느껴지는 것일진대 아이에게도 저에게도 막대하고 있었던 건 아닌가 반성했습니다.

아이들이 잠든 시간에 책을 읽기 시작했습니다. 책을 읽은 후에는 글을 썼습니다. 책 읽기와 글쓰기를 통해 희망이 생겼습니다. 책을 읽으니 정해진 길만이 답이 아니라는 걸 알게 되었습니다. 제가 만약 책을 읽고 글을 쓰는 삶을 살지 않았다면 고정관념에 사로잡혀 있었을 겁니다. 아이에게도 제가 걸어 온 길을 강요했을 겁니다. 교육관이 바뀌었습니다. 저는 주입식 교육을 받은 세대입니다. 학교에서 시키는 대로 하고, 정답만을 찾아야 하는 교육을 받았지요. 하지만 아이들 세대는 정답이 아닌 교육이 필요하겠지요. 제가 살아온 삶의 방식을 강요하지 않고, 달라진 사회에서 새로운 인재가 되는 방법이 있다는 것을 이야기해 주고 싶습니다. 일등만 필요한 세상이 아닙니다. 일등뿐만이 아니라 함께 뛴 사람들이 결승선을 통과했다는 사실이 중요합니다. 자신을 초라하게 볼 이유는 하나도 없습니다.

글을 썼습니다. 하얀 모니터를 보고 글을 쓰는 건 시간이 걸렸습니다. 막막하기도 하고 두려웠습니다. 우선 시작을 했습니다. 볼펜을 움직이고 자판을 두드렸습니다. A4 1장을 채웠습니다. 그리고 또 다음 장을 채웠습니다. 질문하고 메모하였습니다. 마음에 드는 글은 쉽게 나오지 않았습니다. 문장을 쓰고, 문장이 글이 되었어도 끝난 게 아니지요. 수없이 고쳐야 했습니다. 글을 쓰는 건 생각을 정리하는 데 도움이 되었습니다. 블로그에 썼고, 독서 노트에 끄적였으며, 하얀 모니터에 채워 넣었습니다. 글을 쓰다 보니 하찮고 초라하게 여겼던 마음이 사라졌습니다. 사는 게 시들하지 않았습니다. 오늘 무엇을 쓰고, 어떻게 쓸지 고민하는 게 조금씩 설레었습니다. 이제는 이러한 글쓰기를 함께하려 합니다. 작가이자 글쓰기 코치로서 살고자 합니다.

여전히 일하는 엄마로 살아야 합니다. 두 아이의 육아도 진행형입니다. 집안일도 해야 하고요. 최소한으로 하더라도 필수적으로 해야 하는 일들이 있습니다. 바쁘게 사는 이유는 행복해지기 위해서입니다. 행복해지기 위한 세 가지 방법을 찾았습니다. 우선 나를 보잘것없고 변변치 않다고 생각하지 않는 것입니다. 잘하고 있다고 응원하며, 내가 원하는 것이 무엇인지를 직시하였습니다.

두 번째로는 잘 살기 위해 많이 읽고, 제대로 생각하고, 잘 쓰는

그 문장이 내게로 왔다

법을 익혀가고 있습니다. 더 많이 읽어야 합니다. 책을 읽는다는 건 생각을 정리하는 방법을 배우는 것이더라고요. 읽고만 끝내는 게 아니라 올바르게 판단하고 생각할 수 있도록 매일 책을 읽고 글을 쓰려고 합니다. 문해력이 중요하다고 합니다. 문해력이란 세상을 잘 읽어내고, 자기만의 방식대로 해석해서 적용하는 힘을 말합니다. 어린이에게만 필요한 건 아닙니다. 세상을 읽고 해석하는 문해력을 키우기 위해 노력할 겁니다.

세 번째로는 잘하는 일을 찾았습니다. 평균치를 찾기 위해 결핍을 맞춰 가는 게 아니라 잘할 수 있는 일을 찾아보는 게 중요할 겁니다. 주위에 긍정적인 영향을 미치는 것이 목표가 되었습니다. 책을 읽고, 글을 쓰는 일을 하고 있습니다. 다른 일은 하지 않고 글만 쓴다면 얼마나 좋을지 생각한 적이 있었습니다. 하지만 가족과 부대끼고, 사람들과 만나야 글을 담을 인생이 쌓이잖아요. 지금 하는 일에 집중하면서 누군가에게 도움을 주어야 쓸거리도 생기는 게 아닌가 싶습니다. 방에 틀어박혀 글을 쓸 수는 없는 것 같습니다. 전작인『엄마표 문해력 수업』책을 쓸 수 있었던 것도 아이들을 키우는 가운데 느꼈던 독서 육아 방식을 정리했고, 독서 수업을 하면서 깨우침이 왔던 겁니다. 미래의 독자들과 소통하면서 발전을 했기 때문에 쓰는 사람이 되었던 것입니다. 앞으로도 누군가를 변하도록 도와준다면 행복할 것 같습니다.

부족한 엄마라서 아직도 아이들에게 잔소리를 많이 합니다. 하지만 행복하게 일을 하고, 주변 사람들을 위하는 마음을 갖기 위해 조금이라도 노력하고 있습니다. 더는 초라하다 여기지 않을 겁니다. 행복을 찾아가는 과정을 아이들에게 보여 줄 겁니다. 엄마의 삶이 아이의 삶으로 연결되기를 바랍니다. 작은 발걸음이지만 글을 쓰는 사람으로 한 걸음씩 걸어가고 있습니다.

나는 나를 믿는다

이혜진

4년을 채우고 싶었다. 두 가지만 갖추고 퇴사할 예정이었다. 대리 직급과 일억. 예정보다 1년 앞당겼다. 회사는 통영에 있던 관리부 소속 직원 중 최소 인원을 제외하고는 사천에서 근무하도록 했다. 우리 팀의 팀장급 이상 상사들은 뿔뿔이 흩어졌다. 그 밑에 있던 직원들도 마찬가지였다. 반면 사천에서 근무하던 직원들은 그대로였다. 두 회사는 별도의 법인이었지만 선박을 만든다는 점에서는 같다. 업무의 양이 늘어날 뿐 하는 일은 똑같다. 누군가는 다른 부서에서 일해야 하는데 그 명단에 내가 포함되었다는 이야기를 듣고 쓴웃음을 지었다. 안 그래도 마음이 붕 떠 있었는데 좀 더 일찍 그만두고 계획했던 여행을 다녀오기로 했다.

결정은 내렸으나 부모님의 허락이 듣고 싶었다. 핸드폰을 가지고 아무도 없는 방에 가서 전화번호를 눌렀다. 통화 버튼을 누르지 못하고 다시 내 책상으로 돌아오기만 이틀째. 주말에 집에 가기 전까지는 말해야 한다. 다시 빈방의 문을 연다. 크게 숨 한 번 들이키고 통화 버튼을 눌렀다. 본론을 말하기 전에 이전에는 묻지도 않던 식사나 건강 문제부터 물어본다. 그런 후에야 사정을 털어놓았다. 퇴사 후 여행 계획도.

흔히 아빠는 딸을 좋아한다고 한다. 이십 대 중반에 알았다. 가족끼리 남해 여행을 갔을 때였는데 아빠의 폭탄 고백이 있었다. 첫째인 오빠에게 마음이 더 간다고. 어릴 적부터 남녀 차별을 받는다는 이유로 할머니 집에 가기 싫었다. 학창 시절 아빠한테서는 한 번도 느껴 보지 못했다. 그동안 티 안 낸 아빠. 그래서 아빠한테 먼저 전화했는지도 모르겠다. 더군다나 혼자 남미로 여행할 계획이었으니 아빠는 일단 반대하지 않을까. 반응을 보고 주말에 어떻게 할지 작전을 세울 계획이었다.

"네가 그만두고 싶으면 그렇게 해. 나는 너 믿어."

이날부터 서운한 감정은 사라졌다.

2021년 1월, 함께 공부하는 일곱 명의 지인들과 함께 글쓰기를 시작했다. 일기를 제외하고 글을 써 본 적이 없으니 쉬울 리 없다. 한 장도 아니고 한 줄을 채우는 데 삼십 분이 걸린다. 글감을 찾았다가도 자세하게 기억나지 않아 쓰지를 못했다. 자리를 박차고 거실로 나왔다. 기억을 떠올리지만 글을 쓰기에는 양이 턱없이 부족하다. 살찌우는 건 쉬운데 분량을 늘리는 건 어렵다. 겨우 양을 채운 글을 다시 읽어 본다. 문맥은 맞는지, 주제에 어울리는 경험인지 판단이 서질 않는다. 쉽게 쓰라고 해서 어려운 단어조차 사용하지 않았다. 반면 같이 쓰는 다른 작가들은 고급 어휘가 살짝 섞여 있는데도 내가 쓴 글보다 더 잘 읽힌다. 한없이 부족해 보이는 내 글. 그들처럼, 그리고 그때 당시에 읽던 책의 작가처럼 흉내 내어 쓰기도 했다. 내 글만 다 모아 읽으면 같은 사람이 썼나 싶을 정도로 느낌이 달랐다. 백지상태에서 다시 쓰고 싶으나 마감 기한을 맞춰야 한다. 공저를 쓰고 있으니 다른 사람들의 글과 비교를 안 할 수가 없었다.

'믿는다'라는 아빠의 말이 떠올랐다. 아빠도 내가 잘할 수 있다고 믿고 있는데 나는 왜 나를 믿지 못하는 것일까. 이제 글쓰기를 시작한 사람이다. 못 쓰는 게 당연하다. 다른 사람과 비교하며 우월감, 열등감을 느낄 필요가 없다. 어제의 글보다 오늘 쓴 글이 더 나으면 된다. 책을 출간할수록 문법, 맥락, 구성, 명료한 메시지, 어휘 등이 하나씩 더 좋아지면 된다. 독자들이 내 책을 읽으며 밑줄 긋는 문장이 더 많아질 것이고, 포스트잇도 더 많이 붙이게 될 것이라 믿기로 했다.

나를 믿지 못할 땐 글을 쓸 때마다 그만두고 싶었다. 믿는다고 하더라도 실력이 바로 좋아지는 일도 아니었다. 나아지고 있는지 의문이 든다. 이번 책까지만 쓰고 다시는 책은 안 쓴다고 혼잣말도 했다. 퇴고하며 알았다. 초고보다는 좀 더 나아졌다는 것을. 빈 백지를 채울 때는 멈추고 있는 시간이 길었으나 단어와 문장을 이리저리 바꿀 때는 자판을 타닥타닥 두드린다. 손바닥 뒤집듯 마음을 고쳐먹었다. 계속 글을 쓰고 개인 저서도 출간하겠다고.

스스로를 믿지 못하면 누구를 믿을 것인가. 또, 계속해서 글을 잘 쓰지 못한다는 생각만 한다면 내 글은 언제 성장할 수 있을까. 글 쓰는 솜씨가 부족하더라도 점차 나아질 수 있다고 여기게 된 건 온전히 나에 대한 '믿음'을 가졌기 때문이다. 좋아질 수 있을 거라는 희망을 품었을 뿐인데 훨씬 마음이 가볍다. 그만두지만 않는다면 뒤로 물러날 곳도 없었다. 고민 끝에 좀 더 나은 글을 쓰고 나면 또 쓰고 싶은 마음이 들었다. 오늘보다 내일 쓰는 글은 더 좋아질 것이라는 믿음도 있었기에 다음 날 펜을 들 수 있었다. 그렇다고 매번 나아지지는 않는다. 어떤 날은 머리를 숙여 양손으로 머리카락을 잡아당기기도 한다. 이전과 달라진 점은 포기하지 않는다는 것이다. 혼잣말, 낙서, 질문을 하며 한 시간을 붙잡고 있을 때도 있으나 붙들어 어떻게든 마무리를 짓는다.

나를 믿음으로써 자신감이 붙었다. '나의 글'로 비교 대상이 바뀌었을 뿐인데 글 쓸 때 여유가 생겼다. 어제보다 잘 쓰기, 다른 사람에게 도움 될 문장 하나 쓰기가 내 글쓰기의 목표다. 여기에 집중한다.

마음이 편해진 만큼 글쓰기 실력이 향상된 건 아니지만, 가벼워지니 다양한 방법으로 쓰고 싶은 마음이 든다. 하루에 있었던 일을 일기로 쓰고, 마지막에는 도움이 될 만한 문장을 쓴다. 책에서 본 표현을 적어 두었다가 내 글에 비슷하게 써 본다. 높임말도 썼다가 반말로도 글을 쓴다. 고전을 필사하며 단어를 바꿔 나의 문

그 문장이 내게로 왔다

장으로 만들어 본다.

　일 년 가까이 일기를 쓰고 있다. 공저 이후에는 개인 저서도 출간했다. 나를 믿고 있었기에 가능했다. 처음 쓸 때는 어렵다. 계속 써야 실력이 향상되는데, 변하고 있다고 느낄 때까지 지속하기가 쉽지 않다. 같이 쓰는 사람이 있으면 비교되니 더 신경이 쓰인다. 그럴 때는 나를 믿어야 한다. 쓸 수 있다고 확신해야 한다. 문제는 믿음만으로 실력이 향상되지는 않는다는 점이다. 신념을 갖고 꾸준하게 쓴다. 구성, 메시지, 표현 등을 고민하는 시간도 필요하다. 여기에 독서까지 병행한다면 글은 더 나아진다고 자신한다.

　아빠의 믿음 덕분에 나를 믿을 수 있었고, 내 글에 집중하며 쓸 힘이 생겼다. 마음만큼 안 써질 때가 있다. 머릿속 생각을 노트에 적을 때 스케치부터 머뭇머뭇한다. 또 적어 놓은 내용을 한글 파일로 옮기면서 대체 무슨 말을 하려는 건지 나조차도 모를 때가 있다. 그럴 때마다 아빠의 믿는다는 말이 생각난다. 마음속으로 외친다. '쓸 수 있고, 도움 될 글을 쓸 수 있다!' 이 글을 읽는 당신 역시 글을 쓸 수 있고, 글로 타인에게 도움이 될 수 있다. 본인을 믿고 쓰기를 바란다.

말은 날아가 버려도 글은 가슴에 남아

윤희진

    살면서 나에게 좋은 말만 하는 사람이 있는가 하면, 듣기는 거북해도 조언을 해 주는 사람이 있다. 상대의 나이는 크게 중요하지 않다. 예전에는 나보다 어린 사람이 훈계하듯 말하면 그게 그렇게 고깝게 들렸는데, 곰곰이 생각해 보니 그 사람도 말하는 게 쉽지 않았을 거다. 본인보다 나이 많은 사람에게 바른말을 하는 것은 어렵다. 그래서 내가 정말 변하기를 진심으로 바라며 말하는 사람은 나이가 많으나 적으나 존중해 주고 귀 기울이기로 했다. 쉽사리 고쳐지지는 않아도 행동도 바꿔 보려고 애쓰고.

    대학 다닐 때 동아리 간사님이 말씀하셨다.

    "희진 순장은 성격도 밝고, 사람을 끄는 매력이 있어서 좋아요. 그런데 딱 한 가지만 고치면 더 좋을 것 같아. 말투를 조금만 더 부드럽고 예쁘게 하면 다른 사람이 희진 순장을 더 좋아하지 않을까 싶네."

    툭툭 던지는 말투가 때로는 다른 사람에게 불편을 줬던 적이 많

                    그 문장이 내게로 왔다

았다. 악감정을 갖고 그렇게 말하는 건 아니지만 말투가 그래서 오해를 사기도 했다. 사실 그 말투가 지금 완벽하게 고쳐지지는 않았다. 그래도 그때 내게 그렇게 조언을 해 준 간사님 덕분에 말하기 전에 한 번 더 생각하는 습관이 생겼다. 간사 사무실 의자에 마주 앉아 말씀해 주신 상황과 환경이 지금도 생생히 기억날 정도다.

말의 위력은 대단하다. 내가 입 밖으로 내뱉은 말은 어떤 말이든지 영향력을 미치게 되어 있다. 고등학교 때는 문예창작부에서 활동했다. 시를 써서 친구들에게 선물로 주기도 했다. 어릴 때부터 취미를 적는 공간에는 항상 독서, 음악 감상을 습관처럼 썼다. 음악 감상이야 피아노를 쳤고, 클래식 테이프가 있어서 들었기 때문에 쓸 수 있었다. 하지만 '독서'를 취미라고 쓰기에는 책을 많이 읽는 편이 아니었기에 좀 망설여지긴 했다. 그래도 누군가 물으면 독서와 음악 감상이 취미라 말하곤 했다. 이렇게 말한 지 오랜 시간이 흐른 후에야 그 말이 진실이 되었다. 요즘에는 오히려 음악 감상보다 독서를 더 많이 한다. 손이 닿는 모든 곳에 책이 있다. 책상엔 물론이고, 피아노, 침대에도. 좋은 집이 아니라서 화장실에는 거치대가 없다. 그래도 수건 넣어 두는 곳에 책 한 권은 꽂혀 있다. 언제든 볼일 보느라 시간이 길어지면 꺼내 읽으려 한다.

책을 많이 읽다 보니 이제 나의 글이 쓰고 싶어졌다. 2018년부터 내 이름으로 된 책을 출간하고 싶었다. 그래서 책 쓰기 수업을 듣는다며 88만 원을 쓰기도 했다. 좋은 조건이었다. 글쓰기 코치는 출간하면 50퍼센트인 44만 원을 돌려주고, 출간하지 못하면 88만 원 전액을 환불해 주겠다고 약속했기 때문이다. 손해 보는 장사는 아니다 싶어서 덜컥 수강료를 지불했다. 코로나 이전이었기 때문에 오프라인 수업도 있었지만, 수강하는 동안 계속 들을 수 있다는 장점이 있어서 온라인 4주 과정을 수강했다. 온라인 4주 과정을 듣는 동안 매주 과제가 있었다. 쓰고 싶은 주제에 관한 몇 가지 질문에 대해 틀에 맞게 과제를 제출해서 주제와 제목을 받았다. 목차를 정해 보는 과제가 있었다. 시중의 여러 서점에 가서 내가 쓸 주제와 맞는 책들을 골라 나만의 장 제목을 적어내는 것이다. 원래 책에는 4~6개의 장 제목이 있는데, 당시에는 다섯 개의 장 제목을 주로 많이 썼다. 그래서 장 제목 40개, 그러니까 여덟 세트를 내는 게 숙제였다. 처음이라 힘들었지만 과제를 성실히 해내야 한다는 압박감에 인터넷 서점도 뒤적이고, 오프라인 서점에도 가서 책을 골라 나만의 목차를 만들어 보았다. 그다음 주 과제는 그 장 제목 아래 소제목, 즉 꼭지 제목들을 7~9개씩 지어 보는 것이다. 장 제목보다 더 난이도가 있었다. 이런 과정을 거쳐 내가 쓸 책의 목차가 완성되었다. 과제로 제출하자 책 쓰기 강사는 나에게 다섯 개 정도 붉은 글씨체의 소제목을 선물로 주었다. 목차가 완성되었기에 이제 쓰면 되는 거다. 그 책 쓰기 강사에게 한 꼭지 쓸 때마다 메일로 보냈다. 40개 꼭지 중에서 23개 정도 완성했다. 당시만 해도 한 꼭지 분량은 두 장 반 정도였다. 안 써지는 꼭지도 있었기 때문에 그럴 때는 잘 써지는 꼭지를 먼저 채웠다. 그러다 보니 완

그 문장이 내게로 왔다

성은 끝내 못 했다. 한번은 스터디가 있다고 해서 수강하는 사람들을 오프라인으로 만날 수 있는 기회가 있었다. 온라인 4주 과정이 끝나고 하는 후속 모임이었다. 직접 노트북을 갖고 와서 쓰기도 하고, 지금까지 썼던 글을 그 자리에서 바로 점검받는 시간을 가졌다.

　몇 년이 흘러 2021년이 되었다. 내 책을 쓰고 싶은 마음은 여전했다. 그러던 중에 메신저 공저 프로젝트 소식을 접했다. 공동 저자들이 출판사에 부담해야 할 돈이 있었지만, 책을 30권 준다고 하니 따지고 보면 20만 원 정도 내고 출간에 참여하는 셈이 된다. 그래서 고민할 것 없이 신청했고, 빠르게 초고도 쓰고, 퇴고도 했다. 개인 저서는 아니지만, 작가별로 따로 챕터가 구성되어 있어 작은 나의 책이 나온 기분까지는 낼 수 있었다. 그해 가을에도 두 번째 공저를 썼다. 상반기에 독서 모임에 참여했던 분들이 대부분이었고, 하반기에 합류해서 공저를 쓴 사람은 나 혼자였다. 두려웠다. 책을 읽으면서 진행해야 했기 때문이다. 상반기에 독서 모임을 진행했던 저자들은 그 책을 두 번 보는 게 되지만 나는 처음이었으니까. 이 책이 출간되기까지 구성을 뒤엎는 사건도 있었다. 13명의 작가가 책 여섯 권에 대한 에피소드를 적는 형식이었다. 그래서 한 작가가 네 권의 책을 선택해서 적게 되었다. 나는 3장부터 6장, 네 꼭지를 맡았다. 첫 공저와는 다른 방식이어서 색다른 경험이었다.

그 공저를 진행하며 만난 것이 자이언트 북 컨설팅이다. 한참 코로나가 진행되던 시기라 온라인 40기로 참여하게 되었다. 과제도 늦지 않게 잘 제출했다. 매번 수업마다 열정을 토해내는 책 쓰기 선생님 때문에 강의 듣는 게 더 좋았다. 1주차 강의 후 과제를 제출해서 목차를 받았지만, 그냥 묻어만 두었다. 그러다가 정말 쓰고 싶어서 카카오 메신저를 열어 보니, 원본 파일이 만료되어 다운로드를 할 수 없게 되었다. 분명히 바로 다운로드를 해서 제목까지 봤는데, 이상하다. 아무리 찾아도 없다. 퇴사한 회사 컴퓨터에 다운로드를 받았나 보다. 이제는 찾을 수도 없다. 저자 사인회를 마친 후 뒤풀이 때 사부님께 말씀드렸더니, 샅샅이 뒤져 보라 하셨다. 책상 밑에 찰싹 붙어 있을지도 모르니. 그 목차를 잃어버린 후로 개인 저서 쓰는 건 한켠으로 미뤄 두었다.

자이언트 북 컨설팅에서 진행하는 자이언트 공저 8기에 참여하게 되었다. 어쩌다 보니 나는 공저 전문 작가가 되어 버렸다. 꼭 내 이름으로 된 개인 저서를 출간하고 싶다. 내 말을 글로 써서 다른 사람에게 도움을 주고 싶다.

말은 내뱉으면 상대에게 크든 작든 영향을 끼치지만, 휘발성이 있어 날아가 버린다. 듣는 당사자의 마음속에는 남아 있을 수 있지만. 그러나 글은 성격이 다르다. 온전히 남아 계속 영향을 미친다. 좋은 말을 하자. 내가 쓰는 글을 읽고 위로를 받는 독자가 있기를. 실천하고 싶은 욕구가 일어나기를. 내가 쓴 글의 좋은 문장

에 밑줄 긋고, 자신만의 글로 옮기는 독자가 많아지기를 기도해
본다.

나의 언어, 누군가에 희망과 기쁨이 되기를

정선묵

"저와 같은 길을 걸을 분이시군요. 함께 열심히 해 봅시다!"

온화하면서도 힘이 담긴 멘토의 한 문장에 가슴이 뜨거워졌다. 녹슨 전차가 다시 굴러가기 시작했다. 말 한마디의 위력을 실감했다.

2021년 4월, 밑도 끝도 없이 '다꿈스쿨' 청울림 대표가 이끄는 '자기혁명캠프'에 참가했다. 비장했다.

이번이 아니면 삶을 바꿀 기회가 영영 없다는 마음으로 매일 새벽 5시에 기상하여 5킬로미터 달리기를 반복했다. 네이버 카페에 다른 멤버들의 인증 사진이 보일 때마다 응원 댓글을 달았다. 동료들을 독려하고 스스로를 일으킨 결과, 3주 차 MVP에 선정되었다. 혜택은 청울림 대표와의 1시간 온라인 줌 미팅.

미팅 당일, 청울림 대표와 온라인 공간에서 대면했다. "청울림 선생님처럼 사람을 일으키는 자기 계발 강사가 되고 싶습니다." 시작부터 당차게 말했다. 다꿈스쿨과 같은 자기 계발 커뮤니티를 만들고 싶다는 포부도 숨기지 않았다. 멘토의 진심 어린 응원과 칭찬

그 문장이 내게로 왔다

이 이어졌다. 미팅 내내 강의 경험도 없는 나를 본인과 동등한 강연가로서 대우했다. 이미 같은 길을 걷는 강연가가 된 기분이었다. 예정된 1시간을 훌쩍 넘긴 밤 11시, 비로소 대화가 마무리되었다. 기분 좋은 흥분이 전신을 휘감았다. 거인이 가는 길에 함께 선 기분, 말로 표현하기 힘들었다.

힘들고 포기하고 싶을 때 멘토와의 대화를 종종 떠올리는 편이다. 진심이 담긴 멘토의 응원 한마디는 꿈을 향해 달려갈 수 있는 시금석이 되었고, 지쳐도 일어설 수 있는 활력소가 되었다.

롯데호텔 서울 '도림'에서 10년간 관계를 맺어 온 기표 형을 만났다. 내가 걷고자 하는 코치의 길을 이미 경험하고 개척하고 있는 나의 영원한 형님이자 멘토다. 서로의 근황을 물으며 음식 식는 줄도 모르고 수다를 떨었다. MBTI와 강점 혁명을 바탕으로 코칭 프로그래밍과 사업가의 영역까지 발을 넓히고 있다고 한다. 명확한 목표를 바탕으로 지치지 않고 도전하는 기표 형의 의지에 감탄사를 남발했다.

"코칭은 다리를 놓아 주는 사람이야. 선묵이의 소통과 공감 능력은 단연 일품이니 충분히 잘할 거라 믿어. 너의 강점을 믿으렴."

어릴 때부터 '착하다'라는 말을 달고 살았다. 나의 유일한 강점인 줄 알았다. 달리기도 잘하고 그림도 잘 그리고 친구의 이야기도 잘 들어 주었다. 그러나 성적이 유일한 잣대였던 우리나라 교육의 특성상, 나는 그저 그런 학생으로 분류되기 일쑤였다. 나의 장점을 잊고 산 지 27년 되던 해, 기표 형을 만났다. 형으로부터 강점 코칭을 받은 지 5년 차. 지금은 나를 믿고 성장하는 하루를 보내고 있다. 『아몬드』의 주인공처럼 무덤덤한 회색빛 일상, 형을 만나 다채로운 삶의 향기를 발견할 수 있었다. 힘들 때마다 형의 한마디가 나를 일으켰다. 이제 나도 누군가에게 희망의 언어를 전파하는 사람이 되고 싶었다.

'즉시, 반드시, 될 때까지'의 태도로 삶을 경영한 지 2년이 지났다. 스스로 성장하는 삶을 추구하게 되자 누군가의 삶에 도움이 되고 싶다는 일념 또한 강해졌다. 뜻을 품으면 길이 생긴다고, 청울림 멘토의 소개로 이은대 작가를 만나게 되었다. 김미경 대표처럼 국내를 대표하는 강연가가 되고 싶다고 말했다. 내 이름으로 된 책 세 권을 먼저 출간하라는 조언을 받았다. 독서도 멀리하는 내가 작가라니. 일기나 쓰던 나에게 책 쓰기는 거대한 도전이었다. 매일 글을 쓰기도 쉽지 않았지만, 더디게 향상되는 글쓰기 실력과 결과물을 보자니 고역이 따로 없었다. 기분과 소재에 따라 보여 주기에도 민망한 글이 발행되었을 때의 창피함이란. 포기하고 싶은 마음이 굴뚝같았지만, 더 이상 인생에 핑계 대고 싶지 않았다. 부단히 자신을 단련했다. 수업 들은 지 1년, 『오늘도 마침표 하나』라는 첫 책을 출간하게 되었다. '글 한번 써 볼까'라는 생각 대신, 매일 쓰겠다는 결연한 마음 덕분에 소중한 결과물을 얻을 수 있었다.

그 문장이 내게로 왔다

"축하합니다. 이제 여러분은 어엿한 라이팅 코치로서 활약할 예정입니다."

진해에서 열린 라이팅 코치 수료식에 참가하기 위해 장장 5시간 버스를 타고 이동했다. 8주간 읽고 쓰는 삶의 연속이었다. 스스로 성장하는 사람을 돕는 라이팅 코치 및 강연가의 꿈을 품은 지 1년 만에 잡은 기회였다. 이은대 작가가 처음으로 개설한 글쓰기 코칭 수업, 떳떳이 졸업하고 싶었다. 코칭 수업 후 복습할 때마다 내면의 원숭이가 등장해 자존감을 깎아내렸다. '남을 일으키는 코치라니, 네가 가당키나 해?' 애써 무시하며 정신을 가다듬었다. 나의 두 멘토가 옆에서 외치는 듯했다.

"못 할 것 없어. 선묵이는 될 때까지 하는 사람이니까!"

남의 일처럼 느껴졌던 책 쓰기, 어느덧 삶의 일부가 되었다. 2년간 300편 가까운 글을 발행했다. 다양한 소재로 썼지만, 글의 결은 대동소이했다. 보잘것없는 일상이지만, 관심과 사랑의 눈으로 보면 '우리의 삶도 나름 살아갈 만합니다'라고 말이다. 끊임없이 나를 괴롭혔던 원숭이도 짐승 같은 반복과 실행을 통해 나름 잠잠해졌다. 여전히 글 쓰고 드러내는 건 쉽지 않다. 그러나 나의 말과 글이 누군가에게 도움이 될 수 있다는 희망으로 쓰는 삶을 지속하고 있다. 남을 돕는 작가라는 직업, 꽤 마음에 든다. 만년 조연이었던 인생이라는 무대에서 이제는 당당히 주연이 되었다고 느낀다.

수많은 도미노 조각을 세웠고 하나씩 넘어뜨린 끝에 마지막 발사만을 앞두고 있다. 글쓰기 코치로서 명확한 단기 목표를 수립했다. '일 년 안에 10명 이상의 작가를 배출한 라이팅 코치 되기!'

글쓰기에 관심 있는 사람들과 다채로운 인연을 맺게 될 예정이다. 어떤 도전과 시련이 내 앞을 가로막고 있을지 자못 궁금하다. 어떤 일이 있어도 나의 역할은 명확하다. 2년 전 청울림 대표에게 받았던 것처럼 나에게 온 사람들이 작가의 꿈을 이룰 수 있도록 에너지와 용기를 북돋아 주는 일이다. 소통의 기술과 공감 능력을 바탕으로 사람들을 책과 글로 연결하는 일을 지속할 예정이다. 예비 작가들의 강점을 글쓰기와 연결하여 코칭을 할 계획이다. 기표 형이 건네었던 '코칭은 다리다'라는 말, 이제야 비로소 이해가 간다. 형의 조언을 몸소 실천할 생각에 마음이 설렌다.

언위심성(言爲心声). 사람이 지닌 향기는 사람의 말에서 뿜어져 나온다고 한다. 나의 말과 글에서 좋은 사람의 향기가 나기를 소박하게 희망해 본다.

김미예 작가

자이언트 인증 라이팅 코치로서 또 하나의 삶을 시작했다. 책 속 문장 하나, 영화나 드라마 속 명대사 한마디가 내 삶으로 들어왔다. 일상에 지친 하루를 살아낼 수 있는 힘을 얻었다. 오늘 해야 할 일을 '그냥' 해냈다. 인생에서 또 하나의 경험과 확장이라는 키워드를 통해 배우고 익혀 다른 사람을 돕기로 했다. 오늘을 살아내는 사람들이 지치고 힘들 때마다 나의 위로가 그들을 살게 하는 의미이자 가치가 되면 좋겠다. 코치로서 그리고 작가로서 그들을 위한 나의 경험을 나누고자 한다.

김지안 작가

반복하던 나쁜 습관을 멈추기만 해도 만성질환이 호전될 수 있다고 한다. 인생의 태도를 바꿔 보는 것이다. 숙제처럼 해결하지 못했던 나의 문제를, 독서와 글쓰기를 실행하면서 해결해 가고 있다. 이 책에는 내가 해결하고 싶었던 세 가지 문제를 각 장에 한 가지씩 썼다. 제1장에는 분노 조절 장애를 극복한 방법, 제2장에는 가장 좋은 선택을 하는 방법, 제3장에는 고통을 성장의 도구로 활용하는 방법이다. 나와 비슷한 고민이 있는 독자에게 도움이 되는 책이었으면 한다.

김혜련 작가

24시간 흐름대로 맡기는 삶이었다. 자이언트를 만나고 일상을 쓰는 작가로 살아간다. 적어도 하루 30분만이라도 책상 앞에 앉으려고 노력한다. 글을 쓰면서 표현의 한계에 부딪힐 때 책을 펼쳐 든다. 읽고 쓰며, 쓰고 읽는 삶에서 생각이 깊어진다. 크고 작은 경험들로 채워져 가는 나를 볼 수 있다. 그동안 흘려보낸 세월 앞에 이제는 진중하게 마주한다. 적게 말하고 많이 생각하려 한다. 나란 사람, 잊히지 않는 글로 남고 싶다. 글쓰기의 힘은 무한하다.

마치는 글

김홍선 작가

'감옥 속의 두 사람이 밖을 내다보고 있었다. 한 사람은 진흙탕을 보았고, 다른 이는 별을 보았다.' 제일 좋아하는 이야기입니다. 지난 시절 숱한 실패와 좌절의 시간을 겪으며 내 삶은 단단해졌습니다. 별을 보았기 때문입니다. 모든 상황은 중립적입니다. 행, 불행을 결정하는 것은 그것을 바라보는 우리의 관점입니다. 책 속의 한 구절, 대사 하나, 지인의 말 한마디가 삶이 된 것은 긍정의 관점으로 내가 선택한 삶이었기에 가능했습니다. 아무리 힘들어도 긍정의 안경을 쓰고 자신이 삶을 결정하였으면 합니다.

김한송 작가

매일 읽고 쓰는 삶을 살고 있습니다. 작가로 활동하면서 다양한 책을 접하고 공부합니다. 소소한 행복을 담은 에세이부터 변화와 성장을 담은 자기 계발서까지 여러 분야를 만나고 있지요. 글을 쓰면서 일상을 새롭게 보고, 다르게 느끼는 기쁨이 쌓이고 있습니다. 말 한마디와 글 한 줄의 힘은 생각보다 훨씬 위대하다는 사실을 깨닫습니다. 삶의 가능성을 한 차원 높게 바라볼 수 있게 만들어 주었으니까요. 가슴 뛰는 문장을 품고 도전하며 변화하는 삶을 향해 나아갑니다.

그 문장이 내게로 왔다

김희진 작가

사느라 잊고 지냈습니다. 존중받아 마땅한 '나'라는 존재를 들여다보기 두려웠습니다. 작고 연약한 나 자신을 보기 싫었습니다. 덮어 두고 살면 괜찮을 줄 알았습니다. 만나기 싫은 내 모습을 마주하면 우울하고 창피했습니다. 글을 쓰며 나를 토닥였습니다. 위로를 건네고 이만하면 애썼다며 칭찬을 아끼지 않습니다. 지저분해진 마음 청소에는 글쓰기만 한 게 없습니다. 미움, 아픔, 절망을 걷어내면 긍정이 보입니다. 오늘을 빛내며 사는 사람이 많아지길 바랍니다.

박현근 작가

메신저란 지식과 경험을 통해 수익을 창출하는 사람을 의미한다. 나는 우리나라 메신저 사업이 아직 초기 단계라고 생각한다. 고교 중퇴 배달부 출신인 나도 메신저가 되어서 물질적인 만족과 의미 있는 삶을 살게 되었다. 나는 메신저 사업을 시작하고자 하는 사람들을 돕는 메신저이다. 자신의 한계에 스스로를 가두지 말고, 독서와 글쓰기를 통해 메신저의 꿈을 이루기를 바란다. 절대로! 절대로! 절대로! 자신의 꿈을 포기하지 말자.

서영식 작가

새로운 시도를 망설이는 이유는 세 가지다. 첫째는 불안, 둘째는 불확실, 셋째는 실패의 두려움이다. 성장을 가로막는 장애물은 나 자신이다. 의미가 없는 걱정보다는 원하는 미래를 상상해 본다. 변하기 위해서는 선택과 결정을 해야 한다. 일단 시작이 중요하다. 먼저 해 보고 고치고 다듬고 보완한다. 꾸준함과 반복의 힘을 믿는다. 자이언트 라이팅 코치 1기를 수료하고 스스로 한계를 정하지 않는 법을 배웠다. 숨어 있는 능력을 깨우고 긍정 마인드로 새롭게 도전해서 성장하는 내 모습을 기대한다.

석승희 작가

책을 가까이하며 살아오다 글을 쓰는 재미를 알아 버렸다. 이제 이 재미 놓치고 싶지 않다. 잊고 지냈던 어린 시절의 기억들을 추억하며 시간 여행을 다녀왔다. 그 시간들로 지금의 내가 있게 되었다. 나를 만들어 준 모든 것에 감사하며 나를 그대로 받아들이고 글을 쓰며 좀 더 나은 나로 만들고 싶다. 그 여정에 함께할 수 있는, 글을 쓰는 벗들이 있다면 금상첨화겠다. 글을 쓰는 벗들을 많이 만나고 싶다. 멋진 동기 라이팅 코치님들과 시작해서 너무나 든든하다.

이선희 작가

배우고 나누는 일을 계속해 왔습니다. 낮에 가르치고 밤에 공부하며 지금까지 온 여정입니다. 처음에는 단련된 열정으로 쉬지 않고 달렸습니다. 지금은 차분히 앞으로의 여정을 기대하며 한 발자국씩 나아갑니다. 늦은 나이에 제2의 직업, 라이팅 글쓰기 코치로서 인생 삼모작을 시작합니다. 좋아하는 일 가슴에 품고 번영의 그 순간을 꿈꿉니다. 매일 읽고 쓰는 일을 반복하며 저와 같은 걸음을 걷고 싶어 하는 사람에게 글쓰기와 책 쓰기 코치로서의 삶으로 다가갑니다. 좋은 문장을 읽고 깨닫고 삶에 적용하면서 윤택한 삶을 만들어 갑니다.

이영숙(Grace) 작가

2023년을 사는 우리는 어디에서나 주인공이다. 집 안에서는 인공지능 기기, 문밖을 나가면 CCTV, 차를 타면 블랙박스 등에 고스란히 녹음되고 찍힌다. 그러나 정작 중요한 우리의 마음은 누가 기록할까. 각각의 사랑과 아픔과 기쁨의 흔적은 어디에 기록되고 남겨질까. 지금까지 자신의 생각과 내면의 발자취를 써서 남겨 준 수많은 작가들에게 감사한다. 그들의 노고에서 나의 인생 후반을 위한 새로운 목표와 에너지를 얻었다. 이제는 누구나 쉽게 자신의 발자취를 글로 남길 수 있도록 돕고 싶다.

마치는 글

이현경 작가

우리는 삶이 좋아진다고 느낄 때 행복합니다. 일상에서 쓰는 힘을 가져오기 위해서는 마음이 변해야 했습니다. 하루를 다르게 바라보고, 책을 읽으며 글을 썼습니다. 가슴이 설레는 일이 있다면 움직일 수 있지 않을까 싶었습니다. 일상을 보내며 느낌이 오기도 했고, 책을 읽다가 밑줄 그으며 감동을 했습니다. 지금 하는 일에 집중하면 글감이 되었습니다. 이러한 일들을 엮어 쓰는 사람으로 살고 싶습니다. 글을 쓰는 사람으로서 일상을 관찰하고, 지속적으로 성장하기를 바랍니다.

이혜진 작가

글을 쓰니 주위의 일상을 더 살펴보게 된다. 책의 문장, 영화나 드라마의 대사, 광고 문구, 노래 가사, 블로그 글을 유심히 보고 듣는다. 글과 말 가운데에서 글을 쓰게 하는 원동력 세 가지를 찾았다. 묵묵히 쓰기, 타인을 돕는 글쓰기, 더 잘 쓸 수 있다는 믿음이다. 덕분에 매일 펜을 들고 노트에 쓴다. 이 글을 읽는 독자도 보고 듣는 것을 넘어 내 삶과 연결 지어 보면 어떨까. 충분히 일상에서 쓰기의 힘, 살아갈 힘, 변화의 힘을 얻을 수 있다고 믿는다.

윤희진 작가

책을 읽을 때, 영화나 드라마를 볼 때, 사람들과 대화할 때 그냥 지나쳐 버렸다면 쓰지 못했을 것이다. 인상 깊었던 구절, 희망이 되는 명장면과 명대사, 가슴에 새길 만한 말을 이렇게 글로 펼쳐 보니 그 시간이 더 특별해진다. 삶에서 만나게 되는 모든 것들을 다르게 볼 줄 아는 관찰력을 가지고 손으로 만져지듯 글로 표현해 낼 수 있는 작가이고자 한다. 이 글을 읽는 모든 독자들이 글을 쓰는 재미에 빠지길 소망한다. 글 쓰고 책을 출간하는 기쁨을 누릴 수 있게 돕는 라이팅 코치로서의 내 삶 또한 스스로 응원해 본다.

정선묵 작가

하루에도 수천 개의 문장이 우리 곁을 스쳐 지나갑니다. 영화와 책, 각종 대화에서 쉴 새 없이 흘러나오는 문장들. 진심으로 눈을 뜨고 귀를 열면 바닷속 진주처럼 빛나는 문장을 발견할 때가 있지요. 때로는 도끼가 되어 인생에 울림을 주고, 반창고가 되어 아픈 상처를 치유해 주기도 합니다. 귀중한 삶의 도구, 놓치고 싶지 않습니다. 오늘도 일상 속 안테나를 올리고 살아가는 이유입니다. 나만의 공책에 차곡차곡 쌓여 가는 문장들, 예고 없이 침범하는 삶의 시련 앞에서 든든한 방패가 되어 줄 거라 믿습니다.